HEYNE BÜCHER

Fantasy

Herausgegeben von Friedel Wahren

Das Schwarze Auge

HADMAR VON WIESER

Erde und Eis

ELEMENTARE GEWALTEN
2. TEIL

Neunundvierzigster Roman
aus der
aventurischen Spielewelt

begründet von
ULRICH KIESOW

Originalausgabe

WILHELM HEYNE VERLAG
MÜNCHEN

HEYNE SCIENCE FICTION & FANTASY
Band 06/6049

Umwelthinweis:
Dieses Buch wurde auf
chlor- und säurefreiem Papier gedruckt.

Originalausgabe 8/2000
Redaktion: Anna Lenz

http://www.heyne.de
Printed in Germany 2000
Umschlagbild: Krzysztof Wlodkowski
Kartenentwurf (Seite 8/9): Ralf Hlawatsch
Umschlaggestaltung: Nele Schütz Design, München
Technische Betreuung: M. Spinola
Satz: Schaber Satz- und Datentechnik, Wels
Druck und Bindung: Presse-Druck, Augsburg

ISBN 3-453-17229-9

Inhalt

Für meine Tochter Annabell,
die daran glaubt,
dass sie zaubern kann

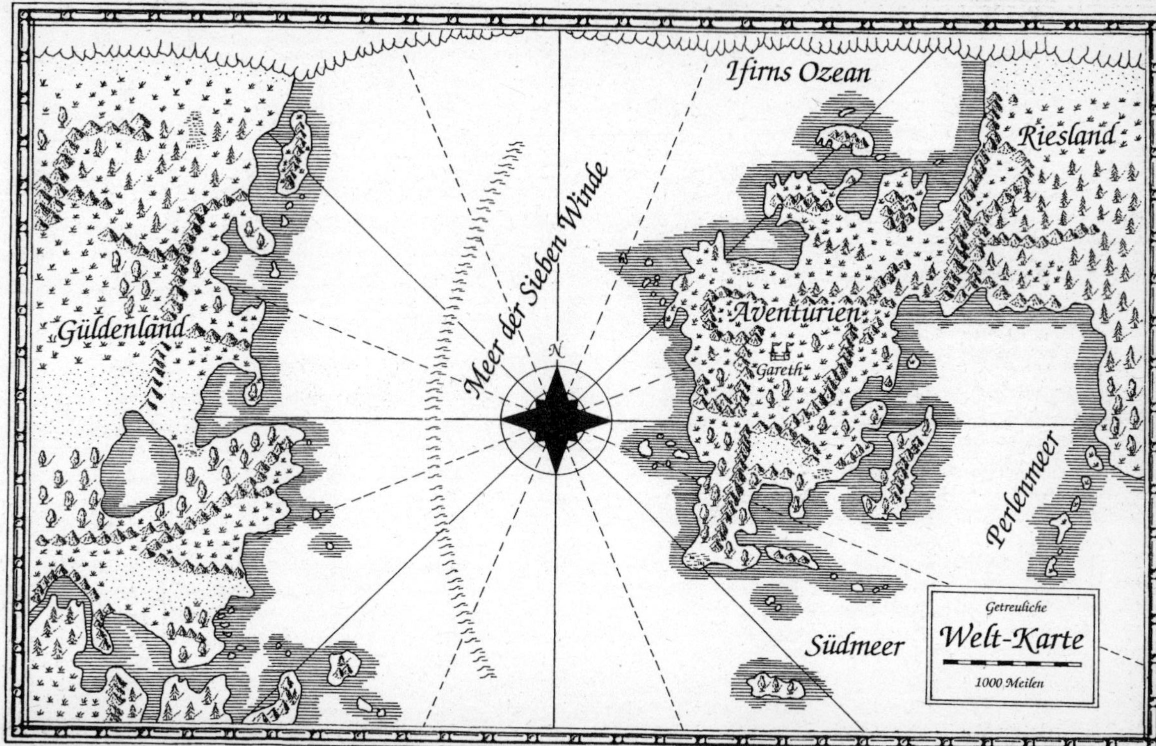
Ifirns Ozean
Riesland
Güldenland
Meer der Sieben Winde
N
Aventurien
Gareth
Perlenmeer
Südmeer
Getreuliche
Welt-Karte
1000 Meilen

Punin
Raschtulswall
Yaquir
Weinbergen
Fasar
El'Ankhra
Alam-Terekh
Mhanadi
Khoram-Gebirge
Kireh
Ylyimris
Wal-El-Khomchra
Shebah
Al'Rifat
Birscha
Keft
Tarfui
Manesh
Cichanebi-Salzsee
Unau-Berge
Eternen
Unau
Chaneb
Kannemünde
Wüste Khom
50 Meilen
N

Prolog: Dunkle Elemente

Den Botschafter schauderte es, seit er die Halle betreten hatte. Er wusste wohl selbst nicht, ob es die eisige Kälte war, die hier drinnen stärker schien als draußen, wo der nächste Schneesturm sich zusammenbraute, oder die Aura schierer Bösartigkeit, die die Herrin ausstrahlte. Auch die ungeheuerlichen Schatten, die sich hinter dem Thron übereinander schoben, waren nicht dazu angetan, einem Menschen Mut zu machen. Dennoch waren die Höflichkeiten, die beider Herrschaften Zeremoniell erforderten, mit kristallener Härte und Brillanz ausgetauscht worden. Dann hatte die Spiegelfechterei begonnen, mit der beide Seiten den Wissensstand des anderen ausloteten, ohne den eigenen allzu sehr zu offenbaren.

»Jedenfalls ist Seine Majestät fest davon überzeugt«, versuchte der Gesandte vorsichtig zum Kern seiner Forderungen zu kommen, »dass diese Unternehmung nur zu unser aller Schaden sein kann. Als Erbe Borbarads …« Das Lachen der Herrin war wie ein scharfer Axthieb, der die Luft ebenso teilte wie die Ausführungen des Botschafters.

»Als verwaister Hofmagier, der bestenfalls die Schlüssel zu einer Bibliothek hütet, die er nicht einmal betreten, geschweige denn benutzen kann.« Die Häme der schönen Herrin ließ keinen Zweifel, was sie von den politischen Ansprüchen Gaius Cordovan Eslam Galottas hielt. »Seine Manipulation der Elemente in den Schwarzen Landen zeigt, dass er seine künstlich verlängerte Lebensspanne noch mehrmals wird durchmessen müssen, ehe er auch nur den Sockel dessen erreicht, was ich als Herrschaft über das Eis und seine Geschwister ausübe.«

Die Faust des Gesandten krallte sich um die kostbare Fibel, die seinen rotschwarzen Mantel zusammenhielt. Bei aller Eleganz, mit der er sich auf höfischem Boden bewegte, war ihm bewusst, dass ihm dieses eisige Parkett zu glatt war. Zunehmend wurde ihm auch klar, dass die Herrin, die seinen Dämonenkaiser derartig gering achtete, in ihm nur ein Tier sehen konnte – und es gab hunderterlei Gerüchte, wie sie mit Tieren jeder Art verfuhr. Er hoffte, dass die Fibel, die er umklammerte, hielt, was Hofmagus Asmodeus von Andergast versprochen hatte. Aber sollte die schöne Herrin einen ihrer gefürchteten Wutanfälle bekommen, konnte ihn wohl kein Artefakt vor Beherrschung oder Verwandlung retten.

»Aber sprecht weiter, ich habe Euch … unterbrochen.« Die unangemessene Großzügigkeit der Herrin sollte ihn offensichtlich überraschen. Ein maliziöses Lächeln glitt über ihr Gesicht wie die Sonne, wenn sie für einen Augenblick über das dauernde Grau des Nordens siegt. »Überbringt mir Galottas Forderung.« Sie beugte sich vor und ihre Augen funkelten verspielt. »Bringt mich zum Lachen …«

Der Botschafter räusperte sich und begann mit rauer Stimme: »Seine Majestät schlägt vor, in die Expedition einen Agenten einzuschleusen, der ermittelt, wie viel sie bereits wissen« – seine Stimme wurde wieder sicherer, als er merkte, dass die schöne Herrin immer noch aufmerksam lauschte – »und um allenfalls einzugreifen und sie aufzuhalten, falls sie einen entscheidenden Erfolg erzielen sollten.«

Diesmal kündigte sich das Kichern mit den ersten Zuckungen eines Eisbebens an. Schließlich erzitterte der ganze schlanke Leib, der jeden Mann um den Verstand bringen konnte, der nicht um die Gefährlichkeit der Herrin wusste. Niemand, nicht einmal ihr monströses Gefolge, ahnte wohl, was die Herrin so erheiternd fand. Nicht dass irgendjemand in der Halle daran interessiert gewesen wäre, es wirklich herauszufinden … Schlagartig verstummte das mädchenhafte Kichern. Die Herrin schnellte mit dem Blick eines Raubvogels vor.

»Sehr gut«, sagte sie lauernd, »ich wusste, dass ich lachen würde. Sagt Seiner Majestät« – sie sprach das Wort aus, als ob eine Made aus ihrem wunderschönen Mund kröche – »er soll seinen Agenten selbst entsenden. Ob menschlich, künstlich oder niederhöllisch, er wird einige mittelmäßige Erkenntnisse ermitteln – ehe ihn die Sechs enttarnen. Sie haben immerhin die Dämonenzitadelle überlebt.« Den letzten Satz sagte die Herrin mit einer Zärtlichkeit, die wohl nirgendwo weniger angemessen schien als an diesem grausigsten Ort Aventuriens. »Die Enttarnung seines Agenten wird endgültig sichern, dass sie keinen Verdacht über die tatsächliche Beschattung hegen. Denn *mein* Agent, das könnt Ihr Galotta bestellen, befindet sich inmitten dieses erlauchten elementaren Kreises, in einer Gestalt, die unverdächtiger und schwerer zu entlarven nicht sein könnte. Und mein Agent braucht keine regelmäßigen Anweisungen und Rückfragen. Er versteht selbst genug von der Macht der Elemente, um ihre Entschlüsselung vorauszuahnen und verhindern zu können.«

Ohne jede Vorwarnung sprang sie auf und ihre Augen sprühten vor Zorn. »Sag deinem lächerlichen, rotschädeligen, ehemaligen Hexenvertrauten eines Halbgottes, er soll sich um seine krämerhaften Reichsintrigen kümmern, um seinen Dämonenkrieg gegen die anderen Erben Borbarads, meinetwegen um die Entdeckung der Unsterblichkeit und die Eroberung Aventuriens – aber er möge mich fortan verschonen mit seinen kindischen Beiträgen zu den Belangen wahrer Macht und Göttlichkeit.«

Der Diplomat stand erstarrt – wie in Vorahnung des

Schicksals, das ihm dräute. Sein starrer Blick nahm wahr, wie sich hinter dem Thron der Herrin eine gewaltige Gestalt zur Größe eines kleinen Schiffes erhob. So entsetzlich dieser Anblick war, noch viel erschreckender war der Gehorsam, mit dem der Eisdrache einem Befehl folgte, der noch nicht einmal ausgesprochen worden war. Und schließlich wurde dem Botschafter klar, dass die folgende Worte nur für ihn gesprochen wurden: »Trage dieses Nagetier aus der Halle und bringe es zurück. Wirf es irgendwo über Bjaldorn ab – aber so, dass es noch nach Yol-Ghurmak zurückkriechen kann.«

DIE KHOMWÜSTE

Novadis!

Rondriga Conchobair:
Das schrille Kriegsgeheul gellte uns über die ganze Breite entgegen. Die Novadis hoben die Krummsäbel und gaben den feurigen Pferden die Sporen. Mit eingelegten Lanzen kamen sie die Düne hinunter, fünfzehn, zwanzig, fünfundzwanzig.

Ich legte die Hände nervös um die zwei Schwerter auf meinem Rücken, aber ich sagte mir, dass wir diesem Angriff kaum lange widerstehen konnten. Die Wüstenreiter schwärmten an den Flanken aus. Erschreckend, wie schnell ihre Shadifs durch den feinen Sand stampften!

»Standhaft, ihr Kinder der Fremde«, sagte Ruban der Rieslandfahrer neben mir. Er schien wohl ebenfalls noch keine Waffe gezogen zu haben, aber bei einem Mann, der ein unsichtbares Schwert führt, kann man so etwas nie sicher sagen. Hinter uns schnaubten die Kamele. Hilfe suchend ließ ich meinen Blick über die restliche Karawane gleiten. Alle standen in gebannter Abwehrhaltung, aber keiner schien handeln zu wollen.

Plötzlich war ich mir sicher, dass mein Vater so etwas schon erlebt hatte. Er hatte mir ebensolche Begegnungen geschildert: mit Orks, mit Nivesen, mit Ferkinas. Trotzdem war es etwas anderes, den Schwertkönig davon erzählen zu hören als selbst in dieser Situation zu sein. Um so mehr, als der Schwertkönig in seinen Erzählungen immer besonders unerschütterlich gewirkt hatte.

Ich hingegen fühlte mich alles andere als unerschütterlich. Ich trug seine Zwillingsschwerter und seinen Namen – aber sonst hatte ich wenig von ihm bekommen. Ich befand mich auf einer Queste, die er begonnen hatte – aber ich wusste noch weniger darüber als über ihn. Mein edler Vater, was für ein ärmliches Erbe hast du mir hinterlassen! Und warum bin ich nicht Magierin geworden, wie es sich mein Großvater gewünscht hätte?

Mit wirbelnden Klingen und eingelegten Lanzen kamen die Novadis heran. Die Vordersten erreichten den Rand der Piste, wo Generationen von Karawanen den Sand festgestampft hatten, und wurden noch schneller. Die Versuchung, die Schwerter zu ziehen, wurde fast unwiderstehlich. Dann waren sie da. Ein glutäugiger Reiter schleuderte seine Lanze, die sich zwei Fußbreit vor mir in den Sand wühlte. Ich sah den Schaft vibrieren, der schlanke Shadif stieg wiehernd auf. Auf der ganzen Breite rissen die Novadis ihre feurigen Rösser zurück und heulten noch einmal auf, während ihre Khunchomer blitzend über den Häuptern kreisten. Dann lag schlagartig Stille über der Wüste.

»*Charisma, Persönlichkeit, Hochgeachtet weit und breit.*« Pyriander Di'Ariarchos legte feierlich seine Hand auf Rubans Gesicht.

»Rastullah Al Eikum«, rief der Rieslandfahrer und trat mit der uralten tulamdischen Geste des Gastes vor – soweit das die Dschadra vor seinen Füßen zuließ. Der Wüstenprinz vor ihm war kaum halb so alt wie er. Er ritt einen echten Shadif aus der gleichnamigen Provinz um Unau, erkennbar an der reinweißen Farbe. Die meisten seiner Verwandten saßen auf Goldfelsern, deren Fell zuweilen ins Rötliche schlug.

Schlagartig hatte ich keine Zweifel mehr, dass der alte Tulamide die Lage im Griff hatte – und die Novadis ebenso. Wie überzeugend und selbstsicher schien mir nun seine vorherige Ankündigung, wie die Novadis Fremde zu begrüßen pflegten. Kehlige Höflichkeiten wurden ausgetauscht. Mein bisschen Magiertulamidya reichte allenfalls aus zu hoffen, dass sie einander in Schmeicheleien über die Schönheit ihrer Reit- und Tragtiere und das Ausmaß ihrer Freude übertreffen würden. Dann wurden meine Gefährten, die Kameltreiber und die Kamele beidseitig eskortiert. Wir zogen auf der Piste weiter, die ohnehin zur Oase führte. Es bestand kein Grund mehr, sich ringsum durch die Dünen zu schlagen, wie es die Beni Ankhrui getan hatten.

Ruban ibn Dhachmani:
Oh du Blume der Wüste, du Tautropfen auf dem vertrockneten Antlitz der alten Mutter!

»El'Ankhra!« rief ich erfreut und pries den Gott der Novadis, wie es die Sitte verlangt, wenn man einer Wasserstelle ansichtig wird. Die große Oase lag an der bedeutendsten Handelsroute in Nordsüdrichtung. Im Frühling würde sie wieder täglich mindestens einer Karawane unserer Größe Quartier bieten. Die Beni Ankhrui wussten längst, dass Handel und Zoll weit einträglicher waren als Raubüberfälle. Nur die Reisezeit, die wir Söhne der Eile gewählt hatten, ließ etwas Vorsicht klug erscheinen. Wie es die Tradition gebot, brachen Karawanen und Kriegszüge erst nach dem Zweiten Rastullahellah im folgenden Perainemond auf. Vor diesem Datum konnte man nie ganz ausschließen, dass sich ein junger Shejk darauf besann, dass ein ehrenhafter Novadi Fremde auszurauben hatte.

So entstand ungewöhnliches Aufsehen, als wir zwischen den stolzen Palmen und den einfachen Lehmbauten einritten. Verschleierte Frauen und lehmverschmierte Kinder säumten den Weg zur Wasserstelle. Dass die einen die Zelte verlassen durften und die anderen mit Lehm spielten, zeigte, wie weltoffen diese Novadis waren. Dennoch war es auch der Anblick von uns Söhnen der Wunderlichkeit, der sie staunen ließ.

Krallerwatsch schien bei den Söhnen Novads einen geradezu urtümlichen Respekt auszulösen. Alte Stammeslieder wurden angestimmt, in denen zottige Riesen den ersten Menschen beistanden. Auch ich hatte mich noch nicht daran gewöhnt, in Begleitung eines Sohnes der Rakshazas zu reisen, der mich selbst auf meinem Kamel noch um anderthalb Schritt überragte. Der Rote Pfeil hingegen wurde argwöhnisch beäugt. Mehrfach wurde das Wort »Dschinni« gezischelt. Wohl schmunzelte ich und dünkte mich als Vater der Weitgereistheit überlegen, doch muss ich eingestehen, dass auch mir der Anblick des Elben noch immer nicht vertraut war.

Wir wurden in den Funduq geführt, jenen Bau im Herzen der Oase, der anderen Stämmen nur als Lagerraum diente. Doch hier wie bei allen reicheren Oasen war er zugleich Empfangsraum, wenn nicht sogar Residenz des Stammesobersten. Die kurze Wartezeit verriet, welche Bedeutung man unserem Besuch zumaß. Gemessenen Schrittes, aber dennoch beflissen erschien ein weißbärtiger Novadi mit stolzem Blick. Blumig stellte er sich als Sultan Suleyman ben Rayall, Herr des großmächtigen El'Ankhra, des fruchtbaren Virinlassih und des weithin berühmten Alam-Terekh vor.

Großmeister Di'Ariarchos erneuerte seinen Zauber, sodass man mir mit dem Respekt begegnete, der unserer Gesandtschaft angemessen war. Ohne Geheimnisse preiszugeben, beschrieb ich, was uns Diener des Konziles in das Herz der Großen Khom führte. Die Erwähnung des Raschtulswalles löste Ehrfurcht aus. »Rastullah!« riefen sie ihren Stammesgott an. Erst nun, da sie uns als Beschwörer auf dem Wege zu den Dschinnim und ihren Sultanen erkannten, wies ich die golddurchwirkte Seidenfahne des Kalifen vor. Jene Söhne der Habgier mochten nur erkennen, dass es ihrem Sultan der Sultane gefiel, uns Geleit zu verheißen – und dass wir solcher Gnade nicht bedurften. Beeindruckt grüßte der Sultan das Zeichen des obersten Herren aller Novadis – des Zweitobersten nach Rastullah –, um Ehre zu erweisen, wem Ehre gebührt.

So verging keine halbe Stunde, ehe wir an beiden Seiten des Sultans auf Seidenkissen aus Al'Anfa saßen und man uns auftrug, was die Novadis der Wüste abgerungen hatten – und den Karawanen wie jenen des Handelshauses ibn Dhachmani, die stets Zoll zu bezahlen hatten, der noch immer den Namen Raubüberfall verdiente.

Der alten Sitte folgend, führte der Hausherr seinen Gästen den ersten Bissen mit der Hand in den Mund. Huldvoll nahm ich das geschabte rohe Ziegenfleisch entgegen, während der Großmeister auf der anderen Seite sein Erstaunen nicht verhehlen konnte. Den Weibern, Morena und Rondriga, hatte man auf Kissen hinter uns Platz gewiesen. Mehr Freiheit war einem Sohn Novads, der sein Weib vor jedem Fremdling, selbst dem Sonnengott, verbirgt, nicht abzuringen. Morena, jene Tochter des Stolzes, konnte ihren Zorn kaum verbergen und ich brauchte eine Zunge aus Honig, damit sie keinem der Gastgeber einen Hexenfluch entgegenschleuderte. Die beiden Zauberwesen schließlich hatten selbst ihren Platz gewählt; selbst in den ältesten Märchen, wo die Helden bisweilen von einem Dschinni oder Rakshaza begleitet werden, berichtet der Haimamud nicht, wie man solch ein Wesen empfängt. Während ich Hirsefladen und Dickmilch speiste und Tee und Dattelwein trank, drängte mich Sultan Suleyman, von unserer weltumspannenden Reise zu berichten. Doch die Geheimnisse der Magie, denen ich mich verpflichtet hatte, erforderten, dass die meisten Erinnerungen nur hinter meiner Stirn vorüberzogen.

Die Karawane

Pyriander Di'Ariarchos:
Ruban der Rieslandfahrer hatte darauf bestanden, die Organisation der Reise zu übernehmen. Sein Handelshaus entsandte zumindest im Frühling und im Herbst etwa alle zwei Wochen Karawanen, die die große Khomwüste durchquerten. Als Tulamide verstand er zudem die Denkweise der Novadis noch am besten, jener Stämme der Ureinwohner, die aus kaum verständlichen Gründen den Überlebenskampf in der Wüste dem Leben in den fruchtbaren Flussniederungen des Landes der Ersten Sonne vorzogen. Dort waren die Tulamiden zur ersten menschlichen Hochkultur aufgestiegen, deren Inbegriff für mich Ruban ibn Dhachmani war. Keiner, nicht einmal er selbst, wusste, wie reich er war. Von seinen vergeblichen Entdeckungsfahrten ins Riesland hatte er anscheinend derart viele Schätze mitgebracht, dass er mit seinen Söhnen heute Schiffe und Karawanen über und um den Kontinent bewegte wie ich Adepten zu den Selbstverständlichkeiten des Magierlebens aussandte. So kam es, dass der dickliche, graubärtige Mann, den ich im Raschtulswall, in Warunk und in der Dämonenzitadelle als mutigen, jedoch abergläubischen Abenteurer kennen gelernt hatte, nun als einer der reichsten Magnaten Aventuriens die zweite Expedition

des Konzils der Elementaren Gewalten finanzierte, ausstattete und plante – oder zumindest jenen ersten Schritt, der uns bis ins Herz der größten Wüste Aventuriens führen sollte. »An einen Ort, wo sich im Umkreis von sechs Tagesreisen nur Wüste erstreckt«, wie er selbst gesagt hatte.

In Punin, dem alten Schmelztiegel der Völker westlich des Raschtulswalles, hatte ich erstmals Kamele gesehen. In der Khomwüste und den angrenzenden Gebieten galten sie als die unverzichtbaren Begleiter der Wüstennomaden, Händler und Krieger. Wieder einmal wurde mir schmerzhaft bewusst, dass ich ein weltfremder Gelehrter war, der den Großteil seines Lebens zwischen den Mauern eines verschollen geglaubten Bergklosters verbracht hatte. Selbst die junge Rondriga hatte in den wenigen Jahren ihrer Abenteuer bereits solch eine Bidenhocker geritten und auch Morena, die Hexe, die gewiss noch nie so weit in den Süden vorgedrungen war, fütterte die eigentümlichen Kreaturen mit der Sicherheit einer Frau, die alle Tiere des Waldes kennt. Wie absurd, dass gerade ich eine Queste begonnen hatte, die viel weiter führen sollte als über diesen Kontinent, den jeder meiner Begleiter zehnmal besser kannte als ich.

Vierzig der großen, seltsamen hellgelben Tiere mit dem blasierten Gesichtsausdruck standen am Bazar bereit. Vierzig Kamele. Diese Zahl schien traditionell, wenn nicht sogar rituell vorgegeben: Tulamiden widmen sich der Kababyloth, der Zahlenmagie, mit einer Inbrunst, die eines echten Magiers würdig wäre. Die Treiber nannten ein Kamel Qai'Chelar, das »bedeutende Tragtier«. Es waren einfache Leute mit derben Gesichtern, darunter einige wenige Frauen. Mir war nicht bewusst gewesen, welchen Reichtum und Aufwand eine Karawane darstellte und wie viel Wissen vonnöten war, um die Tiere zu bepacken, zu füttern und durch die Wüste zu treiben. Wir hatten Proviant für vierzig Tage dabei, dazu Werkzeug und Geschenke für Stammesfürsten und Eingeborene. Zudem hatte Ruban ibn Dhachmani die Kamele hoch mit Handelswaren bepacken lassen: almadanischer Wein, Eisenwaren, Silber und Kupfer von den Zwergen, garethischer Samt und Baumwolltuch aus dem Yaquirtal türmten sich auf den Rücken der Tiere.

»Je mehr unser Zug einer gemeinen Karawane gleicht«, hatte er gesagt, »desto weniger werden unsere Feinde ahnen, was wir wirklich treiben.« Ich hatte ihn im Verdacht, dass es ihm vor allem darum ging, die Kosten für die Expedition wieder einzubringen, aber ich sah nichts Verwerfliches darin. Es musste wochenlange Arbeit gewesen sein, allein die Treiber und Tiere auszuwählen.

Anführer der Karawane war ein Mittfünfziger mit südländischen, aber durchaus eigentümlichen Gesichtszügen. Abidallu Spinalis war der Sohn eines Hylailers und einer Novadi. Nach dem Gesetz der Wüstenstämme, die sich hier von Erkenntnissen aus der Maultierzucht leiten ließen, war der Nachkomme einer novadischen Frau stets Novadi, unabhängig von seinem Vater. So war der Mann mit dem kurzen Vollbart der ideale Führer, der in Punin und Khunchom als Mittelländer, in der Wüste aber als Angehöriger der Beni Tarasch galt, der treuesten Gefolgsleute des Kalifen.

Da ich nicht reiten konnte, bestieg ich eine Kamelsänfte, die einen Sonnenschutz aus weißem Leinen hatte. Ich war erstaunt, wie hoch das Kamel war und spürte ein Gefühl der Beklemmung, als ich über unser Reiseziel nachdachte. Die Tatsache, dass die anderen überzeugt waren, ich wüsste, wohin wir reisten, verstärkte dieses

Gefühl noch. Gleichzeitig kam eine gewisse Begeisterung hinzu. Die Jagd nach dem Ei des Lichtvogels hatte meinen Leib und meine Seele in Gefahren gebracht, die mir heute unvorstellbar erschienen – aber dennoch hatte ich mich während dieser wenigen Tage so lebendig gefühlt wie nie in den vierzig Jahren zuvor.

Im Morgengrauen verließen wir Punin und folgten dem Lauf des Yaquir. Die fruchtbaren Weinberge lagen noch in der Winterbrache und die leeren Weinstöcke waren von Reif überzogen.

Ruban ibn Dhachmani:
Oh Yaquir, du Vater des Überflusses, der du die Eroberer aus dem Güldenland zum reichsten und mächtigsten Volk gemacht hast!

Am dritten Tag übernachteten wir in Omlad. Die Leute besserten Fischerboote, kleine Frachter und Netze aus und bereiteten die Weinberge für den Frühling vor. Selbst um diese Jahreszeit blies uns der Beleman, vom Meere kommend, sanft entgegen.

»Wieso folgen wir nicht diesem Wegweiser?« fragte Rondriga, als wir am Morgen weiter flussabwärts zogen.

»Weil der gerade Weg oft ein Trugbild ist. Dieses ist die Route am Khoram-Gebirge entlang«, ließ ich ihr Aufklärung zuteil werden. »Ein Tag durch die Eibenwälder und drei durch die Amhallassih-Kuppen, wo sie am höchsten sind. Söhne der Umsicht wenden sich erst in den Weinbergen gen Süden und sehen schon nach zwei Tagen die Große Khom.«

So setzten wir erst am folgenden Morgen über den Yaquir. Vier Stunden lang fuhren die Fähren von einem Ufer zum anderen, bis all unsere Tiere, Fracht und Knechte übergesetzt hatten. Vor uns lag das nördlichste Emirat des Kalifats, zwischen Yaquir und den Amhallassih-Kuppen gelegen. Jener Gebirgszug war es auch, der den lieblichen Landstrich von der Unwirtlichkeit der Wüste abschirmte. Ich Sohn nachtragender Vergeltung fühlte Stolz: Die Novadis, meine tulamidischen Brüder aus der Großen Khom, mochten Eiferer sein, die einem grimmigen, einzelnen Gott folgten, und rückständige Wüstenräuber dazu. Aber ihr Kalif Malkillah II. war es gewesen, der nach einem Jahrtausend der Schmach und des Zurückweichens erstmals wieder Land von den Güldenländern zurückerobert hatte. Seit hundert Jahren wurde das einstige Süd-Almada – und selbst dies war ein tulamidischer Name – von dem Emir von Amhallah aus regiert.

Gegen Nachmittag erreichten wir die dichten Pinienwälder und machten uns an den Aufstieg zu jenem Bergzug, der die gemäßigten Breiten Almadas vor den Unbilden der Khomwüste schützte. Im Westen grenzte er an die Goldfelsen, im Osten zog er sich bis hinüber zum Raschtulswall. Den Märchen der Haimamudim zufolge entstanden die Amhallassih-Kuppen, als ein riesiger Heuschreckenschwarm sich anschickte, auch den Norden zu verheeren und ein von den Zauberern von Punin gerufener Dschinn das Ungeziefer mittels eines einzigen Wortes zu Stein erstarren ließ.

Rondriga Conchobair:
»Du bist überrascht.« Di'Ariarchos' Bemerkung war eher eine Feststellung als eine Frage.

Ich nickte. »Ich habe mir die Wüste immer als einen Ort von Sand und Sonne vorgestellt, nicht als eine Hügellandschaft aus Stein voll blühender Büsche.«

»Warte nur ab«, sagte er und schien selbst neugierig, »nachdem, was Ruban ibn Dhachmani uns erzählt hat, werden wir noch mehr Sand sehen als wir es uns wünschen. Und was die Hitze angeht, ist das ja der Grund, warum wir um diese Jahreszeit aufgebrochen sind. Am

Ende unseres mittelländischen Winters, in den Monden Tsa und Phex, finden die Niederschläge selbst in die Wüste und das Wasser lässt verborgene Keime selbst an solchen Stellen gedeihen, wo niemand Leben vermuten würde. So haben es mir unsere Elementaristen des Humus, des Steins und des Wassers geschildert.«

Zwei Tage, nachdem wir den Yaquir verlassen hatten, erreichten wir am frühen Abend eine kleine Bergoase zwischen den Ausläufern des Bergrückens. Die Bauern hatten bis zur letzten Woche mit der Aussaat von Hirse und Melonensamen gewartet, »bis der Boden die ganze Kraft des Himmels in sich hat«. Auch diese hageren, gebräunten Menschen ähnelten kaum den Novadis aus den Berichten, die ich gehört hatte. Doch wiederum versicherte mir Ruban, dass ich bald echte Novadis sehen würde.

Abends durchquerten wir einen reißenden Bergfluss, der aus den Amhallassih-Kuppen in die Steinwüste drängte. Die Führer vollzogen einige Rituale, bei denen sie das Wasser geradezu verschwenderisch versprengten.

»Erkennet das Wunder Efferds«, schwärmte Ruban. »Was hier vor uns liegt, ist ein Wadi. Elf von zwölf Monden liegt es dürr und trocken. Nur die Regenzeit lässt so viel Wasser auf den harten Boden niedergehen, dass es sich stromgleich in die Wüste stürzt, um sie zu tränken.«

Wir machten uns an die Durchquerung des Flusses, der etwa zehn Schritt breit und kaum bis zur Hüfte reichte. Es schien mir, dass die Südländer sich unsicher, wenn nicht unnötig ängstlich benahmen, als sie Taue spannten. Allerdings waren die Kamele ungleich unruhiger als die wenigen Pferde.

»Das Ertrinken raubt in der Wüste ebenso vielen

Menschen das Leben wie der Durst«, meinte Ruban ernsthaft. Bald gingen Pyriander und ich, die wir es beide gewohnt waren Gebirgsbäche zu überqueren, den Kameltreibern zur Hand. Ich versuchte, meine Enttäuschung über ihre Unsicherheit nicht in Hochmut umschlagen zu lassen. Hoffentlich wussten sie besseren Rat, wo es kein Wasser gab. An einem Wasserloch, einer schlammigen Hochwasserpfütze, schlugen wir unser Nachtlager auf.

Am Morgen folgten wir dem Wasserlauf. Der Weg war beschwerlich, denn die über Jahrhunderte genutzte Route stand im Wadi unter Wasser. So mussten wir uns durch Geröll schlagen, wo man sich bei jedem Schritt den Knöchel verstauchen konnte. Kurz nach Mittag brach sich ein Kamel den Knöchel. Unter Heulen, Wehklagen und Selbstverwünschungen zogen die Treiber ihre Dolche und gingen auf das Tier zu, das schnaubend und zitternd abseits stand.

»Was tut ihr?« rief Morena und lief zu ihnen. Sie kniete nieder und umfasste den Huf mit beiden Händen. Einige Treiber wollten sie zurückhalten und murmelten Warnungen vor der Tücke des verletzten Tieres. Doch das Kamel war duldsam wie ich keines bislang gesehen hatte. Immer wieder traten die Almadaner und Tulamiden ungläubig hinzu und überprüften das Bein des Tieres, das wieder quicklebendig schien. Eine halbe Stunde lang diskutierten sie, ob den alten Bräuchen nachzugeben sei und ob die Heilung ein schlechtes oder ein gutes Omen sei. Eine eigentümliche Unruhe lag über den Leuten, als wir schließlich weiterzogen.

Am frühen Nachmittag versiegte der Fluss neben uns.

»Die Geröllwüste trinkt das Wasser wie ein verdurstender Gigant«, sagte Di'Ariarchos. Binnen einer halben Stunde war von einem Schritt hohem Wasser nur ein zwei Meilen durchmessender dunkler Fleck im Lehmboden geblieben. Azaleen, Beifuß und Feuerdorn standen in voller Blüte, Disteln und wilde Rosen hatten sich einen Weg aus dem feuchten Boden gebahnt. Ebenso zusehends blieben die letzten Geröllbrocken und Kiesel hinter uns. Beiderseits unseres Weges rückten die schier endlos erscheinenden Dünenfelder aus feinstem Sand heran.

Ruban ibn Dhachmani:
Oh du Vater aller Gastlichkeit! Das Festmahl des Sultans zog sich den ganzen Abend dahin. Die Speisen waren salzig, süß und sehr scharf, wie es der novadischen Vorstellung von Reichtum entspricht: Spießbraten vom Schaf, in Milch gekochte Hirse, Quark von Ziege, Schaf und Kamel, getrocknete Datteln und Feigen, Pfefferminztee und Wein.

Der hochgelehrte Zauberer Di'Ariarchos wurde genötigt, von Dschinnim und Rakshazachim zu erzählen. Bald kamen wir zu dem alten Märchen vom Riesen Adawati, von dem es hieß, dass er die ersten Menschen Zulhamid und Zulhamin erschaffen habe. Ehrfürchtige Blicke streiften den Rakshazach Krallerwatsch, der uns begleitete. Alle waren sich einig, dass er ein Sohn Adawatis sein musste.

»Ja, die Magier vom Konzil der Elementaren Gewalten haben Adawati wiederholt aufgesucht. Nur einmal während meiner Lebenszeit – und ich gehörte nicht zu denen, die ihn aufsuchen durften.« Noch nie habe ich eine Sippe dieser glutäugigen Wüstenräuber so gebannt lauschen gehört. Selbst die Frauen hinter den Sitzenden hatten innegehalten, Krüge und Schalen heranzutragen und Essensreste zu entfernen. Adawati, so hieß es in den Märchen, hatte die Menschen aus Lehm und seinem Blut geschaffen. Dann hatte er sie ermutigt, in die Täler hinab zu steigen, wo damals noch die Drachen und Schlangen herrschten. Auch ich Sohn des Staunens lauschte gespannt und musste mir mehrmals in Erinnerung rufen, dass ich selbst schon dem Alten Drachen Fuldigor gegenübergestanden hatte, der wohl noch älter war als jene Zeit.

Auch über das Volk des Roten Pfeils schien es alte Lieder zu geben, doch die Wüstenelfen erschienen als ungreifbare Geistergestalten, die den Menschen Verstand und Erinnerung raubten, wenn sie sie nicht töteten. Das vertrug sich wenig mit dem friedfertigen Wesen des Elben, den ich kannte. Wiederholt blickte ich über die Tafel hinweg zu dem Roten Pfeil, doch in seinem fremden Gesicht konnte ich nicht lesen, was er empfand.

Ich erwachte auf Seidenkissen, die ein Handelshaus, vielleicht sogar mein eigenes, aus Al'Anfa in die Wüste geschafft hatte. Die Novadis ließen sich für das Trinkwasser von den vorbeiziehenden Karawanen fürstlich entlohnen, aber sie bezahlten auch mit vollen Händen für Waren aus anderer Herren Länder. Herzhaft gähnend gürtete ich mich mit dem Unsichtbaren Schwert und trat hinaus ins Sonnenlicht.

Die große Oase El'Ankhra war ein blühender Garten. Zwischen den Dattelpalmen verborgen sah ich einzelne Krieger der Novadis, die den Tag mit dem alten Schattentanz mit dem Krummsäbel begrüßten. Auch den großen Zauberer Di'Ariarchos erspähte ich, der Glieder und Geist mit dem Tanz der Mada ertüchtigte. Er stand am Rande der Oase und ich ahnte, warum er jenen Ort gewählt hatte. Selbst draußen im Sand, viele Schritt von der Palmengrenze entfernt, waren nach den Regenfällen Blüten von seltener Pracht erschienen. Auch ich war wieder überrascht, wie verschwenderisch Peraine die Wüste segnete: die Blüten von Hibiskus und Pfirsich,

Mandelbaum und Wildem Wein wetteiferten mit Teerose und Purpurfarn.

Ja, die Ordnung der Elemente war ein tägliches Wunder. Wir hatten es viel zu lange als selbstverständlich angesehen. Erst die Schrecknisse der letzten Jahre hatten uns gezeigt, dass es würdig und nötig war, für diese Ordnung zu kämpfen.

»Oh Wunder des Schicksals«, rief ich dem Zauberer entgegen, der von seiner Meditation zurückkehrte und mir grüßend zugewunken hatte. »Wer hätte gedacht, dass Ruban der Rieslandfahrer dereinst das Güldenland suchen wird? Und wer hätte gedacht, dass er sich dazu nicht dem Meer, sondern der Wüste anvertrauen würde?« Ein Lächeln spielte verständnisvoll um den Mund des Zauberers. Wir hatten im Konzil der Elemente leidenschaftlich Zwiesprache gehalten, als wir erkannten, welche Reise wir zu planen hatten.

Der Seeweg war mir nicht nur selbstverständlich erschienen, sondern geradezu sprichwörtlich. Seit Jahrhunderten trachteten die hellhäutigen Siedler danach, jenen Kontinent zu erreichen, von dem sie dereinst gekommen waren. Doch das Meer der Sieben Winde – der Äußere Ozean im tulamidischen Weltbild, das Aventurien und Riesland nahe dem Zentrum der Weltenscheibe sieht – war so launisch und weit wie Efferd selbst. Keiner wusste, wie jene Söhne des Übermutes es einst vollbracht hatten, vom Güldenland nach Aventurien zu gelangen. Erst vor dreihundert Jahren erfand man das dreieckige Havena-Segel, das es erlaubte, auch vor ungünstigem Wind zu kreuzen. Von den Zyklopeninseln aus hatte eine dreimastige Pailische Karavelle als erstes Schiff nach den Dunklen Zeiten wieder das Güldenland erreicht. Danach war Havena durch den Güldenlandhandel zu rascher Blüte aufgestiegen und wieder versunken, als Efferds Zornflut es traf.

Ja, es schien tatsächlich, dass der Zorn des Meeresgottes all jene verfolgte und strafte, die über dieses Meer fuhren. Sogar die Thorwaler, die wohl noch vor den anderen Güldenländern in Aventurien eingefallen waren, behaupteten, dass nur ihr Walgott Swafnir sie vor der Heimsuchung Seines Vaters bewahrt habe, der die meisten ihrer Schiffe zerschlagen hatte. Die Handelsherren, die heute in den Werften Grangors und Kusliks Hochseeschiffe bauen ließen und ausrüsteten, wussten, dass sie kaum eines dieser Schiffe wiedersehen würden. Ja, es geschah sogar, dass ein untreuer Kapitän seinem Herren einen Schiffsuntergang vortäuschte und Schiff und Ware in Brabak verramschte, um sich dort eine Plantage zu kaufen. Kehrte aber eines der Schiffe aus dem sagenumwobenen Güldenland zurück, waren seine Besitzer und sogar sein Kapitän und die Mannschaft von Phex gesegnet. Reichtümer wie meiner waren aus den Schätzen gewachsen, die ich von meinen vergeblichen Reisen ins Riesland im Osten mitgebracht hatte. Wieviel mehr mussten erst jene Waren einbringen, die tatsächlich von jenseits des Meeres im Westen kamen?

Als wir nun erkannten, dass unser Weg uns ins Güldenland führte, glaubte ich mich beinahe gewappnet. Schon vor Jahren hatte ich mit den Zauberern von Khunchom begonnen, an einem Schiff zu bauen, das sich nur durch Zaubermacht bewegte. Die »Sulman al-Nassori« würde, so hofften wir, von den Winden unabhängig sein. Doch noch war sie nicht bereit. Nach ihrem Stapellauf hatten die Matrosen, Zauberer und Handwerker an Bord alle Hände voll zu tun, um das Zauberschiff auf einer Fahrt von Khunchom nach Olport, rings um den Kontinent, zu erkunden.

Bald hatte ich einsehen müssen, dass die Reise ins Güldenland nicht aufzuschieben war. Die Frevel der Diener des Dämonenmeisters nahmen überhand, die

Schwarzen Lande wuchsen täglich. Und die Rettung, auf die wir hofften, schien an Orten verborgen, von denen das Güldenland noch das nächste war!

In der Wüste

Rondriga Conchobair:
Die Nächte wurden zusehends kälter, je tiefer wir in die Wüste vordrangen. Hatte ich mit Sonnenbrand und Hitzschlag in der Wüste gerechnet, lag ich nun nächtens an ein Kamel gekuschelt, in meinen Mantel gewickelt und dennoch zitternd vor Kälte. Die einzige Wärme ging von einem kleinen, fast rauchlosen Dungfeuer aus. Die Halbwüchsigen unter den Treibern sammelten tagsüber am Ende der Karawane die Kamelfladen in Körben ein, die dann abends, längst vertrocknet, als Brennstoff verwendet wurden. Ich fuhr mir mit der Zunge über die aufgesprungenen Lippen. Ja, es war kalt, aber vor allem war es trocken.

Wie so oft in den letzten Tagen suchte mein Blick heimlich nach den anderen, noch immer ungläubig, mich in dieser Gemeinschaft zu befinden. Da war Großmeister Di'Ariarchos, der mich vom ersten Augenblick an mit einem eigentümlichen Respekt behandelt hatte. Er saß in meditativer Haltung am Feuer und starrte in die Flammen. Er war so ganz anders als mein Großvater Rohezal, aber dennoch wies alles an ihm – die markanten Gesichtszüge, die ausgeprägte Gestik, die ungewöhnliche Gildentätowierung auf der Stirn, sogar die verwachsenen Narben, die seine ganze rechte Hand bedeckten – daraufhin, dass er einer der mächtigsten Magier Aventuriens war.

Ruban ibn Dhachmani, den man den Rieslandfahrer

nannte, schlief schon. Der alte Tulamide mit dem Gesicht voller Sorgen- und Lachfalten und dem fülligen Bauch war das Reisen gewiss gewohnt. Seine freudige Begeisterung, seine wortreichen Befürchtungen und blumigen Erzählungen begannen mir bereits vertraut zu werden. Ich hatte Ruban schon flüchtig von einer Reise nach Khunchom gekannt, wo ich seinen Palast aufgesucht hatte. Mein Vater hatte von ihm immer wie von einem kleinen Bruder erzählt. Immerhin hatten die beiden zwei Reisen überlebt, die sie jeweils an den Rand der Welt geführt hatten: die Suche nach dem Unterwasserreich Wajahd und die Queste in die Zitadelle der Dämonen.

Vergeblich suchten meine Augen nach dem Roten Pfeil. Erstaunlich, wie oft der Elf meinem Blick einfach entschwand. Ich hielt es für möglich, dass er ganz in der Nähe Wache hielt. Vielleicht war er auch auf der Jagd nach jenen Tieren, die in der Kälte der Wüstennacht wach werden. Schlaf schien er jedenfalls nicht zu brauchen. Der sagenumwobene Meisterschütze hatte bislang kein Wort mit mir gewechselt und selbst seinen Blick hatte ich kein einziges Mal einfangen können. Dabei hatte ich nicht den Eindruck, dass er mich persönlich missachtete. Er war einfach, so sagte ich mir, ein Wesen einer anderen, lichteren Welt.

Morenas Blick traf mich wie ein Peitschenhieb. Wie lange starrte sie mich schon so an? Schon als wir uns zum ersten Mal gesehen hatten, waren ihre Augen kalt wie Eis gewesen. Dabei hatte ich sofort auf Gemeinsamkeiten gehofft, schließlich war sie die einzige in meinem Alter. Nach dem, was Großmeister Di'Ariarchos über sie gesagt hatte, war sie die Tochter einer der mächtigsten Hexen Aventuriens. Luzelin hatte sogar bei Rohezal, der Hexen sonst eher misstrauisch gegenüberstand, einen guten Ruf gehabt. Mein Vater erzählte mir von klein auf Märchen über sie. Als ich älter wurde, begann ich zu ahnen, dass er eine Liebschaft mit ihr gehabt hatte, vermutlich kurz nachdem er meine Mutter verlassen hatte. Wusste Morena etwas darüber? Warum hasste sie mich? Ich versuchte ihrem Blick standzuhalten, aber dann erinnerte ich mich daran, was man über Hexenblicke sagt, und wich unwillentlich aus. Ich drehte mich auf die andere Seite, wickelte mich neu ein und versuchte das Gefühl abzuschütteln, dass die Hexe mich noch immer anstarrte. Dabei fiel mein Blick auf das wohl seltsamste Mitglied dieser Gruppe.

»Das«, hatte Di'Ariarchos gesagt und war zu dem riesigen Schrat getreten, »ist Krallerwatsch, Sohn des Krallulatsch. Er ist ein Fürst eines der verbliebenen Trollstämme und der größte Schamane seiner Rasse.« Der Feuermagier hatte geschmunzelt, vielleicht über das Wortspiel, und dann bedächtig hinzugefügt: »... eigentlich der einzige, von dem wir wissen. Er gehört zu den Sieben Gezeichneten und ihm verdanken wir die uralten Geheimnisse, die Borbarads unsterblichen, aber menschlichen Leib so fesselten, dass er in der Dämonenschlacht bezwungen werden konnte.«

»Jetzt nur Steinsohn«, erklang ein tiefes Schnarren aus dem struppigen, silbergrauen Pelz in vier Schritt Höhe. »Wimmelkrieger immer sehen allig zusammen.« Der Großmeister stand etwas betreten da und suchte nach Worten. Da trat Ruban vor und machte eine tulamidische Geste des Respektes.

»Wenn Ihr es mir Sohn der Einfalt erlaubt, ich denke, der Fürst der Rakshazachim meint, dass er in seinem Leben, das drei mal drei der unseren währt, mehr Taten und Würden errungen hat, als wir aufzählen könnten, doch in seiner Bescheidenheit sieht er sich hier und heute nur als Gesandter seines Elementes.«

Di'Ariarchos hatte dankbar zu dem Troll emporgeblickt. Der ließ nur seine tiefliegenden roten Augen unter den langen strähnigen Haaren funkeln. Ich war mir nicht sicher, ob der alte Tulamide tatsächlich übersetzt hatte, was der Troll gemeint hatte.

Und schließlich ich: Wie kam ich in die Gesellschaft dieser Helden aller Völker und Rassen, die, wenn ich ihre Erzählungen auch nur halbwegs verstand, bereits einmal das Schicksal der ganzen Schöpfung bestimmt hatten? Ich kann nicht einmal genau sagen, was mich zu dem gefährlichen Aufstieg zum Konzil der Elementaren Gewalten bewegt hatte.

Die erste Hälfte des Aufstieges war mir geradezu heimelig erschienen. Das Ambossgebirge lag nur zweihundert Meilen nordwestlich hinter mir. Doch dort, wo im Amboss die Baumgrenze und der Gläserne Turm liegen, dort begann erst das eigentliche Hochgebirge.

Ohne Vorstellung, was mich dort erwartete und ob ich überhaupt Einlass erhalten würde, war ich in die Bergwildnis des Raschtulswalles eingedrungen. Vielleicht waren es meine Träume gewesen. Nach dem Opfertode Großvaters war ich ruhelos gewesen, doch nachdem ich die Nachricht vom Tod Raidri Conchobairs erhalten hatte, erstarrte mein Leben, als ob ich auf einen Befehl warten würde. Dann hatten die Träume begonnen, in denen der Sturm zu mir sprach. Das hatte er immer getan in den Nächten meiner Kindheit, die ich im Gläsernen Turm verbracht hatte. Nur diesmal sprach er mit der Stimme meines Vaters.

»Ich bin die Tochter Raidri Conchobairs.« Ich hatte mich so beschämt gefühlt wie nie zuvor, als ich vor den Konzilsmagiern stand. Männer und Frauen, deren Macht allesamt der meines Großvaters glich – und ich, die keinen Beweis für meine Behauptung hatte. Warum sollen wir dir das glauben? Und selbst wenn es stimmt: Was willst du hier? Hundertmal hatte ich diese Fragen in meinem Kopf gehört, während ich den Raschtulswall erklomm. Aber seltsamerweise stellte niemand diese Frage.

Großmeister Di'Ariarchos war mir entgegengekommen. Er schien nicht einmal auf die Zwillingsschwerter zu achten, die ich von meinem Vater geerbt hatte. Beinahe schien er auf mich gewartet zu haben. Ich suchte in seinem markanten Gesicht und den glutvollen Augen nach Zweifeln – vergeblich. Binnen einer Stunde hatte er mir von der unglaublichen Queste nach dem Ei des Lichtvogels erzählt, offenherzig und persönlich. Und als einige Tage später die anderen Gefährten eintrafen, stellte er mich ihnen mit der gleichen beunruhigenden Selbstverständlichkeit vor. Außer Morena schien niemand Anstoß zu nehmen oder Zweifel daran zu haben, dass ich den Platz meines Vaters einzunehmen hatte. Außer Morena – und mir!

Pyriander Di'Ariarchos:
Nirgendwo sonst, so heißt es, leuchten die Sterne wie über der Wüste. Deswegen liegen auch die Zentren der Astronomie am Rande der Wüste: Anchopal, das Zentrum der tulamidischen Sterndeuterei, und das moderne Vinsalter Teleskop in den Goldfelsen. Ich habe es immer geliebt, mich in der Einsamkeit der Wildnis in die Kraft der Sterne zu versenken, und ich stellte fest, dass der unbewölkte Himmel hier so heimatlich war wie im Raschtulswall, wo Drakonia einfach oberhalb der Wolken lag. Die Sterne, so lehren wir Magier, befinden sich in der Sechsten Sphäre. Sie bilden den Wall gegen die Niederhöllen und sind die sichtbare Konzentration jener Kraft, die uns zaubern lässt.

Über uns strahlte Phexens Fuchs, dessen großen Kopf und spitze Ohren sogar die Kinder leicht erkennen. Er war mir stets das Symbol eines menschenfreundlichen Gottes gewesen, der die Reichen bestiehlt und die Mächtigen überlistet, aber jedem Sterblichen die Wahl eines eigenen Weges offenhält. Besonders bezeichnend dafür war das türkise Auge des Phex, ein Stern, der erst 1016 BF bei Borbarads Rückkehr erschienen war. Wie konnten wir das anders verstehen, als dass der Diebesgott sehr genau überwachte, welche Veränderungen sein skrupelloser Enkelsohn über die Welt gebracht hatte?

Nahe dem Fuchs stand die Eidechse, das Symbol der Tsa. Sajalana, der hellste Stern darin, hatte seinen Namen von den Elfen: »Zur-Heimat-Begleiter« lautete die notdürftige Übersetzung. Ich fühlte Frieden und die Verheißung eines Neubeginns, wie immer, wenn ich diese Sterne betrachtete. Hesindes Schlange, in der ich immer die Verkörperung eines der Hohen Drachen gesehen habe, verkroch sich bereits wieder am westlichen Horizont, gefolgt von Firuns Eisbär. Gegenüber übernahm bereits der Frühling seine Herrschaft: Peraines Storch, Hammer und Amboss, die Ingerimm geweiht sind, und Rahjas Stute, deren Auge sich bereits über den Osthorizont erhoben hatte.

Doch in dieses Gefühl der Harmonie mit den Sphären, das mich durch die einsamen Nächte meiner geraubten Jugend, meines entbehrungsreichen Studiums und meiner Forschungen getröstet hatte, mischte sich ein leises Grauen – jenes Grauen, mit dem ich wieder feststellte, dass einige Sternbilder, die mir seit Jahrzehnten vertraut waren, Gestalt oder Bahn verändert hatten. Die Sphärenbeben in der Gorischen Wüste, die unaufhörlichen Beschwörungen in den Schwarzen Landen, die wachsende Macht der Dämonenzitadelle und vor allem Borbarads letzte Beschwörung, die durch die Dritte Dämonenschlacht eben noch verhindert werden konnte, und sogar sein Sturz hatten ihre Spuren selbst am Himmel hinterlassen! Sämtliche Aufzeichnungen und Sternkarten, an denen Generationen von Forschern gearbeitet hatten, sowie mechanische Wunderwerke wie Anchopaler Astrolabien und Orbitarien waren ungenau geworden. Ich schalt mich einen engstirnigen Gelehrten: Es war nicht unser Bild von der Welt, das bedroht war – es war die Welt selbst, die uns unter Augen und Händen zu zerbrechen drohte!

Rondriga Conchobair:
»Du siehst unmöglich aus«, schimpfte Morena im Hintergrund. Sie hatte begonnen, während der Nachtlager Krallerwatsch das Fell zu zausen. Inzwischen ließ er es sich gefallen, dass die Hexe ihm mit einem Holzkamm durch das struppige Rückenhaar fuhr.

Ich konnte die Vertraulichkeit der beiden nicht verstehen. Der Troll erschien mir wie kein anderes Wesen fremdartig. Er trug, wenn ich es richtig verstanden hatte, das Wissen seiner Vorfahren in sich, auf eine gespenstische Art von Besessenheit, die nur einem Meister der Ahnenbeschwörung zugänglich war. Ich wagte noch immer nicht, ihm ins Gesicht zu blicken oder ihn anzusprechen, wenn er saß – und wenn er stand, fürchtete ich mich erst recht davor. Morena wiederum war eisig zu mir und selbst den anderen gegenüber kratzbürstig.

Ich weiß nicht, wann das Lied zu erklingen begann. Es war, als ob es von Anbeginn dagewesen war und ich es bislang nur nicht gehört hatte. Es lag so viel Trauer und Lebensfreude darin und dauerte schon solange an, als ich mich erstmals nach seinem Ursprung fragte. War es eine Stimme oder waren es zwei? Manchmal schienen es ein Mann und eine Frau zu sein, die in seltenem Gleichklang sangen, dann wieder verschmolz die Melodie so einzigartig, dass sie nur einer einzelnen Kehle entsteigen konnte. Schließlich begann die Hirtenflöte zu spielen. Sie trug die Töne weiter, ließ sie über die Dünen tanzen, die im Mondlicht glänzten, und zu den Sternen hinaufsteigen. Ich fühlte, wie mir Tränen auf die Hände und meine verschränkten Beine tropften. Wann hatte ich das letzte Mal so frei geweint?

Ich war wie verloren in einer Trauer, die nicht die meine war und doch den Schmerz allen Verlustes mit mir teilte, als er aus der Wüste zurückkehrte. Ein fremdartiger Duft von Lotos und Minze wehte zu mir hinüber. Der Nachtwind verfing sich in seiner rotblonden Mähne und spielte mit den eingeflochtenen Amselfedern. Er ging mit der sanften, geschmeidigen Kraft eines Raubtieres, das seinen Hunger gestillt hat. Im Licht Madas schimmerte seine Haut wie Elfenbein. Keiner wagte zu sprechen, aber alle Blicke waren auf den Roten Pfeil gerichtet. Mit einer einzigen fließenden Bewegung setzte er sich nahe seinem Pferd nieder.

»Darf ich fragen ...«, sagte ich und verstummte. Wie laut meine Stimme war, wie rau und wild! Ich räusperte mich. Großmeister Di'Ariarchos sah mich mit samtenem Blick an und nickte aufmunternd. Noch einmal räusperte ich mich, nahm allen Mut zusammen und sah den Roten Pfeil an. Sein Blick lag auf mir, offen, unirdisch, von der Farbe reinen Amethysts.

»Tie'Shianna«, sagte er sanft. »Die gleißende Stadt. Die *fenvar* bauten sie als Schutz gegen das *bangra,* das Bannland der *zara.*« Ich fühlte, wie mir heiß und kalt zugleich wurde. Er hatte meine Gedanken gelesen, er wusste genau, was ich wissen wollte, er sprach so, dass ich verstand, ohne ein Wort zu verstehen. So viel Gefühl, so viel Verletzlichkeit. Wir saßen viel zu weit voneinander entfernt für so ein sanftes Gespräch.

»Was ist geschehen?« fragte Di'Ariarchos. Auch seine Stimme war wie Dornen auf der Haut. Doch der Rote Pfeil hielt sein Herz weiter geöffnet.

»*Dhaza*«, ließ er ein weiteres Zauberwort in der Wüste verwehen. »Das Namenlose. Mit dem *dha* wuchs das *bha* und das *mha* schwand. Die *fenvar* wollten mehr. Sie nahmen Stein und Edelstein gefangen. Sie bauten, sie wuchsen, sie besaßen. Das ist das *badoc*. Dann kam Pardona-die-alles-vergiftet. Sie führte sie zum *gala dh'raza*.«

»Dem … goldenen Drachen?« fragte ich atemlos. Faldegorn hatte mir von ihm erzählt. Für den jungen Kaiserdrachen war er einer Gottheit am nächsten gewesen, sodass er ihn anerkennen konnte.

»*Pyr Daokra*«, bestätigte der Elf. Das Wort klang aus seinem Mund, als ob Zähne in Fleisch schlugen. »Sie sangen seine Lieder, sie glaubten, ohne ihn kein *kar'mha* zu haben.«

»Du meinst, sie beteten zu ihm?« fragte Di'Ariarchos ungläubig. Es war allgemein bekannt, dass die Elfen keine Götter akzeptierten – vielleicht als einzige Rasse Aventuriens.

»*Pyr Daokra* wollte die *kha* gewinnen.« Das Mysterium von Kha. Ein Urwort, das wohl in allen Sprachen für die Weltordnung steht.

»Die Elemente«, fügte Di'Ariarchos hinzu. »Pyrdacor hätte der Hüter der Elemente sein sollen, aber er riss die Macht über sie an sich.« Der Rote Pfeil hob die Hand. Vier Finger. »Vier der sechs Elemente«, nickte der Magier. »Er hatte keine Macht über Erz, nachdem er die Zwerge nicht besiegen konnte. Und irgendwie gewann er auch niemals Macht über das Eis.«

»Tie'Shianna«, sagte der Elf zustimmend. »Die Stadt im … Stein.« Das Wort auszusprechen schien ihm schwer zu fallen. »Und Ometheon. Die Stadt im Eis. Deswegen bauten die *fenvar* die Städte.«

»So etwas hat Fuldigor im Ehernen Schwert auch gesagt.« Nun klang Di'Ariarchos' Stimme atemlos. »Die Echsen, die Riesen, die Drachen und die Elfen kämpften gegeneinander – um die Elemente. Und im Drachenkrieg fiel Pyrdacor selbst.« Nein, ich wollte nichts von Macht und Kriegen hören. Ich wollte mit dem Roten Pfeil über seine Trauer sprechen.

»Warum ist das Lied so traurig?« fragte ich schüchtern. Noch einmal sprachen die amethystfarbenen Augen zu mir.

»Tie'Shianna ist verloren. Die *fenvar* sind verloren. Geblieben sind nur die *shi*.«

»Rastullah«, polterten mehrere der Kameltreiber. Ich hatte nicht einmal gemerkt, dass sie alle zugehört hatten. »Die Beni Geraut Schie.« Wieder und immer wieder fiel dieses Wort unter den abergläubischen Novadis.

»Wen meinen jene Söhne des Kleinmutes?« fragte Ruban streng. Abidallu Spinalis verbeugte sich:

»Die Wüstenelfen. Die gesichtslosen Geister im Herz der Großen Khom.«

»A'i«, bestätigte der Rote Pfeil. »Mit dem Morgen gehen wir aus dem *ban*. Über die Grenze. In das *bangra*, wo die Geister der *zara* und der *fenvar* bis heute kämpfen.«

Pyriander Di'Ariarchos:

»Das ist der Wal-el-Khomchra.« Es ist kaum zu glauben, welchen Eindruck ein Gebirge schon nach wenigen Tagen in der Ebene macht. Großräumig gesehen näherten wir uns in Form einer Spirale den innersten Gebieten der Khomwüste – jenem Land, das die Novadis die »Wüste in der Wüste« nannten, weil sie selbst ihnen unbekannt waren ... Die Abendsonne färbte die Höcker und Nackenbürsten der Kamele rot und ließ sie dreimal so lange Schatten werfen. Von meiner Kamelsänfte aus konnte ich das breite Massiv sehen, das sich über den Horizont vor uns dahinzog. Seit wir die Oase Birscha und damit die gängigen Karawanenrouten hinter uns gelassen hatten, hatten sich zu unserer Rechten stets Berge befunden. Doch nun erstreckte sich um uns Wüste, nur vor uns türmte sich der gelbe Sandstein des Bergstocks bis zu einer Höhe von etwa zwei Meilen.

»Ich dachte nicht, dass er so hoch ist.« Rondriga sprach aus, was wir wohl alle dachten. Sie hatte das Pferd neben mir angehalten.

»Das liegt auch an der trockenen Luft«, erklärte ich. »Du sagtest, dass du wie ich im Gebirge aufgewachsen bist?«

»Im Amboss«, nickte sie. »Ich denke, ich weiß, was Ihr meint. Bei dieser Höhe trügen die mittelländischen Gebirge Wolkenmützen an den Spitzen. Der Ruberkopf ist wohl doppelt so hoch und auch der Trollkopp und diese und der Alte Vater liegen fast zur Hälfte von Wolken verhüllt.«

»Und natürlich täuscht uns der fehlende Bewuchs«, räumte ich ein. »Im Raschtulswall bist du bereits zwei Wochen lang aufgestiegen, wenn du die Baumgrenze erreichst.«

»Ja«, sagte sie eifrig, »nackter Stein bedeutet für uns beide, dass wir in der Bergwildnis der höchsten Gipfel sind.« Sie schien unsere Gemeinsamkeit zu betonen. Mir fiel auf, dass dies wohl die ersten persönlicheren Sätze waren, die wir austauschten. Ob sie sich einsam fühlte in unserer Gruppe, die fünf atemlose Tage zusammengeschweißt hatten?

»Und außerdem darfst du nicht vergessen, dass wir selbst uns auf der Höhe des Alten Meeres befinden.« Ich hatte beschlossen, ein wenig mit Rondriga über das zu sprechen, was mich beschäftigte – was meinen Geist seit Tagen geradezu quälte.

»Ihr meint den Cichanebi-Salzsee?« Ich empfand ein Gefühl der Sympathie für die rothaarige Kriegerin. Ich hatte sie mit dem Wort, das ich eigentlich erfunden hatte, aus der Reserve locken wollen. Und sie hatte die Herausforderung angenommen. Immerhin war sie von einem echten Erzmagier unterrichtet worden. Ich wollte sehen, wie weit sie mir folgen konnte.

»Es gibt Anzeichen dafür, dass die Khomwüste im Drachenkrieg entstand, als die Alten Drachen gegeneinander kämpften.« Sie nickte wieder. So weit schien sie in der Urgeschichte bewandert zu sein. Ich hatte in manchen Akademien junge Magister getroffen, denen der Begriff »Drachenkrieg« nichts sagte, und der gemeine Aventurier wäre wohl in Panik verfallen, hätte er davon gehört. »Hier im Herzen soll eine Art Binnenmeer gelegen haben oder ein fruchtbares Paradies, vielleicht auch der sagenhafte Erste Garten Peraines.« Sie sah mich mit einem Blick an, in dem mehr Neugierde und Interesse als Zweifel lagen. »Der große Salzsee von Cichanebi« – ich deutete schräg nach hinten, wo der See hundert Meilen gen Südosten lag – »soll der giftige Rest jenes Meeres sein, das im Drachenfeuer verdunstete, oder das Brackwasser, das zurückblieb, als der Erste Garten in den Limbus gerissen wurde.«

»Ihr meint …«, stieß sie betroffen hervor. Dann wurde sie gefasster: »Dieses ganze Land, durch das wir seit Tagen reisen, diese Wüste, soll einmal fruchtbar gewesen sein? Was in aller Welt könnte so ein Paradies zerstört haben?«

»Du hast Fuldigor nicht gesehen«, sagte ich. Auch meine Betroffenheit war nun zu hören. »Du hättest seine Macht auch nicht begriffen – ebenso wenig wie wir. Im Drachenkrieg sollen Pyrdacor und Famerlor, die Brüder Fuldigors, gegeneinander gekämpft haben. Wir wissen, dass solche elementaren Katastrophen unsere Welt wiederholt getroffen haben. Aus den Stelen von Drakonia glauben wir beinahe ein Dutzend solcher Verwüstungen lesen zu können, eine schrecklicher und zerstörender als die andere. Und die zwölfte, verursacht durch Borbarads Machtgier, wirft ihre Schatten über uns.«

»Aber dieser Drachenkrieg war doch ein Kampf? Ein einziges Ereignis? Ist dieser Kampf in unserem Zeitalter nicht bereits geschlagen und gewonnen?«

»Wir wissen so gut wie nichts über den Drachenkrieg«, musste ich gestehen. »Er könnte Jahre gedauert haben – oder Jahrhunderte.«

»Die *fenvar* waren noch nicht geträumt, als er begann«, erklang nun die sanfte Stimme des Roten Pfeils, der mit seinem Pferd zurückgefallen war, »und als sie im *badoc* vergingen, war der letzte Kampf noch nicht gekämpft.« Ich erschrak. Nicht darüber, dass der Elf das Gespräch mit seinen feinen Ohren erlauscht hatte – sondern vielmehr dass er es notwendig fand, sich daran zu beteiligen.

»Die *fenvar*?« echote Rondriga. »Die die Städte in den Elementen erbauten?« Die Geschichte der Wüstenelfen hatte mich erschüttert. Was konnte ein ganzes Volk von Übermenschen wie den Roten Pfeil zu Boden werfen?

»Bei Naclador, ich weiß es doch auch nicht«, stieß ich hervor, als der Elf wieder schwieg. »Ich bin zwischen den Statuen dieser Wesen aufgewachsen, der Hohen Drachen und Alten Drachen – zumindest glauben wir das in Drakonia. Naclador, den ich eben anrief, ist der Drache der Weisheit – und ich verstehe ihn als die Verkörperung und den Wächter aller Weisheit, die den Wesen aller Sphären und Zeiten gegeben ist. Als der Namenlose die Bresche in den Sternenwall schlug, durch den die Dämonen eindringen, muss die Dritte Sphäre gebebt haben. Als die Zwölfgötter Ihn ergriffen und Ihm den Namen raubten, verwüsteten Ihre Alveraniare ganze Kontinente. Und als Mada die Siebte Zitadelle zerschlug, um die Magie zu befreien, wurde sie bestraft, als Mond über den Himmel zu ziehen. Wer bin ich, die unvorstellbare Macht dieser Unsterblichen ermessen zu wollen?« In Gedanken fügte ich hinzu: Und doch, so scheint es, bin ich, sind wir dazu verurteilt, es tun zu müssen, wenn wir Aventurien retten wollen.

Wir ritten eine Weile schweigend dahin, Rondriga in aufrechter Haltung auf ihrem Pferd, während ich mich notgedrungen im Passgang des Kamels hin- und herwiegte. Der Rote Pfeil lenkte sein Pferd mit leicht beschleunigtem Schritt wieder an die Spitze. Ich fragte mich, ob er jedes Gespräch gehört hatte, das ich auf dieser Reise in unbeachteter Zweisamkeit zu führen geglaubt hatte.

»Wieso weiß niemand davon?« fragte Rondriga.

»Als das Konzil der Elementaren Gewalten nach 800 Jahren wieder Kontakt zu der aventurischen Gildenmagie aufnahm«, meinte ich bedauernd, »mussten wir feststellen, dass manche unserer alten Schriften heute als geradezu verboten gelten. Die Geweihtenschaft des Praios und der Travia vertreten ein Weltbild, in dem eine Änderung der Ordnung, des Gewohnten, der Machtverteilung und der Vorherrschaft nicht göttergefällig erscheint.«

»Nun, ich verstehe, dass die großen Kirchen dieses entsetzliche Wissen vor den Gläubigen verbergen. Aber warum wissen auch die Gelehrten so wenig darüber?« Wieviel wusste sie, dass sie das so zielsicher beurteilte? Oder hatte sie nur gut geraten?

Ich versuchte meine eigenen Gedanken einzuschätzen. »Vielleicht weil der Gedanke für Sterbliche so unvorstellbar ist, dass ein ganzes Reich, eine ganze Kultur fast vollständig vom Angesicht der Welt getilgt wurden. Vielleicht auch, weil dabei außerdem fast alle Dokumente, fast alle Spuren und fast alle Artefakte verschwanden. Jene Menschen, die sie dennoch gefunden haben, sind oft nicht mehr Herr ihrer Sinne. Liskom von Fasar, der Schwarzmagier, der Borbarads Geist zurückrief, soll wahnsinnig geworden sein, als er in Selem die alten Stelen studierte. Und der Erzmagier Rakorium, dessen Integrität ohne Zweifel ist, wird von vielen Gildenmagiern, insbesondere Weißmagiern, für verrückt erklärt.« Ich beobachtete sie scharf. Was hatte ihr gestrenger Großvater Rohezal wohl über seinen Standesgenossen gesagt?

Ich versuchte auf den Boden der Wüste zurückzufinden, durch die wir uns heute bewegen mussten. »Wie auch immer. In manchen Druidensagen heißt es, dass von dem Echsenreich von Zze'Tha nach dem Drachenkrieg nur der Festungsberg zurückblieb. Das könnte der Wal-el-Khomchra sein.«

»Und die Oasen sind die einzigen Reste der früheren Fruchtbarkeit?« fragte sie.

»Das klingt wahrscheinlich. Weshalb?«

»Die alten Märchen der Tulamiden berichten, dass die Novadis in einigen Oasen gegen Schlangenwesen kämpfen mussten, ehe sie die Wasserquellen in Besitz nehmen konnten. Und mein Vater hat mir erzählt, dass er auf Maraskan mit dem Erzmagier Rakorium gegen eine Schlangenfrau kämpfte, die wahrscheinlich schon lebte, ehe die ersten Güldenländer Aventurien besiedelten.« Hatte sie die gleiche Gänsehaut wie ich, als sie das erzählte? Plötzlich begriff ich, was sie mir als Kriegerin voraus hatte: Ihr geistiges Auge erwog bereits, welche Gefahr uns erwarten mochte …

Das Kloster

Ruban ibn Dhachmani:
Oh wir Söhne der Blindheit, die es dem gelbpelzigen Khorams-Maulwurf nachtaten!

Phexens Glücksmond ging bereits zur Neige. Wir hatten den Wal-el-Khomchra beinahe vollständig umrundet und waren jeder größeren Schlucht in sein Inneres gefolgt. Immer wieder hatten wir uns auch Tafelbergen zugewandt, die das Gebirge wie Vorfestungen umgaben. Es gab Tage, da kamen wir im Reg, der Wüste aus Kies und Geröll, keine zehn Meilen weit und oft mussten wir noch zurückmarschieren, weil sich wieder eine Schlucht als Sackgasse erwiesen hatte.

»Bemerkenswert«, sagte Di'Ariarchos. »Seht Ihr diese Trennlinie zwischen den Gesteinen? Der aufragende Teil des Wal-el-Khomchra besteht aus gelbem Sandstein, so wie die meisten Gebirge rings um die Khomwüste. Aber der Sockel darunter ist aus Granit, so wie die alten Zwergengebirge.«

»Knoch von Somo immer weiß«, brummte Krallerwatsch vorwurfsvoll. Fast klang es, als ob ihm unser kindliches Geschwätz endgültig zu viel war. »Sandigberg nur jüngere Koloschoch von Somo, viel später gebergt.« Der Rakshazach trug inzwischen Zöpfchen im Bart – auch wenn es in Morenas schmalen Händen die kräftigsten Stränge waren, die sie flechten konnte. Der große Zauberer schien fassungslos und in der folgenden Stunde saß er schweigend auf dem Kamel, während sein Blick zwischen dem Wal-el-Khomchra und dem Rakshazach hin- und herpendelte. Mir Sohn der Einfalt blieb verschlossen, welche Weisheiten hier ausgetauscht worden waren.

Doch ich machte mir meine eigenen Gedanken zu jenem Gebirgsstock, der tatsächlich stummer Zeuge einer vorzeitlichen Katastrophe sein mochte. Ja, aus diesem gewaltigen Massiv war dereinst in solchen Strömen Wasser geflossen, dass es sich Schluchten gegraben hatte. Nun aber lechzten wir nach jedem Wasserloch, das ein kümmerlicher Springquell in seinen Flanken entstehen ließ.

Felsgebilde wie Mäuler und Fratzen beobachteten jeden unserer Schritte, seltsame Türme und fensterartige Höhlen täuschten uns immer wieder das Ziel unserer Suche vor. Endlos schienen die Umwege zwischen zerschlagenen Felsbrocken und Halden von trügerischem Schutt und jeder Schritt drohte Mensch und Kamel Knöchel oder Fuß zu brechen. Nach den vielen Tagen narrte uns oft der Wunsch, das Kloster zu finden. Immer wieder glaubte einer von uns Kindern des Überdrusses,

Türme, Zinnen oder Fenster auszumachen. Meist genügte es, sodann einen Blick auf den Elb zu werfen. Nur zwei oder drei Male erachtete es dieser Vater aller Adleraugen überhaupt für nötig, seinen Blick in die gewiesene Richtung zu wenden.

»Was für ein Unfug!« Es war am vierten Tag gewesen, an dem wir an den Flanken des Wal-el-Khomchra entlangzogen. Morena war während einer Rast plötzlich abseits getreten, ihren alten Reisigbesen in der Hand. Dann schwang sie sich wortlos darauf und hob ab wie eine Feder, die der Wind erfasst hatte.

»Sie wird doch nicht einfach …«, begann Di'Ariarchos und biss sich auf die Unterlippe. Ich machte eine Geste der Beschwichtigung. Weibsvolk mag bisweilen seinem Schädel folgen wie ein Krummhornschaf, aber keine Frau verlässt mitten in der Wüste den Schutz der Sippe für lange. Eine Viertelstunde später kehrte sie zurück. Erst am nächsten Tag, als Morena zur Mittagszeit wiederum entflog, begriffen wir, dass auch sie nach dem Kloster zu suchen begonnen hatte, und zwar auf eine ihr ganz eigene Art.

»Sie sind wieder da«, sagte der Rote Pfeil ohne besondere Regung. Ich versuchte den Horizont abzusuchen, ohne dabei zu auffällig Ausschau zu halten. Mehrmals glaubte ich, dunkle Schatten zu sehen, aber die mochte nur das helle Licht der Wüste in meinen Augen schaffen. Die Beni Habled! Seit Tagen folgten sie uns und schlichen sich mehrmals täglich auf die Kämme der Dünen um uns. Der Elb erspähte sie immer. Wir Söhne des Stumpfsinnes hingegen hatten nur selten einen Blick auf die Gestalten in schwarzen Silhams und Turbanen erhascht, die sich hinter ihrer Deckung duckten. Wenn Rondra uns beistand, scheuten sie den Angriff auf dreißig Mann, die so augenscheinlich weder Handel treiben noch Krieg führen wollten und wohl gut bewaffnet waren. Wenn uns Phex beistand, dann wussten sogar die scheuesten Wüstenstämme indessen, dass wir suchten, was alle Könige und Sultane, alle Zauberer und Priester guthießen. Wenn jedoch Rastullah mit ihnen war, würden wir bald das letzte Geheimnis finden, das die Wüste birgt, und von dem nur die bleichen Gebeine in der Sonne künden …

Pyriander Di'Ariarchos:
»Wer weiß, vielleicht haben Ghibli, Ras und Khomra das Kloster längst begraben.« Es war das erste Mal, das Abidallu Spinalis mich ansprach.

»Wer?« fragte ich geistesabwesend.

»Verzeiht, Effendi.« Der Karawanenführer verneigte sich. »Ghibli, der Staubsturm, Ras, der verfinsternde Sandsturm, und Khomra, der Wirbelsturm der Großen Khom. Sie gelten als dienstbare Geister Rastullahs.«

»Khomra?« wiederholte ich. »Ist das Teil des Namens Wal-el-Khomchra?« Als er eine zustimmende Geste machte, fragte ich weiter: »Und was bedeutet Wal?«

Im Gesicht des Mannes begann es zu arbeiten, bis er äußerst verblüfft wirkte. Schließlich kratzte er sich unter seinem Turban. »Wal heißt einfach Wal. Es hat mit Gebären zu tun … oder mit Statthalten … oder mit Zurückbleiben … oder mit dem Pferd, dem man die Männlichkeit genommen hat. Verzeiht meine Unwissenheit, Effendi.«

Ich ahnte, dass allein in diesem Namen ein weiteres Geheimnis aus grauer Vorzeit verborgen lag – eine Information, die für uns vielleicht lebenswichtig sein konnte. Was zurückblieb, als sich die Stürme des Drachenkrieges verzogen hatten? Oder erinnerte der Wirbelsturm an das, was an einem Loch in den Limbus entsteht – an einer Dunklen Pforte? Oder …? Der dritte Gedanke war so beängstigend, dass er mir entglitt, ehe ich ihn begreifen konnte.

Ich versank bei der wochenlangen vergeblichen Suche immer tiefer in einen Zustand düsteren Brütens. Meine Lehrer hatten mich immer ungeduldig gescholten und es allenfalls mit dem Feuer erklärt, das meinem Wesen entsprach. Ich hatte in den Jahrzehnten meiner Ausbildung gelernt, still vor mich hinzuglühen, einem Ziel entgegen, das ich einmal ins Auge gefasst hatte. Aber hier, im Herzen der größten Wüste Aventuriens, wusste ich nicht einmal, ob es ein Ziel gab. Wir hatten die Expedition lange vorbereitet und viel Beistand von anderen Akademien erhalten. Wir hatten den Wal-el-Khomchra sogar mit dem Schwarzen Auge von Rommilys ausgekundschaftet, aber auch dieses mächtigste Artefakt der Hellsicht vermochte nur zu zeigen, was man beschreiben konnte.

In mir nagte die Frage, was ich falsch machte. Als das Konzil der Elementaren Gewalten nach Jahrhunderten die selbstgewählte Isolation beendet hatte und wir die Gildenmagier von Punin kontaktiert hatten, hatte ich versagt. Sie waren von unserem Wissen, das ihnen verschollen galt, so geblendet, dass sie meine Warnungen und Bitten kaum wahrnahmen. Als wir nach den gefährlichsten Tagen meines Lebens vor den allwissenden Fuldigor getreten waren, hatte Raidri Conchobair die Fragen an den Alten Drachen gerichtet. Warum nicht ich, der sein Leben lang dafür ausgebildet worden war? Und nun standen wir hier und fanden nicht einmal das Tor zu einem Land, von dem wir hofften, dass sich dort der Weg zu einem Ort finden würde … Es war so absurd, dass ich nicht weiterdenken konnte. Das schien zu viel für mich.

Wie so oft, wenn ich zu dieser Einschätzung gelangt war, schweifte mein Blick wie zufällig über meine Begleiter. Ich wusste längst, dass ich Hilfe suchte. Wie es schien, war unter den Menschen um mich nach Raidris Tod Ruban der einzige, der wusste, was solche Questen bedeuteten. Ja, ich habe Reisen unternommen. Jedes Mal aus dem Konzil ins Tal zu steigen war, was andere Aventurier als weite und gefährliche Reise bezeichnen mochten. Aber die Queste, zu der ich mich verpflichtet hatte, führte mich zehnmal, wenn nicht hundertmal weiter.

»Ein Berg mit Fenstern darin und Treppen davor?« Morena landete einige Schritt vor uns und stellte die Frage mit genüsslicher Verspieltheit. Etwas lag in ihrer Stimme, das uns alle aufspringen ließ. Wir passierten linker Hand zwei Seitentäler und drangen in die dritte Schlucht vor.

»*Dha.*« Der Rote Pfeil drückte so etwas wie die selbstverständliche Bestätigung einer Erwartung aus. Seinem Blick folgend sahen wir alle die kleine Stele aus Sandstein, die im Steingetrümmer stand. Eine große, mir unbekannte Glyphe zierte sie: ein Quadrat in einem Kreis. Der Weg war verfallen und unter Schutt und Geröll kaum mehr erkennbar, zeigte sich aber oft genug, um unsere Richtung zu bestätigen.

Gegen Nachmittag lag der Berg vor uns. Die Einbauten waren zweifellos geschickt getarnt, und fügten sich in das natürliche Bild. Dennoch gab es nach all den Wochen in der Geröllwüste keinen Zweifel, dass das, was vor uns lag, nicht von den Elementen geformt worden war.

Wer hätte gedacht, dass nicht der Rote Pfeil das Kloster entdecken würde? Ich nickte Morena anerkennend zu und blickte dann zu dem Elf hinüber. Ob er so etwas wie Neid kannte? Doch sein Blick war klar und ruhte mit der Unerschütterlichkeit eines Adlerauges auf dem Berg vor uns. Wir hatten zu Beginn, als wir in die innere Wüste vordrangen, einmal angesprochen, ob er sich in die Totenamsel, sein Namenstier, verwandeln wolle. Aber er hatte nur auf die kreisenden Khomgeier, Sturmfalken und Gabelweihen geblickt und freundlich eines seiner elfischen Worte der Warnung gefaucht. Ich schaute zum Himmel. War es nur meine Einbildung oder zogen dort besonders viele Khomgeier, deren kreisende Missgestalt hier wie überall Zeichen des nahen Todes war, ihre Bahn?

Rondriga Conchobair:
Der Berg hatte die Form eines ungleichmäßigen Kegelstumpfes, etwa zweihundert Schritt hoch. Er stand fast vollständig frei inmitten des Talkessels, nur an der nordöstlichen Rückseite zog sich ein halbhoher Bergrücken zum Massiv des Wal-el-Khomchra dahin. In den schroffen, sandfarbenen Wänden des Klosterberges waren verschiedene dunkle Löcher zu sehen: keilförmige Eingänge, Lichtschächte und Schießscharten, wie wir vermuteten. Da und dort waren auch Treppen zu sehen. In die Felswand gehauen, verbanden sie die einzelnen Eingänge.

»Es ist schwer zu schätzen«, gab ich mein Urteil ab, »aber die Tore und Treppen sehen sehr … groß aus. Was meint Ihr?«

»Gut für Troll«, brummte Krallerwatsch, meine sorgenvolle Andeutung gänzlich ignorierend.

Nach kurzer Beratung begannen wir mit dem Anmarsch. Wir sahen keine Möglichkeit, uns über die Schutthalden ungesehen zu nähern. Also beschränkten wir uns auf einfache Vorsichtsmaßnahmen. Der Rote Pfeil und ich schwärmten aus, während die anderen vier dem kaum sichtbaren Weg folgten. Der Klosterberg war zerklüftet wie alle Sandsteinformationen, Schutt türmte sich am Fuß tiefer Schründe, Schluchten und Rinnen. In so einer Scharte fanden wir verfallene Gatter um ein Wasserloch. Offensichtlich war dies ein Ort, wo einmal Ziegen oder Schafe gehalten worden waren. Ebenso offensichtlich war er seit einem halben Menschenleben verlassen. In der Kerbe in der Bergwand zog sich ein Weg bergaufwärts, teils natürlich, stellenweise auch geschlagen.

Der Rote Pfeil huschte katzengleich über den brüchigen Steinpfad, ich übernahm die Spitze der Hauptgruppe. Ich bin nun keineswegs so groß und schwer wie mein Vater, aber mancherorts begann der Sandstein unter meinem Fuß zu bröckeln – an Stellen, über die der Elf einfach hinweggesprungen war. Mehrmals blickte ich besorgt nach hinten. Die anderen drei Menschen hatten ähnliche Mühe wie ich, aber bemerkenswerterweise gab der Stein unter Krallerwatsch, der gewiss drei- oder viermal so schwer war wie ich, auch nicht mehr nach.

Auf halber Höhe stießen wir erstmals auf die Felstreppe. Seltsamerweise war nur jede zweite Stufe aus dem Fels geschlagen. Dazwischen lagen deutlich grober behauene Sandsteinblöcke.

»Heißt mich einen Narren«, sagte Ruban der Rieslandfahrer, »aber ich sehe eine Treppe aus alten Zeiten, in die man später Stufen eingefügt hat. Die neuen Stufen sind eines Menschen Gliedern angemessen. Die alten Stufen aber waren …«

»… gut für Troll«, brummte Krallerwatsch erneut und nahm die Treppe mit jenen Riesenschritten, für die sie wohl ursprünglich gebaut worden war.

Ruban ibn Dhachmani:
»Welche Väter der Verwüstung haben hier gehaust!« rief ich. Das große, alte Holztor war eindeutig aufgebrochen worden. Bretter aus Zedernholz, die wohl sieben mal sieben Jahre überstanden hatten, waren unter derben Axthieben geborsten, die gezielt dem Riegel dahinter gegolten haben.

Ein übers andere Mal hatten wir dunkle Löcher im Berg gesehen, Fenster, wie sie Morena genannt hatte, zumeist zehn Schritt oder höher über der Treppe gelegen.

Dieser Berg der Geheimnisse war gewiss von Gängen und Höhlen durchzogen. Doch erst im obersten Drittel waren wir vor das getreten, was wohl der Eingang war: eine grobe steinerne Terrasse mit einem mächtigen Holztor und einer kleineren Holztür. Letztere war geschlossen und unbeschadet und, wie ich mit kurzem Rütteln feststellte, wohl von innen verriegelt. Staub rieselte über meine Hand. Nein, diese Pforte der Bescheidenheit war nicht mehr benutzt worden seit ich ein Jüngling war.

»Tür nicht gut für Troll«, knurrte Krallerwatsch und öffnete sie so weit, dass sie auch ihm Einlass bot. Welche Kraft in diesen haarigen Fäusten eines Zaubersultans lag! Dunkel und Grabesstille begrüßten uns. Vor uns lag ein Gang, der auf die Größe des Rakshazach zugeschnitten schien: beinahe fünf Schritt hoch, am Boden dreieinhalb Schritt breit und oben noch immer anderthalb Schritt. Der Staub eines halben Menschenlebens, in der trockenen Luft fingerhoch gewachsen, lag über dem Ort. Unwillkürlich griff ich nach dem Unsichtbaren Schwert.

»*Feya feiama i'ungra*«, erklang des Elben Zauberstimme, als er ins Dunkel trat. Ein kühles blaues Licht leuchtete über seiner Rechten auf.

Rondriga Conchobair:
Knisternd verwandelte sich Di'Ariarchos' Zauberstab hinter mir in eine Fackel. Das kannte ich von Großvater: der so genannte Zweite Stabzauber. Gespenstisch und riesenhaft vergrößert tanzte mein Schatten vor mir. Ich hatte *Antworter* gezogen und folgte dem Roten Pfeil. So wie er selbstverständlich als Kundschafter vorging, war es meine Aufgabe als Kriegerin, der Hauptgruppe voranzugehen. Schnell stellte ich fest, dass ich dabei an jenem Punkt zwischen den zwei Lichtquellen ging, wo mich nur die Schatten narrten.

»Flim Flam Funkel – Licht ins Dunkel«, sprach ich die bosparanische Variante des Elfenzaubers. Ich hatte mit den Fingern geschnippt und die blassblaue Kugel erschaffen, ohne auch nur einen Gedanken daran zu verschwenden. Ich war keine sieben Jahre alt gewesen, als mir das nach Großvaters Anweisung erstmals gelungen war. Ich kann mich noch an den Stolz in seinen Augen erinnern.

»Du kannst zaubern?« Morenas Stimme klang schrill. War es Neid oder Verachtung, was sie mir da entgegenschleuderte? Der Groll der Hexen auf die Gildenmagier, die sie so lange verfolgt hatten, oder Eifersucht, dass ich die astralen Strömungen ebenfalls fühlen konnte?

»Ich habe …«, begann ich und stockte. Ihre schönen Augen waren so voller Hass. »Mein Großvater wollte, dass ich Antimagier werde wie er.«

»Bannmagier?« fauchte sie. Nun hatte ich erst recht Öl ins Feuer gegossen. Kurz glühten ihre grünen Augen auf und ich befürchtete bereits, dass sie mir einen Hexenfluch entgegenschleudern würde. Dann wurde ihr Blick wieder eisig und sie rauschte an mir vorbei.

»Bemerkenswert«, sagte Di'Ariarchos mit einer sachlichen Forscherstimme, wie ich sie von Großvater kannte. Seine dunklen Augen betrachteten mich mit seltsamem Interesse. »Allerdings hat der Wunsch des großen Rohezal wohl weniger damit zu tun als sein Blut, das in deinen Adern fließt. Die Gildenmagie weiß bis heute nicht, warum gewisse Aventurier mit der Kraft gesegnet sind. Es geschieht wohl häufiger, wenn unter den Eltern astral Begabte sind, aber auch dann vererbt es sich nur selten.« Auf sein Antlitz fiel plötzlich ein Schatten. »Sonst müsste das Konzil der Elementaren Gewalten ja auch nicht Kinder rauben, um neue Schüler auszubilden.« Er wandte sich ab und täuschte Interesse für ein Relief gangaufwärts vor.

Auch ich fühlte eine leicht beklemmende Erinnerung. Di'Ariarchos mochte allgemein recht haben, aber in meinem Fall hatte der Wunsch des großen Rohezal sehr wohl Bedeutung. Er hat es nie zugegeben, aber während all der Jahre seines Unterrichts war in mir der Verdacht gewachsen, dass ich ein Experiment war – wie meine Mutter. Er hatte sie im Gläsernen Turm niemals eingesperrt, auch wenn dies die Hirten und Bergleute des Ambosses so über die Jahrzehnte verbreitet hatten. Aber Roana hätte niemals gewagt, sich dem Wunsch ihres Vaters zu widersetzen und ihn zu verlassen. Er war bereits über sechzig Jahre alt gewesen, als er sie gezeugt hatte, und während er nicht mehr alterte, war sie zu einer Frau herangewachsen. Er hatte ihr alles beigebracht, was er über Magie und Antimagie, den Turm und das ihm verbundene Element Luft wusste – aber nicht das Zaubern. Im Tal war die Sage entstanden, dass Rohezal seine Tochter eingesperrt hatte, damit kein Mann sie gewinnen könne. Mein Vater überprüfte diese Legende – und stellte, so nehme ich an, fest, dass ihm weder der Erzmagier noch seine Tochter ablehnend gegenüberstanden. Nein, meine Mutter war es nicht, die Rohezal eifersüchtig hütete. Ich war es, nachdem er festgestellt hatte, dass ich die Gabe der Magie geerbt hatte. Es schien, dass er darauf gehofft, ja beinahe gewartet hatte. Ich vermute, dass der hochmagische Ort, an dem meine Mutter und ich aufwuchsen, die Wahrscheinlichkeit für die Gabe fördern sollte. Und dann, als sein Wunsch erfüllt war, musste Rohezal feststellen, dass ich die Tochter eines Mannes war, der mich unbedingt zur Kriegerin machen wollte.

Sentimentale Närrin, wies ich mich zurecht. Eine Kriegerin hat nicht zu grübeln, während sie ein verlassenes Kloster erkundet. Die anderen waren tiefer vorgedrungen und ich war an die letzte Stelle zurückgefallen. Vor mir verdeckte Krallerwatschens mächtige Gestalt die Lichter der anderen Magiebegabten. Unsere Schritte hallten gespenstisch, jedes Schlurfen wurde zu einem dröhnenden Scharren, das dreifach aus den Gängen zurückkehrte.

Die Gänge waren unterschiedlicher Form. Die größeren, die allesamt einen keilförmigen Querschnitt hatten, waren säuberlich aus dem Fels gehauen – nicht gerade Zwergenarbeit, aber doch so glatt, dass selbst die Jahrhunderte nur Risse, aber kaum Ausbrüche hinterlassen hatten. Die menschenhohen Gänge hingegen zeigten grobe Meißelspuren. Regelmäßig glitzerten leere Fackelhalter, neben denen im Lauf der Jahre die Wand rußschwarz geworden war.

Der Götze

Pyriander Di'Ariarchos:
Das Licht des Roten Pfeils konnte den Raum nicht ausleuchten. Er stand sichernd da, Pfeil und Bogen in der Linken, die lautlos strahlende Kugel über der Rechten. Beiderseits erhoben sich einfache Steinsäulen, deren Kapitelle bereits im Dunkel lagen. Auch das unstete Licht meiner Stabfackel, bisweilen heller lodernd, bisweilen flackernd, erreichte nicht die Wände dieser Halle. Ich schritt tiefer hinein. Der Boden war von einer besonders dicken Staubschicht bedeckt, auf der kleine Nagetiere gelaufen waren – und etwas anderes.

»Welche Kreaturen hinterlassen solche Spuren?« fragte ich.

»Schlangen«, sagte Ruban, kurzsichtig vornübergebeugt. »Und die hier sind von Skorpionen oder Spinnen. Diese freilich …« Er zauderte. Die Abdrücke glichen denen, die er Spinnenabdrücke genannt hatte, nur lagen sie teils über einen Schritt auseinander. Ich fühlte, wie meine Nackenhaare sich aufrichteten.

Beiderseits sah ich die Lichter des Roten Pfeils und die Rondrigas entlang der Säulen vorgehen. Bald standen wir nur noch im Schein meiner Fackel. Morena hatte beiläufig mit dem Fuß etwas Staub beiseite gescharrt. Ich trat neben sie und senkte meinen brennenden Zauberstab. Der Fußboden bestand aus halbdurchscheinendem schwarzen Obsidian – mit roten und gelben Einsprengseln, wie es ihn nur im Raschtulswall gibt!

Wir drangen zu dritt weiter vor, wählten jeden Schritt mit äußerster Vorsicht. Hinter uns stapfte Krallerwatsch. Elf und Kriegerin hatten inzwischen die Stirnwand wohl erreicht. Der Raum maß in allen drei Dimensionen über zwanzig Schritt. Was meinen Blick jedoch bannte, war der dunkle Schatten, der sich an der Wand vor uns erhob.

Rondriga Conchobair:
Eine einfache, schmale Treppe führte beiderseits zu einer Plattform empor, worüber ein gewaltiges Maul dräute. Unser Elfenlicht leuchtete über Augen so groß wie Lederschilde. Die Fackel hinter uns ließ über etwas Schatten tanzen, das wie gewaltige Schuppen aussah – und dazwischen gähnte ein aufgerissener Rachen, der Krallerwatsch hätte verschlingen können.

»Moloch«, flüsterte Ruban ein fremdes Wort. Der ganze Schädel musste über vier Schritt durchmessen, massig, feist, widerlich. Ohne Absprache schwärmten der Rote Pfeil und ich beiderseits aus und umgingen die Treppenabsätze. Am Fuße der Anlage standen staubbedeckte Kohlebecken, dazwischen lagen verkohlte Fackelstümpfe. Ich erstarrte unwillkürlich, als ich das Skelett fand.

Ein blanker Schädel grinste mich aus einer Kutte an. Dahinter sah ich den fetten Leib des steinernen Götzen. Steinern, so hoffte ich. Für einen Augenblick glaubte ich, eine Kreatur von atemberaubender Fremdartigkeit zu sehen, die lebend in den Fels gemauert war. Das Ungeheuer erhob sich wohl fünfzehn Schritt und dennoch ruhte sein Wanst auf dem Boden, sein Hinterteil war dagegen in der Wand verborgen. Mir fehlten die Vergleiche. Zu fremd waren seine Proportionen. Waren das Füße, Tatzen oder Arme, auf die er sich stützte? Eilig ging ich zurück, um Meldung zu erstatten. Insgeheim wusste ich, dass ich die Sicherheit der Gruppe suchte.

Ruban ibn Dhachmani:
Oh wir Kinder des Übermutes, die nichts ahnend über Schlachtfelder stolperten!

Es schien einen Kampf gegeben zu haben. Einige der Gebeine lagen noch in verfallende Roben gehüllt, die ein fremdes Symbol trugen.

»Die Sonne mit einem blauen Viereck darin.« Als der Zauberer die Kleider anhob, um das mudra zu deuten, fielen kleine Knochen und zuckende Asseln daraus hervor. Auch die Treppe und die Säulen waren mit halb verrotteten Tüchern behängt, die das Zeichen trugen. »Das Quadrat ist kein gängiges Symbol. Blau steht oft für Wasser. Sonne und Wasser, Praios und Efferd? Vielleicht die güldenländischen Hauptgötter? Blau könnte auch für den Limbus stehen. Das Weltentor?«

»Was hat sie getötet?« fragte Rondriga und drehte mit dem Schwert einen Schädel um.

»Dies war gewiss ein Säbel.« Ich deutete auf den Spalt im Kopf des Unglücklichen.

»Der wiederum wurde vom Feuer getötet.« Der Zauberer deutete auf verrußte Gebeine. »Von magischem Feuer.«

Plötzlich erklang ein Rasseln wie von einer gewaltigen Klapperschlange. Rondriga und ich sprangen auf, sie lief voran um die Treppe herum.

»Krallerwatsch?« rief sie in die Düsternis.

Selbst der Schatten des Rakshazach wirkte klein vor dem steinernen Moloch. Der Troll hielt seine mannsgroße Knochenkeule mit dem Kopfende gegen das Standbild – wenn es eines war. Das Rasseln kam aus der Keule …

Pyriander Di'Ariarchos:
Kein Zweifel: Der Götze war von einer stark magischen Artefaktstrahlung durchdrungen. Er entsprach auch den Beschreibungen aus den Texten H'Racons, des Kalifen und der Kaiserlich Derographischen Gesellschaft. Inzwischen hatten wir den Raum abgeschritten und ausgeleuchtet. Er hatte einen annähernd herzförmigen Grundriss, weil der Götze an der Stirnseite in die Halle drang.

»Halb Mensch, halb Kröte«, sinnierte ich laut. »Der Erzmagier Rakorium nennt diese Götzen in seinen Schriften Leviatanim. Es sollen Herrenechsen gewesen sein, eine jener Rassen, die im Drachenkrieg ausgelöscht wurden.«

»Von diesen Vätern aller Schuppigkeit erzählen auch die Märchen über die Mondkrieger von Fasar.«

»… die nur in der Kälte der Nacht gegen die Kaltblüter kämpfen konnten?« ergänzte ich.

»Die *feygra* des *bangra*«, knurrte auch der Rote Pfeil bestätigend. Die grollende Endung verwandelte *fey* in ein Gegenteil, das ich noch nie gehört hatte: Unelf? Elfenfresser?

Ich stieg zu dem Maul hinauf. Die Treppe war ungewöhnlich steil – und ebenso wie jene draußen am Berg war sie nachträglich für Menschen angepasst worden, indem man zusätzliche Stufen angelegt hatte. Bald reichte das flackernde Licht meiner Fackel nicht mehr bis zum Boden, während zu meiner Linken der Leib des Götzen aufragte. Aus dieser Höhe glaubte ich eher ein gebeugtes Knie als einen angewinkelten Arm zu sehen. Ein Krötenschenkel von drei Schritt Durchmesser? Ich fühlte leichten Schwindel auf der Treppe und versuchte, meinen Blick auf die Elfenlichter unten am Boden zu konzentrieren.

Endlich erreichte ich die Plattform, neben der das unmenschliche Maul gähnte. Dolchgroße Krokodilzähne aus einem helleren Gestein glänzten in der Düsternis. Ich fühlte den Blick von zwei riesigen Augen auf mir ruhen. Bei den alten Drachen, du hast Fuldigor selbst ins Gesicht geblickt, ermahnte ich mich. Dennoch konnte ich mich nicht des Eindrucks erwehren, ein kleines Nagetier vor einem gierigen Schlund zu sein – vor etwas, das seit dreitausend Jahren auf Nahrung wartete …

Die Borbarad-Glyphe! Unter der deformierten, flachen Nase, fast schon dort, wo ein ungeschupptes Tier eine Oberlippe hat, erkannte ich das B des Zhayad. Die Glyphe war offensichtlich nachträglich und recht eilig eingemeißelt worden. Unsere Feinde waren uns zuvorgekommen!

Was bedeutete das für unsere Queste? Ich fühlte mich einsam. Raidri Conchobair hätte gewusst, was nun zu tun war. Zumindest hätte er wie auch immer gehandelt. Ich hingegen konnte nur grübelnd auf der Plattform stehen. Von den anderen trennten mich nicht nur fünfzehn Schritt, sondern vor allem die Erwartungen, die sie an mich richteten.

»Was habt Ihr gefunden?« Rubans Seemannsruf riss mich aus meinen düsteren Gedanken. Ich zuckte zusammen, als seine Stimme aus dem Maul zurückhallte. Für einen absurden Augenblick erwog ich, die Entdeckung zu verschweigen. Vielleicht war es nur ein Zufall? Vielleicht hatten die Borbaradianer diesen Ort zwar erobert, aber seine Bedeutung nicht erkannt? So wie ich, schalt ich mich, wenn ich nicht bald das Notwendige tun würde.

»*Analüs Arcanstruktur – Entblöße die Magienatur!*« rief ich, lauter als der Zauber es erfordert hätte. Dann konzentrierte ich mich auf das, was ich am besten konnte. Vor mir begannen die Fäden und Wirbel eines uralten Zaubers zu glimmen. Immer deutlicher wuchs mir ein Geflecht entgegen, das den ganzen Götzenschädel umfing und erfüllte. Es war alt und mächtig. Schnell erkannte ich die vertrauten Muster einer Elementarbeschwörung, wenn auch einer heptessentiellen. Doch damit war schon alles Vorwissen erschöpft. Ja, das mochte eine Limbusbeschwörung sein. Wir Elementaristen hatten mit den siebten Ausprägungen der Weltordnung wenig Erfahrung. Ich glaubte auch Aspekte einer Magica Moventia eingewoben zu sehen: Bewegungsmagie – auch nicht gerade meine Stärke. Langsam schälte sich eine kreisende Bewegung heraus: ein saugender Wirbel, ein Mahlstrom ins Nichts. Zugleich erstarrt in den Jahrtausenden, gebannt durch einen Willen, der gewiss mächtiger war als meiner. Ein Paradoxon wie alles, was den Limbus berührt.

Ich versuchte mich an die Studien zu erinnern, die ich an den Dunklen Pforten von Drakonia und Punin hatte durchführen können – unter größter Geheimhaltung, wie sich versteht. Schritt für Schritt verglich ich alte Beschreibungen und Formulierungen mit dem, was meine Hellsicht mich hier erkennen ließ. Ja, je länger ich die Matrix vor mir betrachtete, desto mehr glich sie dem, was die Gildenmagie als Dunkle Pforte bezeichnete.

Ich atmete kraftvoll aus und beendete die Hellsicht. Noch einmal glitt mein Blick über den massigen Krötenmenschenschädel vor mir, der nichts von seiner urtümlich-furchterregenden Ausstrahlung verloren hatte. Meine Augen hatten sich an die Dunkelheit gewöhnt und begannen etwas zu erahnen, was bisher jenseits jedes Lichtscheins gelegen hatte. Dort oben, weit hinten, seitlich am Schädel: Waren das gewaltige Ohren oder Hörner? Warum sollte eine Kröte Ohrmuscheln haben? Und allzu gut wusste ich, warum sie Hörner tragen mochte …

»Was meint Ihr?« fragte mich Rondriga eine Viertelstunde später nach meinem Urteil.

»Die Halle ist zweifellos uralt und diente magischen Zwecken«, fasste ich zusammen. »Ritueller Grundriss, Obsidian, wie ihn die Druiden verwenden, die magische Strahlung des Götzen. Die Säulen und das Maul tragen Glyphen, die ich dem echsischen Kulturraum zuordnen würde. Die Proportionen sprechen für eine Rasse von der Größe eines Trolls. Später haben hier anscheinend menschliche Kultisten Rituale abgehalten. Schließlich wurden sie von einem unbekannten Feind niedergemacht, der Waffen und Magie einsetzte. Vermutlich waren es wenig bedeutsame Anhänger Borbarads.«

»Und?« bohrte Rondriga ungewöhnlich drängend weiter. Plötzlich sah ich die stürmische Natur ihres Vaters in ihren Augen. »Gibt es ein Tor ins Güldenland?«

»Meine magische Analyse deutet darauf hin, dass es sich hierbei um eine so genannte Dunkle Pforte handelt. Das bedeutet nicht, dass ich sie aktivieren oder irgendetwas Genaueres über ihre Wirkung sagen könnte.«

»Verzeiht mir Sohn des Dunkelsinns«, sagte Ruban ibn Dhachmani. »Das Güldenland, so heißt es, liegt gegen Westen. Wenn mich mein Richtungssinn nicht täuscht, ist jener Götze gegen Norden gewandt.«

»Das mag oder mag nicht von Bedeutung sein«, bestätigte ich düster, »ebenso wie die Tatsache, dass der Götze Dämonenhörner trägt.«

Alte Schriften

Rondriga Conchobair:
Ich fühlte mich verloren, seit wir die Gruppe geteilt hatten: vor mir der Rote Pfeil, der mich selten eines Blickes würdigte, hinter mir Morena, von der eine fast greifbare Feindseligkeit ausging. Ich fühlte, wie sie meinen Rücken fixierte und einen Hexenfluch auf den Lippen formte.

Langsam begann ich die Klosteranlage zu begreifen. Es gab ein altes System jener übermannsgroßen, keilförmigen Gänge und dazugehörender Räume von über fünf Schritt Höhe. Später waren dann Verbindungsgänge und zusätzliche Gewölbe angelegt worden, und zwar von Wesen menschlicher Größe. Insbesondere die Wachräume mit den Schießscharten lagen oft höher als die älteren Kammern. Zweimal fanden wir Fallgruben. Di'Ariarchos hatte ja erzählt, dass die Kultisten gegen Ende gezielt Eindringlinge gefangen hatten, um sie ihrem Götzen zu opfern.

Immer wieder vernahm ich ein unaufhörliches, leises Winseln. Das war der Wüstenwind, der in den Schießscharten und Lichtschächten orgelte – hoffentlich. Jeder unserer Schritte verhallte dumpf im Staub, während er ihn aufwirbelte.

Der auffälligste Fund waren einige weitere Götzen von schreiender Hässlichkeit, allesamt nur doppelt so groß wie wir. Nebeneinander standen da ein Drache, der noch einige goldene Schuppen trug, ehedem aber wohl ganz davon bedeckt gewesen war; des weiteren ein Ungeheuer, das neben einem zahnstarrenden Maul nur aus fremdartigen Waffen zu bestehen schien – und dabei hatte ich den Eindruck, dass im Laufe der Jahrhunderte die Hälfte davon abgebrochen war; und schließlich eine ehrfurchtgebietende dreizehngehörnte Echsengestalt. Zu dem goldenen Drachen und dem Dreizehngehörnten fielen mir einige Magiersagen ein, mit denen mein Großvater mich von klein auf auf ein Leben der Gelehrsamkeit vorbereitet hatte, aber ich war mir keineswegs sicher, was ich da gefunden hatte. Außerdem stießen wir auf Vorräte, die wohl vor zehn oder zwanzig Jahren genießbar gewesen waren, und sehr viel ältere, eigentümliche Lederbeutel, die wie vertrocknete Eier aussahen. Keiner von uns hatte den Wunsch, sich näher damit zu beschäftigen.

In den großen, alten Kammern fielen mir immer wieder Reliefs aus Sandstein auf. Ich trat möglichst nahe heran und begann mit der rechten Hand, über der noch immer das Elfenlicht schwebte, darüber zu wischen. Der aufgewirbelte Staub war schier erstickend. Ich brauchte eine Weile, bis ich erkannte, was ich sah. Die Bilder waren nicht erhaben, sondern getieft. Außerdem schienen sie ursprünglich Einlegearbeiten aus einem anderen Stein enthalten zu haben. Davon waren nun nur noch einzelne Splitter erhalten; vor manchen Bildern lagen sie noch auf dem Boden, vom Alter herausgebrochen und von den letzten Kultisten respektvoll als Teil einer Hinterlassenschaft gehütet, die sie wohl nicht einmal zu berühren wagten. War das ein Dschungel voller Blüten und fremdartiger Tiere? Und das mussten Krokodile sein, wie ich sie in den Brabaker Sümpfen gesehen hatte – nur standen diese aufrecht und trugen Gegenstände oder Waffen in den Klauen, auf dem Kopf und sogar am Schwanzende.

»*Zara*«, fauchte der Rote Pfeil. Unvermittelt begann er zu singen: leise und sanft und mit einer Sehnsucht, die unangebracht war und mir gleichermaßen ins Herz drang. Ich versuchte seinem Blick zu begegnen, obwohl ich wusste, dass das meiner Seele nicht gut bekommen würde. Wer einem Elf in die Augen blickt, verliert seine Seele, sagt der Volksmund. Unirdisch große Augen von der Farbe reinen Amethysts – aber es war kein Platz für mich darin.

Pyriander Di'Ariarchos:
»In Punin hat man einen neuen Zauber erfunden, um alte Schriften hellseherisch zu lesen, aber ich kenne ihn bislang nur vom Zusehen.« Ich wusste kaum mehr über den Zauber als seine verbale Formel.

»Xenographus Clairvoyant – Deute mir die fremde Hand.« Ohne die Thesis zu kennen, wusste ich nicht, wie ich das astrale Geflecht aufbauen und mit der Wirklichkeit verankern sollte. Ich versuchte mit reiner Willenskraft die Fäden an die einzelnen Glyphen anzuknüpfen. Irgendwann fühlte ich das stechende Gefühl des Scheiterns, das ich seit meinen Adeptentagen nur mehr selten empfunden hatte. Zu spezialisiert, schalt ich mich. Dann brach das Geflecht in sich zusammen. Ein guter Magier sollte vielseitig sein. »Nein, ich fürchte, wir müssen mit den novadischen Schriften vorlieb nehmen.«

Wir hatten beschlossen, das Kloster getrennt zu erkunden. Ruban und ich machten uns an die Übersetzung der Dokumente und Inschriften. Krallerwatsch, der ohnehin die meisten Gänge nicht benutzen konnte, leistete uns Gesellschaft. Der Rote Pfeil und die zwei Frauen durchsuchten unterdessen die verbliebenen Räume. Sie waren ohnehin kampfstärker als wir und besser geeignet, unerwartete Gefahren aufzustöbern.

Auf dem Weg zu der Halle hatten wir einen Raum entdeckt, bei dem alles auf eine tulamidische Schreibstube hindeutete: Schriftrollen aus Papyrus und Leder lagen, teils in Futteralen, teils sorgfältig aufgerollt, unter einer Staubschicht. In einer Ledermappe fanden sich auch einige Pergamente. Etwa dreißig Schriftstücke insgesamt – das musste in dieser Abgeschiedenheit bereits als wahre Bibliothek gelten.

Die Dokumente waren in einem eher novadischen Dialekt geschrieben, mit zahlreichen unregelmäßigen Abwandlungen. Insbesondere bei den Verben musste ich wiederholt Ruban ibn Dhachmani zu Rate ziehen. Der Großteil der Papyri war gereiht abgelegt, es handelte sich offensichtlich um eine Chronik. Manchmal folgten die Eintragungen tageweise aufeinander, manchmal fanden sich nur für die höchsten Feiertage eines Jahres Vermerke. Sowohl der Vorsteher des Klosters als auch der Chronist wechselten etwa alle zehn Jahre, die dadurch fälligen Nachrufe oder Vorstellungen fassten viele der eintönigeren Einträge zusammen.

Nachdem ich das erkannt hatte, überließ ich die Chronik dem tulamidischen Seefahrer und wandte mich den Einzelstücken zu. Es waren großteils philosophische und kosmologische Traktate, meist von einer beunruhigend engstirnigen Weltsicht. Die Autoren – bezeichnenderweise alle männlich – hatten wohl kaum mehr gekannt als die Schreiberschulen des Kalifen in Mherwed und der Fürsten in Rashdul. Lediglich eine Kultistin, eine gewisse Hidaybeth Korninger, schien immerhin eine Abgängerin der Akademie der Geistigen Kraft zu Fasar gewesen zu sein. Ihre Abhandlungen wandten die Grundbegriffe der Sphärologie an, hatten das Tor als Dunkle Pforte analysiert und spekulierten über den Limbus. Auch sie war den Spuren H'Racons gefolgt.

»Um die Inschriften an den Säulen und am Maul zu entziffern«, fasste ich für Ruban zusammen, »hat sie anscheinend die berüchtigte Silem-Horas-Bibliothek in Selem aufgesucht, wo einige der ältesten Schriftrollen Aventuriens liegen sollen. Nach ihrer Expertise sind die Inschriften nicht in Chrmk, den Glyphen der Echsenmenschen, gehalten, sondern einer älteren Schrift aus der Zeit vor dem Drachenkrieg: die Schriftgelehrten ordnen sie als Proto-Zelemya ein, die Historiker kennen sie als Yash'Hualay-Glyphen und die unbekannten Echsenwesen, die sie geschrieben hatten, nannten sie angeblich Chuchas.« Ruban antwortete mit einer respektvollen Geste des Unwissens.

»Von Hidaybeth Korninger scheint auch der Ausdruck Ras Tabor zu stammen. Dies ist, wie seinerzeit erwähnt, der fremdartige Urwald, der hinter der Dunklen Pforte liegen soll. Tabor ist hierbei wohl der Versuch, einen echsischen Begriff des Blühens und Gedeihens zu übertragen. Aus den Schriftrollen geht auch so viel hervor, dass ich hoffe, die Dunkle Pforte aktivieren zu können.«

»Und was findet sich auf der anderen Seite?«

»Das ist das Problem: Wir haben nur jenen einen Bericht der Kaiserlich Derographischen Gesellschaft, der uns hierher führte. Nach den Aufzeichnungen dieser Sekte ist nie jemand zurückgekommen, um darüber zu berichten.«

Durch das Tor der Welten

Ruban ibn Dhachmani:
Oh du Sonne Aventuriens, werde ich dich wiedersehen?

Kupferfarben versank die Praiosscheibe außerhalb des Talkessels. Der Nachtwind erhob sich wispernd zu den Klüften des Wal-el-Khomchra empor. Die Treiberjungen warfen neue Dungfladen ins Feuer und setzten Tee und Khalaff auf, während die Männer schwatzend beisammensaßen.

»Wiederhole, Abidallu«, sagte ich streng, wie mich mein Vater mit Knechten zu sprechen gelehrt hatte.

»Jawohl, Effendi.« Der Karawanenführer verneigte sich. »Nachdem die Herrschaften uns verlassen haben, werden wir zwei Wochen warten. Seid Ihr nicht zurückgekehrt, vergraben wir Vorräte für zehn Personen und zwei Wochen. Danach kehren wir auf die Route zurück und ziehen weiter gegen Mherwed. Euer Kontorherr wird uns erneut mit Waren ausstatten, sodass wir jeden Mond hier nach Euch sehen können und zugleich Eure Geschäfte zwischen Punin und Mherwed betreiben.«

»… bei denen mir Phex ohnehin kaum Rebbach beschert.« Ich hob die Handflächen gen Himmel. »Denn für des Kalifen Melonen, Tomaten und Glas gibt man in Almada nicht viel Samt, Wein und Tüll.«

Der Zauberer lachte mir herzhaft ins Gesicht. Diese Mittelländer kannten keine Scham, nicht bei sich und nicht bei den anderen! Kurz kam Groll in mir auf, doch dann entwich mir ein Schmunzeln über mich selbst. Wenn ich es recht besah, war es auch mir viel wichtiger, wie unsere Reise verlief. Was ich Abidallu Spinalis geheißen hatte, bot uns die Gewähr, dass wir bei unserer Rückkehr im schlimmsten Falle zwei oder drei Wochen warten oder der letzten Karawane nachreisen mussten. Wenn wir zurückkehrten …

Mit Eifer wandte ich mich unseren weiteren Besprechungen zu. Schon Wochen, ehe die anderen Reisenden unserer Gruppe im Raschtulswall eingetroffen waren, hatte man mir Sohn der Bedeutungslosigkeit die Ehre erwiesen, an den Planungen der sechs Großmeister des Konzils teilnehmen zu dürfen. Wir hatten alte Schriften, die meisten davon in tulamidischen Dialekten, befragt, um mehr über unser Ziel und unseren Weg dorthin zu erfahren: das Tor der Welten und das Güldenland. Mehr noch als bei unserem überhasteten Aufbruch, um das Ei des Lichtvogels zurückzugewinnen, hatten die Zauberer beraten, ehe sie die Dschinnim zu Hilfe riefen. So konnten wir am Tag des Aufbruchs Gaben empfangen, die der Zaubermacht und dem Weitblick des Konzils entsprangen.

»Die Dschinnen scheinen nicht bereit oder imstande, uns die Lage ihrer Zitadelle zu verraten«, hatte Rovena von Shamaham, die hagere Großmeisterin der Luft gesagt. »Doch glauben wir, dennoch von ihnen Hilfestellung erhalten zu können. Wir versuchten, so etwas wie einen elementaren Kompass oder Wegweiser zu erschaffen.«

»Unserem Wunsch zufolge«, hatte darauf Sumudai Gerberowa, die Großmeisterin der Erde, das Wort ergriffen, »hat ein Dschinn des Humus die Gestalt einer Wünschelrute angenommen, die Euch als Pfadfinder zur Zitadelle des Humus dienen wird.« Dabei ließ sich die kleine, wohl beleibte Bornländerin eine edel gewachsene Astgabel geben und überreichte sie nach kurzem Überlegen dem Roten Pfeil. Ich erinnerte mich, dass der Elb bei der Wiedergeburt des Lichtvogels sich zu den Dienern dieses Elementes des Lebens gesellt hatte.

»Es ist also wahrscheinlich«, hatte darauf Großmeister Di'Ariarchos gesagt, »dass wir wiederholt auch auf Hilfe natürlicher Bewohner des Güldenlandes angewiesen sind. Ich habe in den letzten Wochen meine Kenntnisse des Aureliani aufgefrischt, jener Sprache, die wir das Alt-Güldenländische nennen – ohne freilich zu wissen, ob sie heute noch gesprochen wird. Daher besannen wir uns darauf, dass Dschinnen wie die meisten magischen Kreaturen alle Sprachen sprechen.« Seine rechte Hand legte sich auf das Rubinamulett mit der Ingerimmsrune, das er um den Hals trug. Zum ersten Mal sah ich ganz offen die Narben und Verwachsungen, die jene Hand bedeckten, die das Zauberfeuer auf den Nachtdämon geschleudert hatte und selbst darin verbrannt war. Zu schrecklich waren die Erinnerungen, die mich zu überwältigen suchten, doch ich wusste ja von den früheren Planungen, dass der Zauberer einen Dschinni in diesem Amulett tragen würde, der uns einmal als Dolmetscher dienen mochte.

»Es war uns nicht möglich, die Dschinnen ins Güldenland zu entsenden, damit sie Euch dort erwarten und zur Erfüllung eines bereits ausgesprochenen Wunsches zur Verfügung stehen, sobald Ihr sie laut anruft. Ihr müsst daher mit jenen wenigen Wunschringen auskommen, die Ihr tragen könnt.«

Auskommen? Mit zwei oder drei Wunschringen? Erneut wähnte ich mich in alle Märchen aus *Tausend und einem Rausch* versetzt: Wieder steckte mir Reto Sandström, der siebzigjährige Großmeister des Wassers mit dem wallenden Bart, die zwei Ringe aus edelstem Arkanium, mit Aquamarinen besetzt, an. Die Zauberer hatten wiederum einhellig davon abgeraten, mehr als drei unterschiedliche magische Artefakte am Leibe zu tragen – und von meinem Unsichtbaren Schwert würde ich mich nicht trennen.

Morena übernahm zwei der glänzenden Ringe, die mit Bergkristallen besetzt waren – ohne dass wir erfuhren, warum sie auf den dritten verzichtete. Welches magische Artefakt hielt sie vor uns verborgen? Der Rote Pfeil erhielt die zwei rußgeschwärzten Ringe, mit denen die unglückselige Zauberin der Erde vor Warunk gestorben war, verbrannt vom Feuer des untoten Drachen. Für Rondriga, die ja zwei magische Schwerter trug, fand sich ein einzelner Ring. Der breitschultrige Großmeister des Erzes, Emmeran von den Nordmarken, schien klein und schmächtig, als er vor den zottigen Rakshazach trat. Die zwei Ringe für ihn waren auf einer Lederschnur aufgefädelt, die der alte Graubart sich ungerührt umhängte.

»Ich weise darauf hin«, ermahnte uns nun die Großmeisterin der Erde, Sumudai Gerberowa, »dass Ihr in Euren Wünschen frei seid, darin aber stets maßvoll und dem angerufenen Element verbunden sein sollt. Zudem empfehlen wir nach ausführlicher Beratung, einen Wunsch aufzubewahren, um durch ihn die Zitadelle des Humus unbeschadet betreten zu können.«

Ein freier Wunsch also nur, hatte ich mir im Raschtulswall gedacht: mehr als genug, um zu erreichen, was immer ich wollte. Nun, da ich im Herz der Großen Khom am Feuer saß und versonnen diesen Ring betrachtete, erinnerte ich mich, wie viele Dschinnim uns in Warunk beigestanden hatten und wie wenig ihre Macht uns letztlich geholfen hatte.

Pyriander Di'Ariarchos:
Ich fragte mich, zu welchem Wahnwitz das Feuer in mir mich trieb. Als wir dem Nachtdämon in die Dämonenzitadelle folgten, hatten wir kaum Zeit zum Nachdenken gehabt. Im Nachhinein betrachtet war es fast frevlerischer Übermut gewesen. Selbst die Dschinnen hatten uns nicht beistehen können – und hätte nicht der Alte Drache Fuldigor seine halbgöttliche Macht eingesetzt, um Borbarad zu konfrontieren, hätten wir die Zitadelle wohl nicht einmal betreten können, ohne Leib, Leben und Seele zu verlieren. Es schien mir ein Wunder des unaussprechlichen LOS, dass wir alle unbeschadet überlebt hatten. Beinahe unbeschadet, verbesserte ich mich und blickte auf meine entstellte rechte Hand.

Nun, diesmal hatte ich Zeit zum Nachdenken. Die Lage der Dämonenzitadelle hatten wir wenigstens andeutungsweise gewusst. Immerhin lag sie in Aventurien. Was wir nun suchten, lag mit großer Gewissheit nicht auf unserem Kontinent.

Es widerstrebte mir, in einem Atemzug von den Elementaren Zitadellen und der Dämonenzitadelle zu sprechen. Manche Gelehrten hatten versucht, die sechs Elemente mit den sechs Sphären der Schöpfung zu assoziieren – dann erschien es naheliegend, den Niederhöllen, der Siebten Sphäre, ebenfalls eine Zitadelle zuzuordnen. Doch die Siebte Zitadelle war die der Magie gewesen. Mada, die Mondgöttin, hatte sie zerschlagen oder zumindest den Kristall der Magie darin, um den

Sterblichen Anteil an jener überirdischen Macht zu geben, die die Götter neidisch bewahrten. Seither war die Welt, wie wir sie kannten. Wir Elementaristen benutzten die Siebte Macht, um die anderen Sechs nach unserem Willen zu formen.

»Eure Spektabilität.« Rondriga trat zu mir, verneigte sich respektvoll und setzte sich dann mit der Selbstverständlichkeit einer Frau, die im Zauberturm eines echten Erzmagiers aufgewachsen war. »Bitte erklärt mir noch einmal, warum wir die Zitadelle des Humus suchen.« Ich starrte ins Feuer und versuchte meine Gedanken zu ordnen. Ein halbes Dutzend Sätze flackerte in mir auf und verlosch wieder. Dann glomm leise Panik auf. Ich wusste es nicht. Ruckartig wandte ich Rondriga meinen Kopf zu und suchte ihre klaren blauen Augen. Ihr Blick hielt meinem stand. Sie war nicht so jung, wie ich zunächst vermutet hatte. Wahrscheinlich trennten uns nicht einmal fünfzehn Jahre.

»Hört, ihr Sterblichen des neuen Zeitalters«, rezitierte ich die Worte, die sich für alle Zeiten in meinen Geist gebrannt hatten. »Euch ist bestimmt, das Schwarze Auge zu bewahren, wenn das Auge des Lichtes geschlossen ist. Euch ist bestimmt, die verbliebenen sechs Schlüssel zu gewinnen. Euch ist nicht die Herrschaft der Elemente bestimmt, doch ihre Neuordnung.« Ich suchte nach einer Regung in ihrem Gesicht. Sie hatte diese Offenbarung nicht vernommen, aber sie schien mir ebenso geeignet, sie zu verstehen, wie jeder von uns. Wenn ein Mensch sie überhaupt verstehen konnte …

»Das waren die Worte des Lichtvogels«, sagte sie feierlich. Innerlich musste ich lächeln. Die Rohalsche Zwiesprache. So hatte der Weise seine Schüler unterrichtet und zu lernen gelehrt: wenn er fragte, gaben sie die Antwort, wenn er antwortete, hatten sie ein Urteil abzugeben. Er selbst hatte sich stets eines Urteils enthalten, das aus dem Munde eines Halbgottes immer endgültig sein musste. Und natürlich hatte Rohezal, der »Schatten Rohals«, so mit seiner Enkeltochter gesprochen. Leider war ich kein Rohezal. Als Lehrer war ich geradezu ungeeignet, dazu fehlten mir Ruhe und Sicherheit.

»Die Elemente Aventuriens sind in Unordnung und Disharmonie geraten«, versuchte ich eine Erklärung, die sofort zum Urteil geriet. »Borbarad! Der Kampf gegen den Dämonenmeister war nur der Anfang.« Die beiden verfeindeten Zwillinge hatten beide ihr Erbe hinterlassen.

»Das Karmakorthäon ist angebrochen. Wir befinden uns in der Zeit des geschlossenen Auges, dem Heldenzeitalter, der Zeit zwischen den Zeitaltern. In dieser Spanne, deren Maß kein Sterblicher kennt – Jahre, Jahrzehnte, Jahrhunderte – entscheidet sich erst, wer der Herrscher des nächsten Zeitalters wird. Auch wenn die Orks und Borbarad ihren Griff nach der Macht bereits gewagt haben und scheinbar zurückgeschlagen wurden, heißt das nicht, dass den Menschen das nächste Zeitalter sicher ist. Ich fürchte, dass wir erst ganz am Anfang der Konflikte stehen …«

»Und in den Elementaren Zitadellen befinden sich die Waffen, die die Konflikte entscheiden?« Rondrigas Stimme riss mich aus dem Grübeln. Ich wusste nicht, wie lange ich ins Feuer gestarrt hatte. Ich hatte ihr noch immer keine Antwort auf ihre erste Frage gegeben.

»Waffen?« echote ich zweifelnd. Sie war die Tochter des Schwertkönigs. Natürlich glaubte sie an die Letzte Waffe. So, wie ich nach der Letzten Antwort suchte. Wahrscheinlich folgten wir beide einem Trugbild. Ich beschloss, offen mit ihr zu sein.

»Wir wissen nicht einmal, was auf unserer Reise Weg und was Ziel ist. Müssen wir die Zitadellen aufsuchen, um die Schlüssel zu erlangen, oder ist nur mit den

Schlüsseln ein gefahrloses Betreten der Zitadellen überhaupt erst möglich? Das Konzil hat lange beraten und beschlossen, dass wir nach dem suchen, von dessen Existenz wir mehr wissen: den Zitadellen der Elemente. Und die Zitadelle des Humus ist jene, von der wir die Lage zu wissen glauben – zumindest den Kontinent, auf dem sie liegt.« Noch einmal blickte ich ihr tief in die Augen. Fühlte ich etwas wie Glauben in mir?

Plötzlich fügten sich die Worte wie von selbst zusammen: »Es wird Zeit, dass die Menschheit erwachsen wird und die Verantwortung für ihre Welt trägt. Die Schlüssel sind Symbol dieser Verantwortung.«

Rondriga saß noch eine Weile schweigend neben mir. Dann holte sie Leinen und Waffenöl und begann, die Schwerter zu pflegen, die ihr Vater ihr hinterlassen hatte. Sie schien die Fähigkeit ihres Vaters geerbt zu haben, ihre Aufgabe mit einem Blick zu erkennen und sich ihr zu stellen.

Ich hingegen ... Wie sollte ich meine Antworten vorbereiten für den nächsten Tag? Ich fühlte Verwirrung angesichts der Ziele, die vor uns lagen. Die Dunkle Pforte, das Güldenland, die Zitadelle des Humus, die Schlüssel der Elemente. Wie schwer es war, sie zu einer Kette von Schritten zu fügen. An der Seite von Raidri Conchobair war das kein Problem gewesen. Er hatte stets eine Handlung an die andere gereiht und uns so aus dem Gemetzel am Raschtul-Kandscharot herausgeführt und bis zum Endkampf mit dem Nachtdämon geleitet, wo wir das Auge des Lichtvogels zurückeroberten – und aus der Dämonenzitadelle zurück in die Sicherheit des Konzils der Elementaren Gewalten.

»Auch den höchsten Gipfel des Raschtulswalls kannst du nur auf eine Weise besteigen«, hatte mir meine alte Lehrerin und Großmeisterin immer gesagt, »Schritt für Schritt.«

Wie kam es, dass alle von mir die Antworten erwarteten? Ruban der Rieslandfahrer erwies mir unentwegt den tulamidischen Respekt vor einem Dschinnenbeschwörer. Ich hatte überhaupt erst in den Monaten der Vorbereitung begriffen, dass der Mann, mit dem ich nach Warunk und ins Eherne Schwert vorgedrungen war, einer der reichsten Männer Aventuriens war. Abgesehen davon hatte er einen wesentlichen Teil seines Lebens außerhalb Aventuriens verbracht, wobei er stets seine Grenzen und Horizonte erweiterte. Morena und Rondriga gingen selbstverständlich davon aus, dass ich der Leiter dieser Expedition war. Wenn ich an ihre Abstammung dachte – die größte Hexe Aventuriens, der letzte und bekannteste Schüler Rohals des Weisen und der legendäre Schwertkönig – rann mir ein Schauer der Ehrfurcht über den Rücken.

Von den beiden Nichtmenschen konnte ich nicht einmal mit Bestimmtheit sagen, warum sie uns begleiteten. Der Rote Pfeil war zumindest einige hundert Jahre alt; wenn er tatsächlich der sagenhafte Tenobaal Totenamsel war, war er sogar über tausend und er schien mir fast wie ein Beobachter, ein Sendbote des zu Ende gegangenen Zeitalters. Manchmal glaubte ich, seinen Adlerblick prüfend auf mir zu spüren, mit der stummen Frage, ob wir Menschen würdig waren, das neue Zeitalter, das noch nicht begonnen hatte, zu beherrschen.

Und schließlich der Trollschamane: Während sich Aventurien für die Entscheidungsschlacht gegen Borbarad rüstete, hatte er das Konzil aufgesucht. Krallerwatsch, Sohn des Krallulatsch, war sein Name, den wir in unseren Annalen ebenso fanden wie in Büchern aus der Rohalszeit. Krallulatsch, Sohn des Krallerwatsch, war der Name seines Schülers – und der seines Vorgängers, der in der Zwischenzeit, etwa vor einem Vierteljahrtausend, die Oase Keft besucht hatte. »Wenn mein Name sich zweimal verwechselt hat«, war die Prophezeiung gewesen, die er damals im Konzil hinterlassen hatte. Eine geheimnisvolle Kette der Seelenwanderung, bei der jeder Schamane beim Tod seines Vorgängers dessen Geist an einen jungen Troll übertrug, der daraufhin sein Schüler wurde. Wie weit mochte diese Kette zurückreichen?

Rondriga Conchobair:
Wir blickten noch einmal zu der Karawane hinab. Die Kamele hatten sich in der Morgensonne verteilt, um zwischen den verfallenen Gattern, den blühenden Büschen, wilden Rosen und Disteln und am Wasserloch zu weiden. Ein kühler Bergwind blies uns aus dem weit geöffneten Riesentor des Klosters entgegen. Ich überprüfte nochmals mein Gepäck. Jeder von uns trug seine Vorräte. Ab sofort mussten wir für uns selbst sorgen. Doch der Rucksack durfte nicht die gekreuzten Scheiden blockieren, die ich direkt am Rücken trug; der Proviant würde erst in einigen Tagen lebenswichtig werden, die Schwerter vielleicht jeden Augenblick.

Wieder gingen der Rote Pfeil und ich vor, als wir erneut in das Kloster eindrangen. Ich hatte gehofft, was die staubigen Gewölbe betraf, im Laufe des Vortages eine gewisse Vertrautheit entwickelt zu haben. Aber vielmehr war das Gefühl überwältigend, immer tiefer in einen Schlund vorzudringen. Wir passierten die Statuen des Drachen, des Ungeheuers und des Dreizehngehörnten und als wir vor dem kolossalen Krötengötzen standen, wurde das Gefühl, verschlungen zu werden, fast greifbar.

»Bevor wir in den Limbus eintreten, solltet Ihr ein wenig darüber wissen«, erklärte Di'Ariarchos. Wir Kämpfer sicherten die beiden Treppenaufgänge, während er sich auf sein Ritual vorbereitete. »Der Limbus, so hat uns Rohal der Weise gelehrt, ist der Geist des allmächtigen LOS, das Urmaterial, aus dem er die Sphären formte.

Kein Lebewesen hat diese Ereignisse erlebt, nicht einmal Fuldigor, den wir gemeinhin als allwissend bezeichnen. Gleichzeitig verbindend und trennend, erfüllt der Limbus den Raum zwischen den Sphären. Unter uns oder innerhalb unserer Welt liegen *die Sphäre der Ordnung* und *die Sphäre Deres*. In ihnen sind die Elemente geordnet, als deren Zentrum die verbliebenen sechs Zitadellen gelten. Wir selbst bewohnen die Dritte Sphäre, die man *Leben* nennt. Über uns oder jenseits von uns liegt die Vierte Sphäre, *das Nirgendmeer*, über das die Toten gehen, die Fünfte Sphäre, *die Himmel Alverans*, wo die Zwölfgötter herrschen, und die Sechste Sphäre, *die Sterne und die Kraft*.«

Der Großmeister sprach mit großem Ernst von diesen Lehren – genau wie mein Großvater. Das Echo seiner sanften Stimme kam gespenstisch wispernd aus den Gängen zurück und verband sich mit dem heiseren Winseln des Wüstenwindes. War es nur meine Einbildung oder wurde das Heulen tatsächlich lauter?

»Die großen Meister der Magica Moventia aus Belhanka, Gerasim und Punin können den Limbus aus eigener Kraft betreten, aber selbst sie wissen nicht, was eine Dunkle Pforte genau ist. Es heißt, dass einige bedeutende magische, heilige oder unheilige Orte Aventuriens durch ein Geflecht solcher Wege durch den Limbus verbunden sind.« Ich erinnerte mich daran, dass angeblich einige der ältesten Akademien der Tulamiden und des Lieblichen Feldes durch Dunkle Pforten verbunden waren, und fragte mich, wie viel uns der Großmeister seinen Eiden gemäß verschwieg. Wie viel hatte er darüber in Punin erfahren? Oder hatte die Politik der Magiergilden, vor der sich mein Großvater in den Amboss zurückgezogen hatte, gesiegt?

Ein Scharren schreckte mich auf. Das zerschlagene Holztor? Ja, das war es wohl. Es war nach zwanzig, dreißig Jahren erstmals ganz geöffnet, wodurch wir dem Wind einen neuen Weg gebahnt hatten.

»Wie ich gestern nach der magischen Analyse bereits zugab, kann ich über diese Dunkle Pforte kaum etwas mit Gewissheit sagen. Wenigstens glaube ich sie aktivieren zu können. Es bleibt uns nichts anderes übrig, als dem Bericht der Kaiserlich Derographischen Gesellschaft über unsere Vorgänger zu vertrauen. Es scheint uns nicht sehr wahrscheinlich, dass jemand tatsächlich das Kloster gefunden, die Texte entziffert und den Ausdruck Ras Tabor entdeckt hat – und dann eine Benutzung des Tores dazu fabulierte.«

Waren zu den Spinnenspuren im Staub neue hinzugekommen? Die, deren einzelne Abdrücke einen Menschenschritt auseinander lagen?

»Der Weg verläuft ziemlich sicher entlang von Kraftlinien. Wo uns die Pforte hinführt, ist so unsicher wie nie zuvor. Durch Borbarads Rückkehr und die Dämonenschlacht haben sich die Kraftlinien in noch nie dagewesener Weise verschoben.«

Ich fühlte, wie ich ungeduldig wurde. Ja, wir wussten alle, dass wir einen Sprung ins Ungewisse wagten. Ob ich noch den Mut dazu aufbringen würde, wenn wir noch lange zauderten?

»Schließlich kann ich trotz meiner Studien in Punin nicht sagen, ob es sich um einen Sphärentunnel oder ein Sphärentor handelt. Mit großer Wahrscheinlichkeit kann man sich durch astrale Kraft fortbewegen, vielleicht auch durch Willenskraft. Nachdem so viele von uns …« – sein Blick glitt prüfend über die Gefährten und blieb dann bei mir hängen – »ja, beinahe alle die Kraft in sich tragen, haben wir hierbei recht gute Aussichten.«

»Dann wollen wir es also wagen?« fragte ich und setzte den Fuß auf die erste Stufe. Ich staunte über meine eigene Kühnheit.

Ruban ibn Dhachmani:
Oh du Vater aller Mäuler! Moloch, Verschlinger der Völker!

Unheilig blaues Licht glomm in dem gähnenden Schlund. Solches Licht hatte ich schon gesehen: als aus dem Nichts der Ifriit der Nacht über dem Raschtul-Kandscharot erschien, das Ei des Lichtvogels zu rauben, und in der Zitadelle der Dämonen. Es war, als ob alle Haimamudim Khunchoms auf mich einreden würden. Ihre Märchen, die meine Kindheit bunt gefärbt hatten, lähmten nun mein Herz. Starr lag mein Blick auf den Zähnen, die länger als die Dolche in meinen Stiefelschäften waren. Im Düster dahinter erahnte ich die Hörner. Und dazwischen lachte uns die Glyphe der Diener Borbarads entgegen, die uns zuvorgekommen waren.

Wie sollte ich da nicht zittern? Ich wusste, was die Springmaus weiß, wenn sie sich vor der Kobra befindet. Ich wusste, dass dies das Maul war, das meine Vorfahren verschlungen hatte. Hundert mal hundert Jahre, so hieß es, hatten sich die Kinder Zulhamids und Zulhamins in Gebirge, Nacht und Kälte verborgen, weil in Tal, Tag und Hitze dieses Maul auf sie lauerte.

Auf der Seite des Molochs glühte der eigentümliche kupferne Schild mit den Edelsteinen, den Di'Ariarchos aufgrund der Schriften der Bibliothek entdeckt hatte. Der Zauberer hatte ihn berührt und mit seiner Kraft erweckt. Danach war das blaue Wabern erschienen. Furchtlos war er in das Maul getreten und mit ihm Rondriga und der Elb. Nun, da auch die gazellengleiche Morena im Maul der Mäuler verschwunden war, durfte ich nicht länger zögern. Und dennoch war mein Fuß wie lahm und mein Herz wie Asche.

»Wimmelkrieger«, dröhnte hinter und über mir eine Stimme, »bist einzel nicht kraftig. Brauchst führen.« Dabei legte sich mir eine behaarte Pranke ins Kreuz und schob mich wie einen zaudernden Straßenjungen ins Maul.

Meine Füße taumelten drei, vier Schritte über Stein, der den Schlund des Molochs bildete. Dann trat ich ins Leere. Noch ahnte ich schwarzen Abgrund, aus dem es von Blut und Staub stank. Dann wurde das Wogen aus Blau und Grau zum Strudel.

Wahrlich, ich Sohn des Schiffbruchs habe manchen Sturm auf manchem Meer erlebt. Aber der Schwindel, der mich jetzt überkam, drang aus meinem tiefsten Inneren nach außen. Ich fiel und fiel doch nicht. Ich flog und flog doch nicht. Ich öffnete den Mund, doch da war keine Luft um zu schreien, keine Zunge, kein Mund – kein Ruban ibn Dhachmani!

DAS GÜLDENLAND

Wo sind wir?

Rondriga Conchobair:
Die Feuchtigkeit schlug mir wie eine Mauer entgegen. Für einige qualvolle Augenblicke glaubte ich ertrinken zu müssen. Instinktiv wich ich seitlich aus. Ich befand mich in einem tropfenförmigen Raum mit Wänden aus Holz und Einbauten aus Metall. Meine rechte Schulter lehnte gegen feuchtes, fast modriges Holz. Dennoch gaben mir Kühle und Widerstand etwas Halt.

Der Rote Pfeil stand auf der linken Seite. Ich erschrak. Auch er war kein Bogenschütze mehr, sondern eine halb tierhafte Kreatur, die verwirrt vornübergebeugt auf das Fremde lauerte. Schräg hinter mir taumelten die anderen aus der Pforte. Großmeister Di'Ariarchos hob ruckartig den Zauberstab über den Kopf und zog die Faust zur Schulter: die Gesten bedeuteten magische Abwehr und Vorbereitung auf einen Angriff. Ruban der Rieslandfahrer schien erstaunlich beherrscht, sein wettergebräuntes Gesicht zeigte kaum eine Regung. Beide Männer gerieten erneut ins Wanken, als Krallerwatsch eintraf. Sein massiger, silbergrau bepelzter Leib drängte in die Mitte des leuchtenden Kreises auf dem Boden. Selbst der unerschütterliche Troll wankte, sein rasselnder Atem dröhnte gequält durch den Raum. Morena schien sich kaum auf den Beinen halten zu können, ihre Hände suchten in Krallerwatschens Pelz nach Halt.

Die Schwüle war atemberaubend im ureigentlichen Sinn des Wortes. Langsam klärte sich mein Blick. Ich spürte meine Hände, die längst über die Schulter erhoben auf den Griffen meiner Schwerter lagen. Tausendmal geübt, hundertmal gebraucht. Dann traf mich der Blick des Roten Pfeils, violett strahlende Sterne bohrten sich in meine Augen und mein Herz. Er deutete mit einem zutiefst menschlichen Nicken auf die Wendeltreppe, die rings um uns die Wand hinauflief. Ich stieß mich von der Wand ab und folgte dem Elfen, der wieder einen Pfeil auf den Bogen legte.

Pyriander Di'Ariarchos:
»*Odem Arcanum Senserei*« ... Es kostete mich alle Konzentration, den Raum zu untersuchen. Der Kreis im Boden war eine eingelegte Scheibe aus einem mir unbekannten gelblichen Quarz. Langsam verglomm das Wirbelbild, das die Limbusströmungen darin erweckt hatten. Der Ritualkreis war natürlich gar nicht dazu gedacht, mehrere Menschen aufzunehmen – sondern einen Riesen wie Krallerwatsch, der den Platz völlig einnahm. Bei Hesinde, wir hatten tatsächlich eine Dunkle Pforte benutzt – gebaut und betrieben von Wesen, die uns an Größe, Alter und Macht weit überlegen waren.

Mit meiner Hellsicht erkannte ich weitere rötlich aufglühende Artefakte als magisch. Kupferne Spiralen, rundpolierte Jade und Kristalle aus Obsidian – der Erzmagier Rakorium bezeichnete diese Materialien als typisch echsisch, wenn ich mich richtig erinnerte. Einige der Gegenstände mochten sich mit der Lenkung von pflanzlichem Wachstum beschäftigen. Mehr konnte ich ohne gezielte Analysemagie nicht sagen.

Nach einigen Minuten folgte ich den anderen, die bereits über die Wendeltreppe hinaufgestiegen waren. Sie wand sich zwischen hölzernen Wänden spiralförmig in die

Höhe und entschwand dann in der Decke. Seltsam, dieses Holz schien gewachsen und so gut wie unbearbeitet. Gab es deswegen die kupfernen Artefakte mit der ähnlichen Form?

Die Treppe schien kein Ende zu nehmen; ich war bereits schweißgebadet. Dreißig oder vierzig Schritt Höhe, schätzte ich – und noch immer hörte ich die schweren Schritte Krallerwatschens über mir. Dann gellte ein weiblicher Ruf, vielleicht auch der des Elfen, gefolgt von einer tulamidischen Anrufung Rubans. Ich beschleunigte meinen Aufstieg und stützte mich auf meinen Zauberstab. Erst vier Umläufe später kam mir Tageslicht und ein völlig fremdartiger Duft entgegen.

Durch einen riesengroßen Ausgang trat ich ins Freie. Schwere, feuchte Luft schlug mir entgegen, geschwängert mit dem Geruch von Moder, Fäulnis und bezaubernden Blüten. Ein Blättermeer umgab uns. Ein Garten? Urwald!

Wir standen auf einer Art Terrasse aus Holzstämmen, die aus dem Holz hinter mir ragten. Der Rote Pfeil stand sichernd draußen, neben sich ein astartiges Gebilde, dessen Durchmesser seine Körperlänge noch übertraf! Krallerwatsch lehnte direkt neben mir, mit dem Rücken an der hölzernen Wand, die über ihm aufragte und dann im Blätterdach verschwand. Und vor mir standen Ruban und die zwei Frauen am Rande der Terrasse. Ich ahnte, was mich erwartete, als der Horizont bei jedem Schritt tiefer sank. Aber keine Ahnung konnte mich darauf vorbereiten, vom Rand der Terrasse eine Meile weit in die Tiefe eines Urwaldes zu blicken – ein Urwald, der vor allem aus Bäumen bestand wie dem, auf dem wir gelandet waren!

Ruban ibn Dhachmani:
Oh du Mutter aller Bäume, die du uns empfangen hattest!

Wir standen auf einem Gewächs, neben dem die Mammutbäume der Elfen und die Elefantenbäume von Brabak wie zierliches Gesträuch aussahen.

»*Aigyaro*«, sagte der Rote Pfeil versonnen und ließ seine Hand über die dunkle, zerfurchte Rinde gleiten. Was sich neben ihm befand, war kein liegender Baum, sondern ein Ast!

»Wohnbaum … der Kämpfer?« versuchte Rondriga zu übersetzen. »Wie die, auf denen die Waldelfen wohnen? Wir sagen deswegen *Eiche* zu diesen Bäumen.«

Wer wohnte hier? Was hatten des Elben Zauberaugen wohl schon wieder erspäht, das mir Vater des Alters entging? Freilich, irgendjemand musste dieses Minarett aus Holz in und um den Baum gebaut haben. Doch mehr konnte ich in dem Laubwerk ringsum, in den schweren Lianenvorhängen und den Ranken, die noch dicker als Schiffstaue waren, nicht erkennen. Aus dem Baldachin der Blätter, zwanzig oder dreißig Schritt über uns, hingen – mächtigen Trauben und Girlanden gleich – Früchte, Astwerk, Moos und Schmarotzerpflanzen. Mein Auge konnte das eine nicht vom anderen unterscheiden. Viele Zweige und sogar Lianen waren von triefnassem, pelzigem Moos umhüllt und erschienen mir wie fremdartige wartende Kreaturen.

Ich blickte zu meinen anderen Gefährten. Rondriga stand kampfbereit. Für Augenblicke konnte ich ihren Vater sehen: die hohe Stirn, der schweifende Blick, die aufrechte Haltung, sogar die Hände, die bereit waren, nach den gekreuzten Schwertern auf dem Rücken zu greifen, wann immer die Not es befahl. Wie jung sie war. Doch was sprach ich? Sie war ein Weib um die dreißig Jahre. In jenem heldenhaften Alter waren ihr Vater und dieser Sohn eines Kaufmanns ausgezogen, das Unterwasserreich von Wajahd zu suchen. Zumindest vier meiner Reisen hatte ich damals wohl schon vollendet – und ich hatte noch nicht geahnt, welche Mühsal und Einsamkeit mich noch erwarteten.

Krallerwatsch gab ein seltsam dröhnendes Knurren von sich. Er stand noch immer mit dem mächtigen Rücken gegen den Riesenstamm gelehnt und starrte geradeaus. Vermied er den Blick in die Tiefe? Mochte der Rakshazach Höhenangst kennen?

Morena schließlich stand nahe am Rand der Plattform. Ihr dunkles Kleid schmiegte sich wie eine zweite Haut an ihren schlanken Leib. Sie hielt den Besen halb gesenkt. Mir schien, dass sie einen Hexenritt erwog. Doch wie sollte sie inmitten all der Blätter und Ranken einen Weg durch die Lüfte finden?

»*Bha'i!*« hörte ich einen erstaunten Ausruf des Roten Pfeils. Dann murmelte der Elb Zauberworte und balancierte auf einem baumgroßen Ast zu einem Ausguck. Mit dem unbeirrbaren Blick eines Adlers starrte er etwa nordwärts. Wir folgten bis zum Rand der Plattform, aber alles, was wir erkennen konnten, waren einige Vögel, die auf einem etwa sieben Meilen entfernten Baum auf einem länglichen, künstlichen Gebilde in der Baumkrone saßen.

»Was immer es ist«, warf Rondriga in die folgende Diskussion ein, »es muss riesig sein, sowohl die Vögel als auch dieser gelbliche Kasten.«

»Ich kann es nicht wahrnehmen«, sagte der Elb mit seltsamer Betonung. Dass der Adleraugenzauber dieses Zauberwesens versagen konnte, überraschte mich. Oder wollte er nicht glauben, was er sah?

Pyriander Di'Ariarchos kehrte nach einer Viertelstunde zurück. Er war nochmals in die Kammer hinabgestiegen, um die Dunkle Pforte zu untersuchen. Sein Gesicht war schweißüberströmt und sein Antlitz vor geistiger Anstrengung verhärtet.

»Wenn ich es richtig verstehe, sind wir ein Opfer der Jahrtausende geworden«, begann er vorzutragen, wie es die Art der Gelehrten war. »Die Herrenechsen haben das Portal seinerzeit wohl in einem künstlich geformten Holzgebilde eingerichtet. Als sie nicht mehr wiederkehrten, um die Verwandlungszauber in ihren Artefakten zu erneuern, begann der Keimling jene Form anzunehmen, die ihm Peraine ursprünglich bestimmt hatte: die eines Baumes von etwa zwei Meilen Höhe. Die Artefakte bewahrten lediglich die Form der Kammer.«

Eine Geste der Verblüffung entwich mir, ehe ich mich besann. Freilich, Satinavs Schiff war seit jenen Vorzeiten so weit gesegelt, dass in der Zeit selbst ein Baum von der Größe eines Berges hätte wachsen können.

»Wie auch immer«, fuhr der Zauberer fort. »Diese Dunkle Pforte ist eine Sackgasse. Aus mir unbekannten Gründen war sie nie dazu gedacht, um von hier nach Aventurien zurückzukehren. Wenn ich die Logik der Inschriften, die ich natürlich nicht lesen kann, richtig deute, müsste es jedoch eine Gegenpforte geben. Den schwachen Resten der Matrix zufolge vermute ich, dass sie nicht weiter als einige Meilen entfernt sein kann.«

Eine Geisterhand schien sich um mein Herz zu legen. Gestrandet ohne Hoffnung auf Heimkehr! Eben hatte ich an meine fünfte Reise gedacht, als ich von einer unbenannten Insel im Feuermeer erst heimkehrte, als der Dschinni mir den Fliegenden Teppich gab. Und danach dräute mir die sechste Reise, bei der ich für Jahre auf einer Insel im Perlenmeer gestrandet war. Erst die Rote Harika, die große Entdeckerin des Lieblichen Feldes, hatte mich erlöst. Auch sie galt seit einigen Jahren im Südmeer verschollen. Immer wieder, wenn mich jene unbekannte Macht in die Fremde treibt, fürchte ich dem Tod ins Antlitz zu blicken. Und stets vergesse ich, was mir sonst noch alles drohen mag: Gefangenschaft und Verschollensein bis ans Ende meiner Tage.

»Ruban?« Die Stimme des Zauberers riss mich aus meinen düsteren Gedanken. Ich *ahnte* mehr denn ich *gehört* hatte, was die Gefährten indessen besprochen hatten, und machte eine vage Geste der Zustimmung. Di'Ariarchos bekräftigte: »Dann versuchen wir zunächst, die inverse Dunkle Pforte zu finden.«

Der Riesenbaum

Rondriga Conchobair:
Ich konnte mir nicht vorstellen, wie wir jemals den Erdboden erreichen sollten – falls es hier überhaupt einen gab. Wir hatten die Gruppe geteilt und die Plattform erkundet. Sie lag ringförmig um den Stamm, der hier einen Durchmesser von über zwanzig Schritt hatte. Tatsächlich schien es mehrere Abstiege zu geben, die sich als übermannsgroße Leitern und Wendeltreppen um den Stamm hinabwanden. Aber das Holz musste in der mörderischen Schwüle morsch und faul geworden sein. Wie sollten wir sicher sein, dass es unser Gewicht trug – ganz zu schweigen von dem des Trolls?

Krallerwatsch war ohnehin ein eigenes Problem. Er hatte sich kaum bewegt und verließ die Nähe des Hauptstammes nicht. Sein Atem war zu einem beängstigenden Keuchen geworden. Musste er unter seinem silberweißen Pelz nicht entsetzlich schwitzen?

»Trolle sind Kreaturen des Elementes Stein«, sagte Großmeister Di'Ariarchos, »und Krallerwatsch ist zudem ein Schamane, der sich seinem Element ganz verschrieben hat. Wer weiß, wie er auf diese luftigen Höhen reagiert.«

»Oh, ich denke, dass der Emir der Rakshazachim sich in seiner Weisheit sagt«, bemerkte Ruban mit einer

Geste, die gleichermaßen ehrfürchtig wie verschmitzt gemeint sein konnte, »dass er auf keinen Balken treten wird, dessen Halt niemand seines Gewichtes je überprüft hat.«

»Ach was«, sagte Morena mit einem Ton eigentümlicher Fürsorge und schmiegte sich an den verfilzten Pelz. »Krallerwatsch ist es einfach etwas zu heiß. Nicht wahr?« sagte sie spielerisch und zupfte an den höchsten Haarbüscheln, die sie erreichen konnte – am Bauch. Ich wollte meinen Augen nicht trauen. Der riesenhafte Troll beugte sich zu der Hexe hinunter und legte ihr wie einer Hauskatze die Pranke auf die Schulter.

»Nicht wahr?« wiederholte Morena mit deutlich bestimmterem Ton. Sie musste den Kopf weit in den Nacken legen, aber sie blickte fest in die tiefliegenden, roten Augen unter den langen strähnigen Haaren. Dabei legte sie dem Troll beide Hände beschwörend auf die Rippen. Krallerwatsch schnaufte gequält und richtete sich dann wieder zu seiner vollen Größe von über vier Schritt auf.

»Gehen wir?« fragte sie kokett über die Schulter, als sie losging. Und der Trollschamane stapfte mit langsamen, aber zielsicheren Schritten los. Was hatte diese Hexe bloß angestellt?

»Mit diesem Blick«, sagte Di'Ariarchos mit vorsichtigem Lächeln, als Morena an ihm vorbeitänzelte, »hast du doch auch den Zwergenprinz Farmosch dazu gebracht, auf die Wolke unserer Luftbeschwörerin zu steigen.« Schlagartig verfinsterte sich sein Gesicht. »Das war wohl kein gelungener Scherz.« Ich erinnerte mich, dass mir Ruban erzählt hatte, wie die beiden später über Warunk abgestürzt waren. Was hatte die kleine Hexe damit zu tun? Ich beschloss, sie und vor allem Krallerwatsch im Auge zu behalten.

Der Rote Pfeil und ich übernahmen wieder das Auskundschaften. Zehn Schritt vor mir huschte er die Leitern wie eine Wildkatze hinab und sprang auf den Plattformen von Balken zu Balken – er war unübersehbar in seinem Element! Mir fiel damit unvermeidlich die Aufgabe zu, die tatsächliche Trittfestigkeit unseres Weges zu erproben. Ich machte mir nichts vor: Sollte ein Balken unter dem Elf brechen, würde er einfach auf den nächsten Ast springen. Sollte der Boden unter mir nachgeben, würde ich mein Element besser kennen lernen als je zuvor: die Luft.

Ruban ibn Dhachmani:
Oh du wundersame Welt! Welch seltsamen Weg hatten die Götter uns beschert.

»Völlig fest«, rief Rondriga über die Schulter zurück und verpasste den Dielenbrettern unter ihr sicherheitshalber noch einige Tritte mit dem Fersenabsatz. »Ich kann nicht glauben, dass dieser Weg älter als zwanzig Jahre sein soll.«

»Hesinde allein weiß es«, rief ich, während ich hinter der Kriegerin als Erster die Leiter herabstieg, »mag sein, die Herrenechsen hatten Diener, die den Weg bis heute pflegen.« Der Atem wurde mir bereits knapp, denn die Sprossen der Leiter lagen so weit auseinander, dass sie wiederum dem Rakshazach weit über mir angemessen waren.

Rondriga schüttelte den Kopf. »Dann müsste man hie und da jüngeres Holz und Spuren von Bearbeitung sehen. Seht, die ganze Plattform ist zwar aus Bohlen und Brettern, aber gleichmäßig geformt und gefärbt.« Als ich ihr folgte, sah ich, dass sie recht hatte. Die Ecken und Kanten waren abgerundet, als wenn sie mit Raspel und Feile bearbeitet worden wären. Welche Dutzendschaften von Drechselmeistern hatten hier ihr Bestes gegeben? Freilich, das Bauwerk schwankte unter uns, wie es Holz immer tut. Aber es schien mir dennoch sicherer als mancher Schiffsboden, dem ich mich anvertraut hatte. Gepriesen sei Phex, der schützend über meinen Reisen wacht und mir Weg findet in der Not!

Die Rinde jenes Vaters aller Bäume zu meiner Linken war zerklüftet, ja fast gezackt. Ungeziefer mit acht, sechs und vier Beinen lief in diesen Furchen hinauf und hinab. Grüne Mooskissen, triefend nass von der Feuchte, und Schmarotzerpilze wucherten daran, doch auf dem angebauten Holz fanden sie wenig Halt. Unser Pfad hatte vier Schritt Breite. Rechts davon ragten nur noch die Sprossen des Riesenbaumes hinaus: Zweige so groß wie Äste und Äste so groß wie Bäume. Mancherorts waren darin Vertiefungen entstanden, die ein oder gar zwei Schritt tief mit Wasser gefüllt waren und Brutplätze für Stechfliegen und Froschlarven darstellten. Dazwischen spannte sich, dem Tauwerk verkeilter Schiffe gleich, die Vielfalt der Schlinggewächse und Parasitenpflanzen. Große geflügelte Eidechsen flatterten durch das Blattwerk und jagten fingergroße Fliegen.

»Was war das?« Der ehrwürdige Zauberer verharrte hinter mir.

»Brüllaffen, wenn Ihr mir zu raten erlaubt«, meinte ich. »Ja, es hört sich wie Mord und Totschlag an. Aber seht, der Elb verharrte nur kurz und führt uns weiter.« Es ist nicht weise, sagte ich mir insgeheim, sich nur dem Urteil dieses Wesens anzuvertrauen, das ein halber Dschinni ist. Efferd wusste, wie viel Zeit ich in solchen Urwäldern verbracht hatte. Ein Riesenaffe hatte mir die halbe Mannschaft gefressen, drei Flöße habe ich eigenhändig aus den Bäumen solcher Dschungel gebaut, das Unsichtbare Schwert gewann ich im Busch. Gewiss, dies hier musste die Mutter aller Wälder sein. Doch wenn man einen gesehen hat, sagte ich mir, dann hat man alle gesehen.

In diesem Augenblick brach etwa einen Steinwurf entfernt etwas Baumgroßes durchs Blätterwerk – abwärts!

Wir warfen bei dem lauten Rascheln und Krachen die Köpfe in den Nacken. Es war eine ausgewachsene Palme, die da herabfiel, unten angespitzt wie ein Palisadenpfahl, die Kopfwedel angelegt.

»*Aigyaro* lässt seine *a'dâoia* schon am Ast keimen«, sagte der Rote Pfeil, »und zu Boden fallen schon junge Bäume.« Mir schien, dass selbst der Elb beeindruckt war. Ich Sohn des Übermutes hingegen war verstummt. In diesem Wald konnte man schon von der Saat erschlagen werden! Nein, Ruban, so etwas hast du auf all deinen Reisen nicht gesehen …

Der fallende Keimling hatte Unruhe ins Blattwerk gebracht. Spannenlange Libellen waren aufgeflogen und Vögel kreischten, die wir nur als bunte Flecken im fleischigen, saftig-dunklen Grün der Blätter wahrnahmen. Hätte der Rote Pfeil uns nicht mit einer sanften Geste darauf aufmerksam gemacht, hätten wir das fast hundegroße Echsentier übersehen. Es kauerte auf einem Seitenast keine fünf Schritt neben uns und glotzte uns aus zwei Augen an, die sich dabei drehten, als hätten sie nichts miteinander zu tun. Der Leib hatte die gleiche Farbe wie der borkige Stamm darunter und war von diesem kaum zu unterscheiden. Seltsamerweise waren der lange Wickelschwanz und eine der Klauen ebenso grün wie das Blattwerk, in dem sie sich verbargen. Eine Kreatur, die sich ein Versteck sucht, das ihrer Hautfärbung entspricht, und dieses nie wieder verlässt?

Rondriga Conchobair:

Wir hatten Rast gemacht und brachen erneut auf. Auch wenn der Abstieg eintönig zu werden begann, konnte jeder Fehltritt tödlich sein. Die feuchte Hitze machte uns nachlässig. Manche Leitersprossen waren vom Schweiß der Luft tropfnass, auf manchen hatten dennoch glitschige Moose Halt gefunden. Spiralförmig gewundene Schlingpflanzen schossen ihre Triebe kreuz und quer über die Plattformen und durch die Leitern hindurch. Oft konnten uns nur Rubans oder meine Klingen den Weg bahnen. Eine unüberschaubare Vielfalt von Pflanzen und Tieren bewohnte diesen Baum, der im Lauf der Jahrtausende in die Höhe gewachsen war.

Ein Pfeifen machte uns auf eine Kolonie biberartiger Nagetiere aufmerksam, die ihren Bau ins Holz des Riesenbaumes gegraben hatte. Über zwei Bogenschussweiten konnten wir allenthalben ihre Schlupflöcher sehen. Auch der Balkon war schwer in Mitleidenschaft gezogen worden. Wer oder was auch immer die hölzernen Anlagen bewahrte, gegen das unaufhörliche Nagen dieser Tiere konnte er oder es auf Dauer nicht standhalten. Einige Bodenbretter waren weggebrochen, ausgehöhlt oder von fleißigen Zähnen durchbohrt worden. Auf einer Breite von fünfzehn Schritt konnten wir die Reste der Halterungen und Verstrebungen sehen, auf deren Halt wir uns seit Stunden verlassen hatten. Vierzig Schritt tiefer erahnten wir im Dickicht den nächsten Umlauf der Wendeltreppen. Wer hatte all diese übermannsgroßen Bohlen, Balken und Pfeiler in diese Höhe geschafft und im Holz des lebenden Baumes verankert?

»Das Hauptproblem ist, wie wir Krallerwatsch hinüberschaffen«, sagte ich. Wir beratschlagten kurz, wie wir die Kluft überwinden konnten. Morena bestieg ihren Besen und flog auf die andere Seite. Im Gewirr der Lianen fand sie allerdings kaum einen Weg. Für den Roten Pfeil waren eben diese Pflanzen der Weg: mit Händen und Füßen sprang er von einer Ranke zur nächsten, balancierte hier ein wenig, zog sich dort in die Höhe, schwang sich da kühn zur nächsten Ranke. Keiner von uns Menschen traute sich zu, ihm dieses Kunststück nachzumachen.

»Hier hat irgendjemand einen Seilzug gebaut«, rief uns Morena zu. »Oder wie heißen diese Dinger im Hafen?« Wir verrenkten uns schier, um durch das Blattwerk blicken zu können. Vermorschte Umlaufrollen, hölzerne Räder von anderthalb Spann Durchmesser, einfache Taue, die längst von grünen Schlingpflanzen umwachsen waren.

»Da unten hängt auch ein Korb.« Ich deutete abwärts ins Lianengewirr. Abgestürzt, abgerissen, vom Wachstum überholt wie eigentlich alles, was Menschenhand hier versuchen konnte. Wenn es die Hand von Menschen gewesen war ...

»Ziemlich sicher haben das nicht die gleichen Wesen gebaut, die den Weg errichtet haben«, meinte Großmeister Di'Ariarchos nachdenklich.

»Dafür ist auch der Korb zu klein«, bestätigte ich, während ich die Festigkeit einiger Schlingpflanzen überprüfte. »Da passt ja nicht einmal ein Mensch gut hinein.« Vielleicht hatte Ruban recht mit seiner Vermutung von überlebenden Echsendienern?

Pyriander Di'Ariarchos:
Schließlich beschlossen wir, uns zur nächsten Ebene abzuseilen. Mit Jandoras uralter Geste verwandelte ich meinen Zauberstab in ein Kletterseil. Zehn Schritt Länge bedeuteten nicht viel Gewinn, aber dieses Seil war wie jede Gestalt des Zauberstabs praktisch unzerstörbar. Außerdem knotete sich sein Ende von selbst um jedes Ziel. Wir brauchten anderthalb Stunden, um aus Tauen und Lianen ein vierzig Schritt langes Tragseil und eine noch längere Sicherungsleine zu knüpfen. Aus meinem magischen Seil formten wir einen Brustgurt für Krallerwatsch. Der Trollschamane ließ all diese Maßnahmen geduldig, ja fast lethargisch über sich ergehen. Ich hatte den Eindruck, dass er seiner natürlichen, elementaren Harmonie bereits so fern war, dass ihm die Lebensgeister geschwunden waren.

Dann machten wir uns an den Abstieg. Der Rote Pfeil verschränkte seine Füße um das Tau und ließ sich dann durch ruckartige Sprünge hinabfallen. Die vielen Knoten und natürlichen Unebenheiten machten selbst ihm ein Gleiten unmöglich. Für uns sollten sie zusätzlichen Halt bieten.

»*Saaa*«, erklang der Ruf des Roten Pfeils, der längst unseren Blicken entschwunden war.

»Sicher«, übersetzte Rondriga, deren Isdira wohl besser war als meines. Sie zog eines ihrer Schwerter und hängte sich, durch die Leine gesichert, an das Tau. Dann begann sie den Abstieg freizuschlagen. Über eine Viertelstunde lang hörten wir die Geräusche ihrer hackenden Hiebe. Immer öfter lösten sich ganze Bündel von Lianen und schwenkten zur Seite. Dann holten wir die Kriegerin wieder herauf und Ruban löste sie ab.

»Efferd stehe seinem unwürdigen Diener bei.« Ich staunte, wie geschickt der alte, wohlbeleibte Seefahrer sich an dem Tau hinabließ. Rondriga war schweißgebadet. Ihre Arme hatten kaum noch Kraft, obwohl sie den Waffenarm während der Arbeit mehrfach gewechselt hatte. Wie ihr Vater schien sie gelernt zu haben, mit beiden Armen gleich geschickt zu sein. Rubans Hiebe waren weniger kräftig, dennoch hörte man auch ihn deutlich. Immer wieder erklangen seine farbigen Ausrufe, wenn er im Blattwerk auf Dornen oder giftiges Getier stieß. Doch er hatte sich gewiss nicht geschont, als er schließlich um Ablöse bat.

Rondriga ließ sich nochmals hinab und brauchte fast eine weitere Viertelstunde, ehe sie den Boden erreichte. Wie spät mochte es inzwischen sein? Wir hatten die Sonne bislang nicht gesehen, nur ein helleres Grün verriet uns, wo Praios' Schloss jenseits des Blätterdaches stehen mochte. Wir waren, begann ich zu rechnen, eine Stunde nach Morgengrauen durch die Dunkle Pforte gegangen. Anderthalb Stunden Abstieg und nochmals so lange, um die Seile zu bauen … Wie auch immer, der Mittag musste noch vor uns liegen. Mit etwas Glück müssten wir bis zum Abend den Erdboden erreicht haben.

Rondriga Conchobair:
Der Rote Pfeil und ich kehrten zu den anderen zurück. Ich war außerstande, meine Arme auch nur zu heben, geschweige denn zu klettern. Aber mit Krallerwatschens Hilfe gelang es leicht, mich heraufzuziehen. Selbst hierbei kletterte der Elf beinahe ebenso schnell hinter mir her. Nun legten wir dem Troll den Brustgurt aus dem unzerreißbaren Seil an. Nicht, dass ihm das etwas geholfen hätte, wenn das Tragseil riss … Ich ertappte mich bei der geschmacklosen Überlegung, ob der Riesenschrat, sollte er abstürzen, die Bohlen des nächsten Stockwerkes durchschlagen oder daran zerschmettert würde. Seltsam, welche Gedanken uns die Götter bisweilen eingaben.

Morena trat noch einmal zu dem Troll und redete beruhigend auf ihn ein. Diesmal konnte ich der Versuchung nicht widerstehen: Ich ging schnell etwas abseits.

»*Odem Arcanum Senserei*«, murmelte ich die Zauberformel, die ich als allererste von meinem Großvater gelernt hatte. Ja, es war, wie ich es erwartet hatte: Sie verhexte ihn! Der Zauber gehörte wohl eher zum Gebiet der Heilung als zu dem der Beherrschung. Beides waren typische Domänen der Hexen und beides gehörte nicht zu meinen Stärken. Deswegen hätte ich mir selbst mit einem echten Analysezauber nicht sicher sein können. Was wohl Großmeister Di'Ariarchos dazu sagte? Ich blickte zu ihm hin und stellte fest, dass auch er Morena mit konzentriertem Blick fixierte. Er sah zu mir her. Ertappt! Wir lächelten beide.

»Also dann – alle zusammen«, rief ich vergnügt. Wir fünf bildeten eine Kette von fast acht Schritt Länge und legten uns ins Seil. Krallerwatsch trat sehr langsam an den Rand des Balkons, dessen äußere Bohlen bereits bedenklich ächzten. Bedächtig ergriff er die Aufhängung des Taus. Dann ließ sich der silbergraue Schamane vornübersacken. Ich erschrak, als ich sah, wie die ganze Konstruktion nachgab: der Troll verschwand fast sofort aus unserem Gesichtsfeld, die Sicherungsleine in unseren Fäusten straffte sich. Noch fünfzehn Schritt hinter uns ächzten Äste, an denen wir einzelne Lianenseile verankert hatten. Bis zum äußersten gestraffte Pflanzenfasern knarrten bedrohlich. Und dann erst begann der Troll zu klettern!

Wir stemmten uns mit aller Kraft dagegen, um das enorme Gewicht zu halten. Die Sicherungsleine war hinter mir verankert, wir hatten sie um einen Aststumpf gewickelt. Aber dennoch mussten wir das abgewickelte Stück selbst gespannt halten, um dem Kletterer Bewegungsfreiheit zu geben. Als Stärkste der Gruppe stand ich an der letzten Stelle, hinter mir noch Morena, die das Abwickeln übernahm. Wann immer sie eine Schlaufe freigab, war es an mir, diese Seillänge langsam weiterzugeben. Ich fühlte mich nicht wohl mit der Hexe im Rücken, zumal von meiner Kraft die Sicherheit des Trolls abhing, den sie so schätzte.

»Phex steh uns bei«, keuchte Ruban, der als Kleinster vorne stand. Ein Ruck war durch das Seil gegangen, wir alle waren einen Spann zurückgesackt. Über uns hatte die ganze Konstruktion mehr als einen Schritt nachgegeben. Ich widerstand der Versuchung, das Seil um das Handgelenk zu schlingen. Wir hatten besprochen, dass uns das bei einem Absturz des Kletternden Hand oder Leben kosten konnte. Mit einem Knallen riss eine weitere Liane, wieder sackte die Verspannung tiefer. Instinktiv legte ich mich fester ins Seil. Aber das würde nichts helfen, wenn …

Der Ruck ließ uns alle hintenüberstürzen. Ich stieß mit der Schulter schwer gegen Morena und warf sie zu Boden. Di'Ariarchos schlug zwischen meinen Beinen auf, während sich der Rote Pfeil über ihm abrollte. Ich hielt mir noch die Schulter, als der Elf bereits wieder auf den Beinen war und von der Plattform in die Tiefe sprang. Auch ich kam hoch und begann zu laufen. Ruban lag mit gegrätschten Beinen da, das Seil lose auf seinem runden Bauch, und blickte betrübt vor sich hin.

Ich beugte mich über den Rand des Balkons. Unter mir lag der Tunnel, den wir ins Dickicht geschlagen hatten. Die Reste der Verspannung baumelten noch, das Tragseil war verschwunden. Als es gerissen war, hatte auch die Sicherungsleine nur mehr einen Augenblick gehalten. Tief unten sah ich etwas Helles im Grün. Krallerwatsch? Oder zerschlagene Bohlen? Noch immer rieselte abgerissenes Laub hinab. Auf halbem Weg sah ich den Roten Pfeil, der mit affenartigen Schwüngen und Sprüngen mehr stürzte als kletterte.

»Was habt ihr getan?« fauchte Morena mit einem Gesicht, das vor Schmerzen, Trauer oder Wut verzerrt war. Sie hielt sich mühsam die Rippen, wo ich sie anscheinend getroffen hatte. Die Frage schien allgemein gehalten, aber ihr Blick bohrte sich in meinen.

»Jener Sultan aller Schwergewichte war wohl schwerer, als wir es vermuteten«, sagte Ruban mit einer seltsamen Mischung aus Trauer und Selbstverständlichkeit. Ich legte mich auf den Bauch, um besser über den Rand blicken zu können.

»Krallerwatsch!« rief ich, die Hände zum Trichter geformt. Ein Dutzend Tierstimmen antworteten mir kreischend aus allen Richtungen, aber von dort unten kam weder Laut noch Bewegung.

»Wo ist der Rote Pfeil?« rief Di'Ariarchos sorgenvoll und rieb sich eine Beule am Hinterkopf.

»Der ist gleich unten«, meldete ich bäuchlings. Erst

dann begriff ich, dass ihn der Großmeister ebenfalls abgestürzt wähnte. »Kletternd«, fügte ich hinzu. Morena packte ihren Besen und schwang sich in die Tiefe. Geschickt versetzte sie den fliegenden Besen in eine kreiselnde Bewegung und glitt so durch den Tunnel hinab.

Pyriander Di'Ariarchos:
Ich kam als letzter auf die untere Plattform. Der Rote Pfeil war uns noch einmal entgegengekommen und hatte die Sicherungsleine notdürftig durch die verbliebenen Lianen gefädelt. So hatte ich eine Viertelstunde des Zitterns hinter mir, konnte aber auch vermeiden, direkt auf dem Leib des abgestürzten Trolls anzukommen. Obwohl ich erschöpft war, trat ich sofort zum Kreis der anderen.

Krallerwatsch lag rücklings da, Arme und Beine leicht abgespreizt. Morena hatte die meisten Blätter und Ranken von dem silberweißen Pelz gefegt, die nun einen Ring um den Leib bildeten. Die Bohlen unter ihm waren teilweise geborsten, aber noch immer aneinandergefügt und – das hatte der Rote Pfeil überprüft – fest gelagert. Die roten Augen des Trolls waren offen und starrten himmelwärts. Die Lederschnur mit den zwei Ringen des Konzils um seinen Hals wirkte seltsam filigran.

»*Ten'o,* sagtest du?« Ich wiederholte, was mir der Rote Pfeil oben gemeldet hatte, während ich mich neben dem massigen Schädel des Trolls niederkniete. »Stein?«

»Stein ... werden«, betonte der Elf langsam. Tatsächlich. Haar, Bart und Pelz, die silberweiß glänzten wie immer, waren hart wie Glas. Der ganze Leib darunter, soweit man ihn erreichte, schien ebenfalls wie von Stein zu sein. Ich biss mir grübelnd auf die Unterlippe.

»Das verstehe ich nicht. Als ich feststellte, dass ein Troll mit uns reisen will«, sagte ich mehr zu mir selbst, »studierte ich in Punin eigens das Buch *Menschen und Nichtmenschen – Ein phänotypischer Vergleich*, das bekannteste völkerkundliche Werk.« Ich blickte zu den anderen auf. »Ein Buch aus der Rohalszeit, in dem Krallerwatsch, Sohn des Krallulatsch, erstmals erwähnt wird, als einziger Troll, der je mit Menschen über seine Rasse gesprochen hat.« Morena wandte sich ab. Ich sah, dass ihre Schulterblätter zuckten.

»Ich wusste nicht, dass er so alt war«, sagte Rondriga.

»Das meinte ich nicht.« Ich ärgerte mich selbst über meine weitschweifige Redeweise. »In diesem Buch wird ausdrücklich erwähnt, dass Trolle wie alle anderen kulturschaffenden Völker sterben. Von einer Versteinerung war nie die Rede. Außer ...« Mir war ein Gedanke gekommen. »Ich brauche das Seil«, sagte ich und beugte mich über die mächtige Brust des Trolls. Ich berührte das Brustgeschirr, worauf es sich löste. Es schlängelte sich unter dem Troll hervor und rollte sich in meiner Hand zusammen. Dann verwandelte es sich in meinen Zauberstab.

»*Analüs Arcanstruktur – Entblöße die Magienatur!*« sagte ich feierlich. Die elementare Matrix sprang mir förmlich entgegen. Ich hatte den Zauber so oft gesehen, dass ich sie sofort erkannte. Dass ich sie mehrere Minuten betrachtete, war auf mein wissenschaftliches Interesse zurückzuführen. Spannend waren die Unterschiede. Das musste die ursprüngliche Form der Matrix sein. Bei Hesinde, welch urtümliche Einfachheit! Wie kompliziert, wenn auch raffiniert war dagegen das astrale Geflecht, das unsere Adepten bei Großmeister Emmeran von den Nordmarken lernen mussten. Vermutlich, sagte ich mir, waren es ohnehin Trollschamanen, bei denen die ersten güldenländischen Magier den Zauber erforscht hatten. Wahrscheinlich hatten sie während der Trollkriege staunend wie ich neben gefallenen Trollen gestanden.

»Eure Spektabilität?« Rondrigas Hand auf meiner Schulter riss mich aus meinen Forschungen. Wie lange war ich darin versunken gewesen? Sie blickten mich alle erwartungsvoll an, sogar der Rote Pfeil.

»Die Lösung ist von elementarer Einfachheit«, sagte ich beschwingt und erhob mich. »Normalerweise wird der *Paralü-Paralein* benutzt, um Gegner vorübergehend erstarren zu lassen. Als Krallerwatsch merkte, dass das Tau zu reißen beginnt, tat er, was ihm wohl so natürlich ist wie uns das Schlafengehen: Er versteinerte sich selbst.«

»Was wollt Ihr damit sagen?« fragte Morena.

»Unverwundbarkeit ist ein Nebeneffekt des Zaubers. Er wird wegen Krallerwatschens großer astraler Macht wohl noch über eine Stunde anhalten.«

»Und dann?« Erst jetzt begriff ich, dass die Antwort nur für einen Elementaristen offensichtlich war.

»Macht Euch keine Sorgen«, versicherte ich. »Ich habe Experimente gesehen, wo wir Erstarrte mit flüssigem Feuer überschütteten oder eine Stunde lang im Wasser versenkten. Ein Sturz aus vierzig Schritt Höhe schadet niemandem, auf dem der *Paralü-Paralein* liegt. Dennoch: eine bemerkenswerte Anwendung. Das muss unser Großmeister des Erzes in den Lehrplan aufnehmen.«

Rondriga Conchobair:

»Ich habe da während des Abstiegs etwas entdeckt«, entschuldigte sich Di'Ariarchos. »Ruban, seid Ihr bereit, mich ins Dornicht zu begleiten?« Während wir darauf warteten, dass Krallerwatschens Verwandlung endete, machten sich Großmeister und Rieslandfahrer nochmals an den Aufstieg. Es musste eine gewisse Bedeutung haben, denn ohne das große Tragseil war das Klettern in den Lianen nicht nur anstrengend, sondern auch ziemlich gefährlich. Obwohl der Magier ja inzwischen wusste, was man bei einem Absturz tun musste …

»*Bha'i*«, erklang die Warnung des Roten Pfeils. Auf einem der weit ausragenden Riesenäste, breit wie eine Gasse, war eine übermannsgroße Raubkatze aufgetaucht. Auf ihrer Stirn funkelte ein drittes Auge ebenso angriffslustig wie die zwei anderen. Mit leisem Knurren begann sie uns zu umkreisen.

Ohne das längsgestreifte, braunrote Tier aus den Augen zu lassen, trat der Rote Pfeil neben den versteinerten Troll und sammelte einige der durch seinen Sturz abgebrochenen Aststücke und Früchte auf. Auch Morena starrte das Tier an und machte mit den Händen eine beschwichtigende Geste. Zunächst ein Fall für die Waldläufer, sagte ich mir, und hielt mich kampfbereit im Hintergrund. Tatsächlich wusste der Elf, was zu tun war. Mit sprichwörtlich elfischer Sicherheit traf er mit einer Nuss die Schnauze der Raubkatze, die erschreckt zurückwich. Zielsicher folgten zwei Holzbrocken auf Kinn und Schulter, worauf das Tier endgültig wendete und floh. Wahrscheinlich hatten der laute Sturz oder der liegende Körper seine Jagdlust geweckt. Und der Rote Pfeil hatte mit Jahrzehnten von Erfahrung richtig eingeschätzt, wie leicht diese Jagdlust auszutreiben war …

»Bemerkenswert.« Di'Ariarchos vermeldete wieder eine Entdeckung, als er eine Viertelstunde später mit Ruban zerkratzt aus dem Lianengewirr zurückkehrte. Als wir nähertraten, zeigte er auf ein seifig-grünes Steingebilde, das einem Schildkrötenpanzer ähnelte und in der zerklüfteten Rinde des Riesenbaums verankert war, etwa auf halbem Weg zwischen den Stockwerken. Ohne den selbstgeschlagenen Tunnel und seinen Hinweis hätten wir das Ding nie gesehen.

»Ich nehme an, dass mehrere solche Artefakte über den ganzen Stamm verteilt sind. Dieses jedenfalls ist mit einem Verwandlungszauber belegt, der an den *Haselbusch und Ginsterkraut* erinnert, durch eine Variante des

Infinitum Immerdar extrem langlebig angelegt. Das erklärt den guten Zustand des hölzernen Pfades nach all den Jahrhunderten. Die Echsen müssen Meister des Pflanzenformens gewesen sein – wie die Waldelfen.« Er warf einen zustimmungsheischenden Blick zum Roten Pfeil. Es erfüllte mich mit Trost und Trauer zugleich, zu sehen, dass der Elf dem Großmeister der Magie ebenso wenig entgegenkam wie mir, der ewigen Tochter und Enkeltochter. Dabei hatte der Konzilsmagier keinen Grund zur Bescheidenheit. Ich erinnerte mich daran, dass die Höfe Drakonias selbst von Kunstwerken geformter Elemente geschmückt waren: nicht nur Pflanzen, sondern auch Skulpturen aus Wasser und Feuer.

Als ich dem Großmeister von der Raubkatze erzählte, verwandelte er seinen Zauberstab mit dem zweiten Stabzauber in eine Fackel. Feuer hält einem Wanderer wilde Tiere noch immer am besten vom Leib – und falls, wie zu vermuten war, die Pflanzen hier gefährlich waren, fürchteten sie Feuer ganz gewiss noch mehr.

Die Güldenländer

Ruban ibn Dhachmani:
Welchen Urvater aller Dschungel hatten wir hier entdeckt! Wir traten in eine Säulenhalle, in der Peraines wildeste Träume wahr geworden zu sein schienen. So fern war die Blattkrone, dass wir nicht einmal ahnen konnten, woher die kleinen Blätter kamen, die unentwegt herabrieselten. Der grüne Baldachin über uns war undurchdringlich. Nur hier und da fielen durch das Dunkel breite Streifen von Licht.

Ohne Absprache hatte der Elb die Vorhut übernommen. Einer Katze gleich schlich er durch Gräser und allerlei Stauden und entschwand zwischen kleinen und riesengroßen Farnen bisweilen meinem Blick. Ich Sohn des Übermutes hatte mich an die Spitze der Hauptgruppe gesetzt. Mir war nicht wohl dabei, aber von allen kannte ich die dampfenden Wälder am besten. Dennoch hatte ich noch nie einen Dschungel von solcher Größe gesehen. Mit dem Unsichtbaren Schwert hieb ich mir einen Pfad, wo der Elb einfach hindurchgeglitten war. Bald troff selbst mein alanfanisches Seidenhemd vor Schweiß. Die Luft war von einem Dunst getränkt, der sich wie brodelnder Schlamm in Kehle und Brust legte.

Die meisten Dinge, die am Boden im ewigen Zwielicht verrotteten, waren riesenhaft: Blätter so groß wie Mäntel, Palmwedel, die wie die Gerippe eines Haifisches zerfielen, Nussschalen, in die Khunchomer Melonen hineingepasst hätten, und Hülsen, aus denen menschengroße Früchte gesprossen waren. Auch die allenthalben wachsenden Pilze waren kolossal: Die meisten überragten mich, manche sogar den zottigen Rakshazach, der den Abschluss unseres Zuges bildete. Unter den Hüten der größten Schwämme hätte unsere ganze Gruppe lagern können, wären da nicht der penetrante Geruch und die zahlreichen Schnecken gewesen.

»Efferd verschone mich mit deinen Gaben!« rief ich, als mich eine Staude mit Wasser überschüttete. Überall tropfte, troff und träufelte es. Das Moos saugte meine roten Schaftstiefel bis zu den Waden ein. Blubbern und Gurgeln verwirrte mir die Sinne. Immer wieder hallte ein Knarren durch den Wald, als ob einer der Riesenbäume einen Schritt gemacht hätte. Über dem Ganzen lag Donnergrollen, das unaufhörlich über den ganzen Himmel rollte.

Rondriga Conchobair:
»Wie viele sind es?« fragte ich mit gedämpfter Stimme. Der Rote Pfeil überlegte – wie immer, wenn er nach solch menschlichen Begriffen gefragt wurde.

»Wie ein großer Markt«, sagte er dann. »Davon drei Sippen *thara* mit Waffen und Rüstungen aus Metall.«

»Aber sie sind selber Reisende?« wollte sich Ruban unseren ersten Eindruck bestätigen lassen.

»*Aî*«, lächelte er bestätigend. »Sie sind *twel* und machen nur *lyn*.« Der Elf überlegte kurz. »Fremd, Feind, Einkömmling? So sagt Ihr?« Die Einschätzung mitzuteilen musste dem Elf vor allem dort sehr schwer fallen, wo er durch seine Fähigkeit, Gedanken und Gefühle zu lesen, zahlreiche feine Unterschiede von Fremden kannte. *Lyn*, das hatten wir während der Wochen in der Wüste gelernt, hieß in etwa Lager oder Schlaf.

Wir hatten uns hinter einigen Riesenpilzen versteckt, die in einer Senke zwischen zwei Riesenbäumen wuchsen. Allein die hausgroßen Wurzeln, so nahmen wir an, mussten genug Schutz vor Entdeckung bieten. Die magische Fährte des Gegentors hatte uns so nahe zu jenem anderen Riesenbaum geführt, auf dem wir die Riesenvögel gesehen hatten. Und nun stellte sich heraus, dass rings um diesen Baum eine Karawane von absurder Größe lagerte.

»Aber es sind Menschen?« fragte ich nun. Aus der großen Entfernung, die wir uns herangewagt hatten, bildete ich mir ein, Gesichter und Leiber von bunter Fremdheit zu erkennen.

»*Telor*«, bestätigte der Elf, »Rosenohren. Aber auch *tuêldha*.«

»Fremd-Leib«, analysierte Di'Ariarchos.

»Aber ich habe nicht viel gesehen. Ihr *ban* ist groß, denn sie haben *feljau* …«

»Katzen?« fragte Morena.

»Sie sind *feja* und *felja*.«

»Katzenelfen?« Das war nun wirklich schwierig zu verstehen. Elfen hatten zu Katzen eine so enge Beziehung, dass sie den gleichen Wortstamm dafür verwendeten.

»Bist du deswegen so leise?« fragte ich. Das war mir gleich aufgefallen, als der Elf zurückkehrte. Ehe er sprach, hatte er uns zusätzlich in den Lautschutz der Riesenpilze geführt. Das Lächeln des Elfen hatte wiederum bejahende Bedeutung. Die war nur eine Art zu antworten, nicht so verbindend wie zwischen Menschen, fürchtete ich.

»Wir müssen zu ihnen gehen, damit sie uns nicht finden müssen.« Ach ja. Das war auch ein Satz, der nur in der Welt eines so scharfsinnigen Wesens Sinn machte. Der Rote Pfeil schien wirklich Respekt vor den gegnerischen Kundschaftern zu haben.

»Du meinst, dass sie uns finden werden?« fragte Di'Ariarchos.

Sein Blick verharrte kurz auf Krallerwatsch: »Sie haben uns schon gefunden.«

Ruban ibn Dhachmani:

Oh wir Söhne des Übermutes! Die Katzenmenschen hatten uns tatsächlich schon nach kaum fünfzig Schritten entdeckt. Wie Käfer bewegten wir uns nur durch das Wurzelwerk des Riesenbaumes neben uns, das wie die Wälle von Fasar kreuz und quer verlief. Wir hatten die Hauptwurzel, die sogar den Rakshazach überragte, eben erst umschritten, da sprangen sie an drei Stellen hintereinander aus dem Dickicht. Es waren aufrecht gehende Katzen mit kurzem geflecktem Fell: zwei rot-graue vor uns, eine gelb-schwarze auf der Riesenwurzel links über uns, eine grau-weiße, die kurz darauf hinter uns zwischen Röhricht und hohen, farnartigen Gewächsen erschien. Ihre Haltung verriet, dass sie sich in der Überzahl wussten.

»Uai'sz Auezaa«, miaute die Rot-Graue vor uns. Sie trug wie die anderen keine Kleidung außer einem breiten Gürtel, an dem Waffen und Werkzeug hingen. In den Klauen hielt sie gesenkt, aber gewiss kampfbereit, eine schlanke Klinge von fremdartiger Form. War dies ein Befehl oder ein Gruß gewesen? Wir selbst bildeten einen Zug, der – so hofften wir – wenig Zweifel daran ließ, dass wir ebenfalls eine Gesandtschaft waren. Der Elb war näher bei uns geblieben, als es die Sicherheit verlangt hätte, und vorneweg gingen, Seite an Seite, der Zauberer und der Rakshazach mit ihren Zauberstäben. Dahinter folgten Morena und ich – und unsere Kriegerin bildete ganz gegen die Gewohnheit unser Geleit.

»Thearchu sham Farimbash«, fauchte nun die zweite rot-graue Katze. Mir schien, dass dies eine andere Sprache war, die mir vertrauter klang.

»Eucharismus Thaesumo«, antwortete der ehrwürdige Zauberer feierlich. Dies waren wohl die Formeln im Alt-Güldenländisch, die er sich zurechtgelegt hatte. Die Katzen sahen einander kurz an. Tatsächlich schienen sie etwas verstanden zu haben. Beide deuteten mit den langen Klingen ins Gesträuch und fauchten einige Sätze, die wohl eher Befehl als Einladung waren. Dann wandte uns der Anführer den Rücken zu und ging los. Welche Söhne des Hochmutes! Das war kein gutes Zeichen. In meiner Tulamidenseele regte sich eine Erinnerung, die nicht die meine war: So mussten die Güldenländer meine Vorfahren behandelt haben, als sie aufeinander trafen. Die Gesandten des Diamantenen Sultanates hatten Grüße und Geschenke gebracht – und die Fremden hatten ihr Reich erobert.

Rondriga Conchobair:

Mir war nicht wohl dabei, an der letzten Stelle zu marschieren, wo wir uns so arglos in die Hand einer Übermacht begaben. Ich versuchte, die katzenartigen Kundschafter unauffällig im Auge zu behalten und einzuschätzen, musste aber feststellen, dass vielmehr unentwegt Augen mit geschlitzten Pupillen auf mir ruhten. Die Katzen waren zweifellos ein Kultur schaffendes

Volk, wie das die Gelehrten nannten. Ihr Fell war großteils kurz, vom Haupt- und Nackenhaar abgesehen, das eine deutlich zurechtgeschnittene Mähne war. Zwei trugen lederne Gamaschen um die Knöchel, die Schutz im Dornicht boten, aber die Fußklauen frei ließen. Acht geben, damit kämpfen sie, sagte eine Stimme in mir. Das war mein Vater!

Wo die Wurzeln eines Riesenbaumes jeden anderen Baum verdrängten, fanden immer noch hunderte kleinere Pflanzen Lebensraum. Doch selbst diese waren hier übermannsgroß. Schlinggewächse, feuchte Blätter und Riesenpilze hielten einander in mörderischem Nahkampf umklammert.

Ich versuchte diese gigantische Halle zu überblicken, wo Blattkrone und Boden so weit voneinander entfernt waren. Doch in der extrem hohen Luftfeuchtigkeit wucherten die Pflanzen in Stockwerken und so dicht, dass ich in zwei Dutzend Schritt Höhe schon keinen Blick mehr zwischen die Bäume hatte. Umgestürzte Stämme, von Lianen und Ranken gefesselt, hingen und vermoderten in der Luft. Kein Wunder, dass wir von dem Riesenbaum aus den Boden erst gesehen hatten, als wir die letzte Plattform verließen.

Einer der Katzenkrieger lief plötzlich an uns vorbei nach vorne. Es war der Grau-Weiße, der hinter mir aufgetaucht war. Ein leichter Kundschafter, nahm ich an, der nun im Lager Meldung machte. Kurz darauf kamen uns zwei Patrouillen entgegen, jeweils zehn Mann im Gänsemarsch, die sich mit Macheten durch das Dickicht schlugen.

Die Soldaten waren schwarzhäutig und ihre Haare schimmerten metallisch, vornehmlich kupfern und golden, zeigten aber auch blaue und silberne Töne. Sie hatten scharf geschnittene Gesichtszüge, ganz anders als unsere dunkelhäutigen Waldmenschen, und trugen vielfarbig bestickte weichledernde Hosen, Rundschilde und die Macheten.

»Phex steh uns bei«, flüsterte Ruban, als er die zweite Gruppe sah, die an beiden Seiten des ausgeholzten Korridors ein Spalier bildete. In Khunchom habe ich einmal gesehen, wie man einen Hammerhai aus dem Wasser holte. Keine andere Kreatur fiel mir ein, um diese unmenschlichen Köpfe zu beschreiben: glotzende Augen, die fast eine Armlänge auseinander an knochenartigen Schädelwucherungen saßen, dazu ein zahnstarrendes Maul. Ihre schweren Keulen wirkten nicht halb so beängstigend wie der Eindruck, dass diese Wesen einem Menschen glatt einen Arm abbeißen konnten.

Nun wurden wir also von zwei Eskorten begleitet. Die Hauptleute hatten Meldungen ausgetauscht, in jenen bellenden Tönen, die wohl auf jedem Kontinent für Disziplin sorgten. Dann waren die Katzen im Urwald verschwunden, wo wir hergekommen waren. Ich konnte mir vorstellen, dass sie unseren Spuren folgen sollten. Nun führten uns die Schwarzhäutigen, während uns die Hammerhaimenschen folgten.

Wir marschierten ohne Zweifel auf den Riesenbaum zu, der uns gleich zu Beginn aufgefallen war. Er stand verhältnismäßig frei. Sturm oder Feuer mochten seine Umgebung ausgelichtet haben. Das war wohl auch der Grund, warum die Vögel darauf gelandet waren. Sie mussten – ich versuchte sie mit dem Wipfelbereich unseres Baumes zu vergleichen – fünf Schritt groß sein. Und wenn mich der Dunst nicht trog, trugen sie ledernes Geschirr, wie es Reit- und Zugtiere tun. Meine Kriegererfahrung sagte mir, dass ich mich auf das Lager konzentrieren musste. Aber etwas dort oben zog meine Blicke wie magisch an.

Ich konnte eine Art Balg erkennen, an dem mit dicken Tauen korbähnliche Gebilde hingen, in und an denen Bewegung wahrzunehmen war. An den Seiten machte ich bunte Tücher aus, teilweise wie Segel aufgespannt, teilweise als lange Bänder im Wind flatternd. Dieses Objekt musste insgesamt die Größe von drei bis vier Schivonen haben – und dennoch wusste ich, dass es ein Schiff war!

Die Audienz

Ruban ibn Dhachmani:
Oh du Mutter aller Karawanen! Das Lager war bunter als der Bazar von Fasar. Weiße, schwarze und braune Haut, Haare von Kupfer, Blau und Weißblond, Hünen so groß wie Thorwaler und beinahe Zwergwüchsige. Seltsamer waren nur noch die Tiere in den Gattern abseits des Lagers. Ich glaubte Riesenkäfer zu sehen, langgeschwänzte, zweibeinige Echsen und Pferde in den seltsamsten Farben. Bald entschwanden sie meinem Blick hinter einer Riesenwurzel. Zwischen zwei jener Väter aller Wurzeln hätte eine Stadt Platz gefunden – und eben diese schienen die Fremden hier mit ihren Zelten erbaut zu haben. Sie hatten durch das Dickicht Gassen geschlagen und große Feuerplätze angelegt. Durch eine dieser Gassen kam ein kleiner Gnom getrampelt, dessen Gestalt jedem almadanischen Weinfass alle Ehre gemacht hätte. Er hatte kleine krumme Hörner, struppig behaarte Ohren und einen geradezu lächerlichen Schwanz. Doch der metallene Schuppenpanzer und die scheibenförmige Streitaxt in seinen Fäusten hatten nichts Lachhaftes. Er watschelte vor uns her, als habe er Gefangene gemacht. Gefangene? Ja, beim Phex, ich fürchtete, das waren wir beinahe.

Nahe dem Riesenstamm war ein herrschaftlicher Zeltpalast errichtet, mit dessen scharlachfarbenem Tuch man drei Schiffe hätte takeln können. Goldenes Flechtwerk durchzog die Wände, die daraus geformten Runen verrieten dem Ortskundigen wohl, vor welch bedeutenden Turgu man hier trat. Der Platz davor war nicht nur säuberlich gerodet, sondern auch von Standbildern und kleinen Altären gesäumt. Fast schien es, dass die Anzahl der Opferstätten zeigen sollte, mit wie vielen Göttern der Turgu gut stand – jedenfalls mit weit mehr als den Zwölf und ihren Halbgöttern.

Einige Musiker kamen herangelaufen und nahmen links und rechts von uns Aufstellung. Am Ausgang des scharlach-goldenen Zeltes wurde eine Plane zurückgeschlagen. Zum Klang von metallenen Hörnern und Rasselstäben näherte sich im Laufschritt eine Prozession mit einer hoch erhobenen Sänfte. Ein vier Schritt hohes Gebilde, das ein Zepter oder eine Standarte sein mochte, wurde würdevoll herangetragen und aufgepflanzt. Eine Zauberpriesterin in einem blauen Kaftan voll gestickter magischer Mudras segnete sie ein, wobei ihr drei Helfer beistanden. Die Herrschaft auf der Sänfte lag auf weichsten Kissen. Dem tiefen Ausschnitt des Kleides nach schien es sich um eine Frau in den besten Jahren zu handeln. Sie war über und über mit zirkonenbestückten Ketten behängt und etwas, das wie kunstvoll gravierte, schillernde Käferpanzer aussah. Ihr Gesicht jedoch war von einer goldenen Maske bedeckt, die ein kaum menschliches Antlitz mit einem geschlossenen dritten Stirnauge zeigte. Merkwürdig, auch diese Raubkatze, die den Gefährten auf dem Riesenbaum begegnet war, hatte ein drittes Auge gehabt …

Pyriander Di'Ariarchos:
»*Charisma, Persönlichkeit, hoch geachtet weit und breit*«, sagte ich feierlich und legte die gespreizte Hand auf mein Gesicht. Es war ein Standardzauber, aber ich hatte beschlossen, ihn in der Variante mit kürzerer und stärke-

rer Wirkung zu sprechen. Ich konzentrierte mich auf alle Aspekte, die die Ausstrahlung eines Menschen ausmachen, und begann sie mit meiner eigenen Matrix zu verknüpfen. Doch es waren weder mein starker Charakter noch die gesteigerte Macht des Zaubers, die mich zaudern ließen. Ich hatte es bei den beiden Analysezaubern bereits gespürt, diesmal war der Widerstand fast greifbar: Die Kraft floss hier nicht so frei und ungebunden wie in Aventurien. Ehe ich mich versah, zerfloss mir die gesammelte Astralenergie zwischen den Fingern. Ich unterdrückte das aufkeimende Gefühl von Unruhe. Bei dieser Audienz konnte ich auf keine magischen Hilfsmittel zurückgreifen.

Es war zweifellos eine dem Alt-Güldenländischen verwandte Sprache, die die Hofmagierin bei ihrer Deklamation verwendete. Alt-Güldenländisch war bislang eine Sprache gewesen, die ich nur als Schrift kannte. Freilich hatten meine Lehrer mich laut vorlesen lassen, aber es war doch eine seltsame Erfahrung, diese Sprache nun zur Konversation benutzen zu müssen.

Einige der Entitäten, die die Magierin angerufen hatte, klangen mir vertraut. *Brajan* – so nannten die Güldenländer angeblich Praios seit ältesten Zeiten. Ich meinte auch *Chrysir* verstanden zu haben: unsere elementaristischen Archive, glaubte ich mich zu erinnern, berichteten von einer ähnlich klingenden echsischen Luftgottheit. *Naaghot-Shaar* hieß möglicherweise *Der mit zwei Gesichtern* – wer immer dies sein mochte. Aber war es meine Verwirrung oder hatte die Frau auch *Bal Alar* genannt – das schien mir ein Dämon zu sein – und *Amrifas,* den Erderschütterer und Knechter des Humus?

Die Fürstin mit der goldenen Maske wurde von einer Handvoll Edelleuten begleitet, die neben der Sänfte standen. Sie selbst lag noch über deren Kopfhöhe. Wohl deswegen war das Ehrenzeichen vor ihr so groß wie Krallerwatsch. Ich versuchte an dem Verhalten dieser Würdenträger die angemessene Höflichkeit zu ersehen. Einerseits entsprachen Waffen, Schmuck und Herrschaftssymbole einer königlichen Gesandtschaft, andererseits schien es kein überzogenes Hofzeremoniell zu geben.

Einer der Edelleute trat vor die Standarte, ein kleinerer, dicklicher Mann in reich geschmückter Robe. Er war beinahe glatzköpfig und hatte einen spöttisch-genießerischen Zug um den Mund. Er hob seine feiste Hand und begann mit einer Lobpreisung. Ich senkte den Kopf leicht und begann, soweit ich seine Worte verstand, halblaut zu übersetzen. Ruban trat katzbuckelnd an meine Seite und raunte mir bisweilen tulamidische Weisheiten ins Ohr.

»Er sagt: *In allen Namen des Imperators!*« begann ich. »*Höchste Ehre sei dem Thron der Sterne, der herrscht über* … das habe ich nicht verstanden.« Ich vermutete so etwas wie Himmelsrichtungen, aber es mochten auch Länder sein. Thaesumu hingegen hörte sich ziemlich allumfassend an. »… *und zuvorderst Dorinthapoles*. Das scheint die Hauptstadt zu sein.« Wieder folgten mehrere Attribute. Der Höfling sprach rücksichtslos schnell, wohl eher einem Ritual nachkommend als der Notwendigkeit, seine Herren vorzustellen. Wieder schnappte ich etwas auf: »*… und über allen oder allem der Sternenpfeiler … mit dem Palast des Thearchen.*« Der Verkünder setzte ab und hob nun die andere Hand.

»*Höchste Ehre sei*« – ich erahnte langsam die Struktur der Lobpreisung – »*der Verhüllten Familie … vom Heiligen und Kaiserlichen Blut.*« Es folgte eine schier endlose Aufzählung von Namen: Götter, Entitäten, Herrscher oder Prinzen, das konnte ich nicht unterscheiden. Vermutlich war diese Gleichsetzung auch Zweck der Rede.

»Praios sei gepriesen«, murmelte Ruban mit sarkastischem Unterton, »der uns in die Arme seiner leiblichen Nachkommen führte.« So schlimm? Ich beschloss, mich auf Rubans Instinkt zu verlassen, der gewiss mehr Erfahrung im Antichambrieren und Dienern hatte als ich. *Verhüllt* mochte auch *maskiert* heißen. Nun hob der Höfling beide Arme.

»Höchste Ehre sei«, begann ich die dritte Strophe zu übersetzen, *»der Herrin vom Ersten …* äh, *›Blutbaum‹?«* Es folgte eine Aufzählung von Namen. *»Neliada mit Namen?«* fragte ich in Rubans Richtung. Der Tulamide nickte. *»Denn sie ist vom alten Blut … des Gottgleichen.«*

»Hoi«, erschallte es aus etwa hundert Kehlen der Bewaffneten, die an beiden Seiten Aufstellung genommen hatten. Wieder ließen die Musikanten ihre Hörner und Rasselstäbe erklingen. Bei Praios, die Dame verreiste mit einem eigenen Orchester!

»Jetzt Ihr«, zischte Ruban. »Seid überschwänglich – und benutzt möglichst nur Worte, die Ihr schon gehört habt.«

»Thearchu sham«, sagte ich feierlich. Das hatte ich schon halbwegs verstanden, als es die Katzenmenschen gesagt hatten. *Ehre dem Gottherrscher.* Dann musste ich weiterspinnen. »Oiko Ochutu sham. Oina Haemu sham.« *Die Verhüllte Familie und der Blutbaum,* was immer das war. Ich zitterte innerlich. Jetzt kam ich nicht umhin, einen der fünf Namen auszusprechen – mit großer Wahrscheinlichkeit den falschen. »Neliada sham.« Ich hätte doch den Dschinn zum Übersetzen rufen sollen. Schweigen.

Um den Mund des Verkünders spielte ein böses Lächeln. Nun begann er die Farimbashi vorzustellen. Was für ein Zeremoniell!

»Das heißt im heutigen Sprachgebrauch Verteidiger, meist für Waffen«, murmelte ich. »Aber er scheint die Höflinge zu meinen. Die Theurgin und Sphäromantin.« Der Sprecher deutete auf die Hofmagierin in der blauen

Robe, einer Mittfünfzigerin mit herrischem Blick im steinernen Gesicht. »*Sie, die zwanzig mal zwanzig* … ähem, *Götter,* das sagte er … *kennt.*« Ich war peinlich berührt. Freilich, erst Silem-Horas hatte das Zwölfgötteredikt erlassen, aber schon in den ältesten Schriften Illumnestras war immer von den sechs Elementen und den zwölf Göttern die Rede.

»*Der* … hm, ich würde sagen: *Strategos.*« Ich blickte zu Ruban. Er schien zu verstehen. Die Vorstellung galt nun einem offensichtlichen Offizier, einem hageren Mann in schwerer Rüstung, mit grauem Haar und einem ebensolchen Gabelbart. Er hatte eine auffällige Narbe, die sich schräg über die Stirn und das linke Lid zog. Das Auge allerdings schien nicht beeinträchtigt. »*Er, der gebietet über* …« Ich war außerstande, die Flut der folgenden Begriffe zu übersetzen. »*Reiterei,* glaube ich. Und das war das Wort für *Stoßlanze.*«

Nun deutete der Fettleibige auf sich selbst. »Ekonomu?« echote ich. »*Er, der die Hand hat über die Gaben Thaesumus, die dem Thearchen … verdeutlicht sind? Bestimmt sind,* das passt wohl eher.«

»Oh du Sohn des Fuchses«, kicherte Ruban in seinen Bart. »Er ist der Wesir.« Ich verstand nicht, aber der Tulamide schien zufrieden zu sein.

Ruban ibn Dhachmani:

Oh ihr grausamen Götter, die ihr eure Kinder durch hunderte Sprachen geschieden habt!

Endlich war die Zeit gekommen, uns vorzustellen. Welche Marter, welche Pein! Jetzt galt es, über die Maßen höflich zu sein, vorsichtig wie der Fuchs in der Drachenhöhle, und zugleich geschickt einzuflechten, welche Macht uns gegeben war. Mehr als einmal musste ich meine vorwitzige Zunge mit den Zähnen bändigen. Dem ehrwürdigen Zauberer war es gewiss gegeben, voll Klugheit zu sprechen, aber die Verschlagenheit des

Händlers fehlte ihm vollständig. Er sprach die Sprache der Güldenländer, so schien es, nur stückweise, und mir Sohn der Neugierde fehlte jede Möglichkeit einzugreifen.

»Heraldi arkanoi«, begann Di'Ariarchos. Wir hatten vereinbart, uns durchwegs als Gesandte einer mächtigen Zauberfestung zu erkennen zu geben. Zauberer sind bei fast allen Völkern weltfremd genug, um nicht sofort in die Spinnennetze und Schlangengruben der Politik zu geraten, und mächtig genug, dass man ihnen ohne Not kaum Übles zufügte. Ich hörte, dass der Zauberer von den Göttern sprach. Auch das hatten wir verabredet. Wer im Dienst der Himmel steht, erfährt mehr Respekt.

»Kommuniu oskuru Yar'Thaesumiyan?« warf der beleibte Wesir in strengem Ton ein.

»Er fragt, warum ich so ein eigenartiges Aureliani spreche«, sagte Di'Ariarchos halblaut, »oder besser gesagt: er nennt die Sprache eben nicht so.«

»Wir kommen von weit her«, sagte ich unverbindlich. Der Zauberer übersetzte. Sofort bellte der gepanzerte Sharif eine weitere Frage dazwischen.

»Er will natürlich wissen woher«, seufzte Di'Ariarchos. Ich fand es eigentümlich, dass die maskierte Shahane bislang nicht gesprochen hatte, nickte dem Zauberer jedoch aufmunternd zu. »Aventuria«, sagte er dann, deutete nach Osten und fügte einige weitere Worte hinzu. Erstmals zeigte die Shahane eine kleine Regung, nicht mehr als ein Heben des Hauptes und ein leichtes Spielen mit den Fingern.

Eilig schritt die Zauberpriesterin nach vorne neben das aufgepflanzte Zepter. Sie hob einen kurzen Zauberstab, der wie Metall gleißte und am Kopfende wie ein keimender Schößling eingerollt war. Di'Ariarchos übersetzte ihre Worte, die sie mit der Kälte einer Schlange gesprochen hatte: *»Ihr kommt aus dem Land der Zwölf Götter,* *vom Kontinent der …* hm, *Ketzer, Abtrünnigen, Flüchtigen,* etwas in dieser Art?«

Soso, ein Religionskrieg also. Hesinde allein weiß, was uns die Güldenländer damals noch alles verschwiegen, als sie bei uns einfielen. Die Thorwaler behaupten ja auch, von ihrem Walgott vom Güldenland nach Aventurien geführt worden zu sein, um der Verfolgung durch ein Imperium zu entgehen. Während der letzten zweitausend Jahre aber waren es die Thorwaler, die jedes Schiff hart arbeitender Krämer und Sklavenhändler gekapert hatten, dessen sie habhaft werden konnten. Inzwischen hatte wieder der Wesir zu sprechen begonnen:

»*Wir haben seit einigen …* hm, eine Art Zeitmaß: *Epochen? … keine Nachricht erhalten wegen des … ozeanischen Bannes,* was immer das heißt. *Aber ich kenne alle sechsundsechzig Themen* – das heißt wohl Provinzen – *und darum auch die Eure.*« Der Mann hatte sich in die Brust geworfen und verharrte in der Pose des Pfaus, der sich seines Gefieders erfreut, während unser Zauberer übersetzte. Er schien mit einer Reaktion unsererseits zu rechnen.

Ich verneigte mich ehrfürchtig in seine Richtung und antwortete: »Wir sind über die Maßen beeindruckt und gewiss, dass Ihr im Dienst Eurer Herren in hohem Ansehen steht.«

Der Sharif, den Di'Ariarchos vorher als Strategos vorgestellt hatte, wandte sich an die maskierte Shahane und sprach sie ohne jede Respektsbezeigung an. Sofort sprang ein weiterer Höfling hinzu und schlug ihm mit einer Geißel mitten ins Gesicht. Obwohl selbst ich die Abdrücke der Perlenschnüre sehen konnte, sprach der Mann ungerührt weiter.

»Was hat jener Sohn des Hochmutes gesprochen?« wisperte ich mit halb gesenktem Haupt.

»Ich habe es nicht verstanden«, sagte der Zauberer

durch die Zähne, »aber er meinte wohl, wir müssten mehr sein, zu einer größeren Gruppe gehörig, weil wir so … mischgestaltig seien.« Die Shahane machte eine winzige Geste. Sofort trat die Zauberpriesterin an ihre Sänfte. Man sah nicht, ob die Shahane hinter der Maske sprach. Eher schien mir, dass wieder ihre Finger sprachen.

»Die Magierin fragt, wie wir hierher gelangt sind.«

»Mit einem Schiff«, flüsterte ich eindringlich. Kein Wort über magische Wege, vor allem nicht, wenn wir den Rückweg noch nicht kannten!

Zauberpriesterin, Wesir und Sharif gaben nun einige Befehle. Ringsum setzten sich Schreiber und Sklaven in Bewegung. Erst jetzt erkannte ich, dass man jedes Wort unserer Aufwartung niedergeschrieben hatte. Die Diener kehrten mit großen Schriftrollen und Karten zurück, die auf Ledertuch gemalt waren. Sie traten auf halben Weg zwischen uns und entrollten die Dokumente. Da sah man Bilder von Schiffen mit zwei Rümpfen und zehn Segeln, von städtetragenden Hundertfüßlern, von dreizehnbeinigen Spinnen und von fliegenden Bäumen. Dazu Karten, die aber weder den farbigen Gemälden der Khunchomer Schule noch den einfachen Küstenstrichlinien der Olporter Schule glichen. Sodann sprach wieder der Sharif, dem das Misstrauen regelrecht ins Gesicht geschrieben stand:

»Er fragt, wie wir die Meerenge oder Landenge passiert haben, die von den Pyramiden, ja, das passt wohl, der ich-weiß-nicht-wie beherrscht wird. Ein Wort, das mit Blut und Tod zu tun haben könnte. Untod sogar.«

»Wir hatten einen schrecklichen Sturm«, sagte ich mit flinker Zunge. Mich hatte der Sturm so oft übers halbe Meer verschlagen, das musste auch diesem Vater des Zweifels ausreichen.

»Und nun fragt der Economu, ob wir das Land der Roten Wüste kennen: *Kili-*, *Küsi-*, das habe ich nicht behalten. Ob auf den Hochebenen noch die ... hm, *Stierleibigen* sitzen ... in ihrer Macht, die kontemplativ ist und durch mystische Gesetze gebändigt.« Ich hatte das Wort Lamassu gehört – und das bezeichnete im Tulamidya die Sphinx. Wie konnte ein Wort aus dem Land der Ersten Sonne in diese Fremde gelangen? Doch viel wichtiger war die Frage an sich.

»Was muss ich hören?« rief ich. »Jener Vater aller Wesire behauptet, unser Land zu kennen, aber nach den Landen dazwischen fragt er uns?« Ich sah plötzlich meine Gänse goldene Eier legen. Was diese Gesandtschaft vom Sternenpfeiler des Gottkaisers nicht wusste, würde ich ihr verkaufen. Mit jedem Unwissen, dass sie uns gestanden, wuchs unsere Macht.

Pyriander Di'Ariarchos:
Die Audienz wurde zunehmend lockerer. Ich gewann den Eindruck, dass sich hinter dem feudalistischen Gehabe durchaus auch Forscherdrang verbarg. Mein Aureliani stieß ständig an die Grenzen seines Vokabulars und dieses Yar'Thaesumiyan blieb mir, was die Grammatik betraf, ein Rätsel. Aber es war ein Wunder Hesindes, dass wir überhaupt miteinander sprechen konnten. Unser Garethi war aus dem Bosparano entstanden, in dem wir heute noch unsere Zaubersprüche formulierten, und dieses aus dem Aureliani, dem Alt-Güldenländisch der ersten Siedler. In diesen 2.500 Jahren hatte sich natürlich auch die Muttersprache weiterentwickelt.

Nach und nach formte sich ein Bild eines uralten Staatsgebildes, das ehedem den ganzen Kontinent umfasst hatte. Die Güldenländer maßen in Jahrtausenden, die Besiedelung Aventuriens fiel für sie in die dritte Epoche ihres Imperiums.

»Täusche ich mich, Ruban?« fragte ich, während wir versuchten, auf den Karten unsere Antworten zu verdeutlichen. »Weder die Herrin Neliada noch einer der Farimbashi scheinen ernsthaft damit zu rechnen, jemals wieder nach Dorinthapoles zurückzukehren.«

Der Tulamide machte eine bestätigende Geste. »Der Sharif sagte doch vorher voller Stolz, dass er selbst auf einem Feldzug geboren wurde und sein Vater auch. Wenn jener Gottkaiser seine Legionen aussendet, dauert es ein Menschenleben, bis sie heimkehren.«

Mir war nicht klar, ob das Problem nur an den Entfernungen lag oder auch an zeitraubenden Traditionen, die uns unverständlich bleiben mussten. Die Tributzahlungen, so hatte der Economu geprahlt, erfolgten in Zügen, die ganze Täler füllten und sich über Dutzende Meilen hinweg erstreckten. Das erschien mir unglaublich, bis er ganz beiläufig erwähnte, dass solche Züge nur etwa alle fünfzig oder hundert Jahre aufbrachen!

»Mit anderen Worten«, warf nun Rondriga mit einem Unterton leichter Genugtuung ein, »die sind fast genauso weit weg von zu Hause wie wir.« Die Übersicht über die zum Reich gehörigen Provinzen schien bestenfalls bruchstückhaft zu sein – auf beiden Seiten. Manche dieser so genannten Themen schienen bereits vergessen zu haben, dass sie zum Imperium gehörten, andere hatten sich losgesagt oder insgeheim rebelliert und mussten neu erobert werden. Die Heerzüge des Thearchen waren fast ständig unterwegs.

»Und jene Söhne der Neugierde sind nichts anderes als die Pfadfinder der Steuereintreiber des Gottkaisers«, kam Ruban zu einem Urteil, dessen Bedeutung ich noch gar nicht ermessen konnte. Ich fühlte mich erschöpft. Die ganze Zeit hatte ich versucht, das Gespräch konzentriert zu führen und zugleich die Sätze der Farimbashi für meine Gefährten zu übersetzen. Im Grunde suchte ich ihren Beistand und war froh über jede Entscheidung, die sie übernahmen.

Zwar waren wir uns im wahrsten Sinn des Wortes näher gekommen: Die Farimbashi waren immerhin so weit herangetreten, dass sie verstohlen ebenfalls in die Karten Einblick nehmen konnten, ohne dabei ihre feudale Haltung zu verlieren. Trotzdem ging noch immer eine ungreifbare Bedrohung von den Güldenländern aus. Ich fühlte mich mit jedem Tulamiden und jedem Thorwaler verwandter als mit diesen hellhäutigen, großgewachsenen Fremden, deren Blut Sagen und Annalen zufolge in meinen Adern floss.

Die Beunruhigung hatte jedoch weniger damit zu tun, dass nichts von dem, was wir über das Güldenland zu wissen geglaubt hatten, größere Bedeutung zu haben schien.

»Oh großmächtiger Efferd, der du allein dieses Land der Wunder umschiffen kannst«, stieß Ruban leise aus. Ich sah Abenteuerlust und Geschäftssinn in seinen dunklen Augen blitzen. »Man hat uns eine verbindende Karte vorenthalten. Doch meine ich, wenn ich all jene Provinzen aneinanderfüge, einen Erdteil zu sehen, der zweimal die Breite unserer Heimat hat und dreimal die Tiefe.« Da mochte er Recht haben. Ich fragte mich gerade, ob das Reich von Cantera, dessen Namen ich eben entdeckt hatte, wohl jenes Imperium war, von dem aus ältester Zeit berichtet wurde und das einst die Hjaldinger unterwarf – jene Nordländer, deren Überlebende als Thorwaler noch vor uns Aventurien besiedelten.

Da plötzlich war es wieder, dieses Gefühl der Bösartigkeit. Als Ruban den Gott der Meere angerufen hatte, war eine seltsame Welle der Aufmerksamkeit durch die Farimbashi, ja selbst die Herrin Neliada gegangen. Die Magierin hatte den Ausdruck »Zwölf Götter« benützt, als sei es der Inbegriff von Armseligkeit. Der Mann, den ich mit *Strategos* bezeichnet hatte, hatte während seiner knappen Ausführungen mindestens drei Kriegsgottheiten gepriesen, von denen mir allenfalls Khorondar vertraut erschien. Kor oder Rondra? Oder beide? Ich hatte die vielen Altäre gesehen, die den Weg säumten und von denen jeder einer anderen Gottheit geweiht war. Am deutlichsten war das Gefühl jedoch, wenn ich die nachtblaue Robe der Magierin betrachtete.

Die arkanen Symbole! Plötzlich stachen sie mir ins Auge. Ich erkannte Zeichen, die die Alchemie und Astrologie Aventuriens kaum abgeändert benutzte. Noch viel beeindruckender jedoch waren Zeichen, die dem Arkanil und dem Zhayad angehörten. Beides waren Zauberschriften unbekannter Herkunft: Arkanil soll einer Erleuchtung während der Rohalszeit entsprungen sein, Zhayad hingegen war das Werkzeug der Dämonologen und soll die Schrift der Niederhöllen sein.

»I – R – B«, buchstabierte ich halblaut. Mein Zhayad ist, wie sich das für einen Magier der Grauen Gilde gehört, nur dürftig, aber das war zweifellos das Kürzel für eine Wesenheit, deren Manifestationen wir während des Krieges gegen Borbarad allzu oft begegnet waren: Iribaar, der Herr des Verbotenen Wissens, der Vielgestaltige Blender – ein leibhaftiger Erzdämon. Ich fühlte einen eiskalten Hauch durch meine Seele wehen. Aber das war es nicht, was mich so erschreckte. Direkt gegenüber der Dämonenglyphe stand in der heiligen Rohalsschrift der Name *Nandus,* des Vaters Rohals, des Halbgottes der Weisheit.

»*Eternia Memorabilis – Erinnerung sei mir gewiss*«, stieß ich aufgeregt hervor. Dieses Bild, in dem mir ein namenloser Schrecken dämmerte, musste ich heimbringen. Das musste Aventurien wissen! Ich war so erregt, dass ich kaum wahrnahm, wie die Magierin ihren Alarm kreischte …

Rondriga Conchobair:
Ich hatte versucht, der mehrsprachigen Konversation zu folgen. Mein Magierbosparano war annehmbar, aber das reichte nur aus, um zu erahnen, über was Di'Ariarchos

sprach. Immer wieder stellte ich fest, dass meine Aufmerksamkeit Flügel bekam und entwich. Von da aus, wo wir standen, konnte ich den meilenhohen Stamm emporblicken, wenn ich den Kopf ganz in den Nacken legte.

Der aufgeblähte Balg, Körbe und Segel waren, in der Baumkrone platziert, nicht zu sehen. Aber die Vögel konnte ich immer wieder erkennen, wenn sie aufflogen. Ich war im Gläsernen Turm mit Vögeln aufgewachsen, denn meine Mutter hatte sich – der elementaren Neigung des Turmes folgend – der Erforschung der Vögel gewidmet und war wohl eine der führenden Vogelkenner. Soweit ich wusste, gab es in Aventurien nur eine Vogelart dieser Größe: Riesenalken. Sie kamen eigentlich nur im Ehernen Schwert vor und hatten die seltsame Angewohnheit, ihre Opfer mit Steinen zu bewerfen. Hatten sie die Beute erschlagen, landeten sie und verschlangen sie. Es gab im Norden einige Sagen über sie, aber ich habe noch nie gehört, dass sie geritten wurden.

Dann sah ich jenseits des Spaliers der Spießträger zu meiner Rechten die Zeugmacherwerkstatt. Die Handwerker dort arbeiteten an ledernen Zügeln von zwanzig Schritt Länge. Dafür gab es nur eine Erklärung, falls nicht irgendein Riese den Wahn hatte, Riesenvögel an der Leine zu führen: Die Riesenalken waren Zugtiere!

Mein schweifender Blick fiel auf die drei Bogenschützinnen, die wohl zu den Kundschaftern gehörten und hinter uns standen. Neben mir stand nur noch der Rote Pfeil. Auf den Elf waren während des ganzen Gesprächs drei Pfeile gerichtet!

»Hast du das gesehen?« flüsterte ich. Ich hatte beschlossen, mein Misstrauen Morena gegenüber hintanzustellen. Der Rote Pfeil wusste offensichtlich ohnehin, was ihn bedrohte. Morena wandte sich mit frostigem Blick um, doch als sie begriff, loderten ihre schräg geschnittenen grünen Katzenaugen auf.

»Stellt Euch um mich«, fauchte sie wutentbrannt. Diesmal galt ihr Zorn eindeutig den Fremden, die das Gastrecht derart verletzten. »Nein, hierher, damit mich diese Totschläger kurz nicht sehen.« Ich versuchte mich so breitschultrig zu postieren, wie es mir möglich war. Auch der Rote Pfeil trat etwas näher hinzu. Mit Krallerwatschens mächtigem Rücken bildeten wir einen Kreis um die Hexe. Sie schien noch abzuwarten, was auch immer sie vorhatte. Das Gespräch unserer Diplomaten war indes lebhafter geworden, sie standen mit den Güldenländern zusammen, in Karten und andere Dokumente vertieft.

Für einen Augenblick hatte sich Morena auch meiner Aufmerksamkeit entzogen. Ich glaubte mich noch zu erinnern, dass sie sich kurz in unserem Kreis niedergekauert hatte. Merkwürdig, das hätte ich doch bemerken müssen. Der güldenländische Bedienstete trat etwas zurück. Wo kam der plötzlich her? Aus unserer Mitte? Wo war Morena? Da lag nur noch ihr Besen. Der Mann, ein Diener wie die anderen, die die Schriften herangetragen hatten, ging an dem Troll vorbei und zog sich in eine Lücke zwischen zwei Zehentrupps zurück. Das konnte doch nicht wahr sein. Wie hatte die kleine Hexe das gemacht?

Ruban ibn Dhachmani:

Oh wir Söhne der Fremde, deren Zunge flinker war als unser Verstand!

Die Zauberpriesterin kreischte etwas und auch der Sharif wandte sich der Herrin zu. Der Geißelträger eilte zwischen ihnen hin und her und züchtigte sie.

Der ehrwürdige Zauberer klang atemlos: »Sie sagt, sie wusste, dass ich einen Zauber gesprochen hatte. Sie betonte *gesprochen* … Es hat mit dem Elf zu tun. Der Strategos sagte etwas von Ermorden. Mörder? Meuchler? Der Elf hat jemandenen ermordet, wird jemand ermorden.«

Die Stimmung wurde immer hitziger. Lediglich der Wesir stand uns noch mit dem Lächeln einer Viper gegenüber. Sharif und Zauberpriesterin stritten um das Gehör der maskierten Shahane, während der Geißelträger versuchte das Zeremoniell aufrechtzuerhalten. Nein, begriff ich da, das war das Zeremoniell: Niemand richtete sein Wort ungestraft an die Herrin des Blutbaums. Keiner der Farimbashi störte sich daran, dass ihm seine Bemühungen blutige Striemen ins Gesicht schlugen.

»Ruban, das wird bedrohlich«, sagte Di'Ariarchos angespannt. »Sie nennt die Elfen die *Ungeborenen.* Es ist beinahe das gleiche Wort, das neuerdings die Borbaradianer für ihren Abgott benutzen. Diese Dämonenanbeter halten uns für Ausgeburten unheiliger Magie.«

Das hatte ich nicht verstanden, aber ich konnte das Maul des Haies sehen, wenn es sich zu schließen beginnt. »Haltet euren mächtigsten Zauber bereit«, sagte ich grimmig. Gleichzeitig nutzte ich die Tatsache, dass man ein unsichtbares Schwert ziehen kann, ohne ein Hofzeremoniell zu verletzen.

Die maskierte Shahane setzte sich ruckartig auf ihrer Sänfte auf. Ihre Stimme hinter der Maske klang hohl. »Aprete Horroi!« Der Sharif bellte weitere Befehle.

»Das müsst Ihr nicht mehr übersetzen«, sagte ich, als einhundert Gardisten ihre Waffen hoben.

Flucht

Rondriga Conchobair:

»*A'sela dhao biundawin!*« Blitzartig setzte sich der Rote Pfeil neben mir in Bewegung. »*Bha'iza dha feyra!*« rief er nun mit singender Stimme. Er deutete mit zwei Fingern der linken Hand auf die Bogenschützen hinter uns. Zwei von ihnen schlugen eine Hand vor die Augen. Der elfische Lichtblitz! Der Elf selbst lief so schnell los, dass man ihn kaum noch sehen konnte. Der dritte Schütze riss den Bogen herum, aber ehe er schießen konnte, rollte ihm der Rote Pfeil vor die Füße und warf ihn mit einer Beinschere um. Das Spalier hinter uns geriet in Unordnung, als einige der Krieger ihre Waffen hoben.

»*… ve wyn nuya*«, hörte ich, halb verwehend, eine dritte elfische Zauberformel. Wo eben noch der Rote Pfeil gestanden hatte, wallte Nebel auf und breitete sich mit Windeseile die Gasse entlang aus.

Pyriander Di'Ariarchos:
»Dschinn, herbei!« Der Ring des Feuers, den ich als drittes Artefakt trug! In der Dämonenzitadelle hatte der Dschinn darin mir die Macht gegeben, dem Nachtdämon elementare Energien in einem Ausmaß entgegenzuschleudern, die ihn beinahe ebenso zerstört hatten wie meine Hand.

Diesmal explodierte die gebundene Energie ohne mein Zutun. Ein Sprühregen glühender Funken stob aus dem Ring hervor und warf mich auf den Rücken. Der Dschinn entwich, seine Macht verpuffte wie Hylailer Feuerwerk. Ich lag fassungslos über meinem Rucksack und sah ein Dutzend Schwarzhäutige heranstampfen, jeder bereit, mich mit seiner Machete zu vierteilen.

»Rückzug!« hörte ich Rondrigas Stimme. »In den Nebel!« Nebel? Verwirrung und Hoffnung wirbelten in mir. Da legte sich mir eine gewaltige Pranke auf die Brust.

Ruban ibn Dhachmani:
Gepriesen sei Rondra, die auch einem unbedeutenden Seefahrer die Gelegenheit gibt, einen Heldentod zu sterben!

Neben mir war der ehrwürdige Zauberer von seinem eigenen Dschinni gefällt worden. Hinter dem Rakshazach herrschte ein Durcheinander wie beim Hahnenkampf von Punin. Und zu meiner Linken drängten drei Menschenfresser heran, die monströsen Hammerhaischädel gierig vorgebeugt.

Die Fischaugen des ersten glotzten noch ungläubig, als ihm das Unsichtbare Schwert bereits Maul und Hals aufgeschlitzt hatte. Phex sei's gedankt, diese Ungeheuer glaubten noch immer, einen Unbewaffneten zu ergreifen, als ich bereits das zweite meine Klinge spüren ließ.

»Ruban!« Ich duckte mich und ließ das Schwert kreisen, um mir einen Überblick zu verschaffen. Rondra steh mir bei! Ich war tatsächlich der Letzte, dieweil die anderen bereits alle im Nebel entschwanden. Phexens Geschenke hinterfragt man nicht, sagte ich mir und stürzte mich ebenfalls ins wallende Grau.

Rondriga Conchobair:

Rondra und Hesinde, was für eine Raffinesse!

Der Rote Pfeil hatte den Elfennebel sogar so geteilt, dass in der Mitte eine kaum schulterbreite Gasse verlief. Unser Fluchtweg! An mir war es nun, ihn freizuhalten. Ich hatte *Antworter* und *Vergelter* gezogen, ohne dass ich mir dessen bewusst war. Als ich sah, dass die anderen mir folgten, rannte ich los.

Rechter Hand erschien ein Spieß, gefolgt vom Umriss des ersten Gegners, der sich in den Nebel gewagt hatte. Mit einem gedrehten Sprung schlug ich den Spieß zu Boden, setzte darüber hinweg und nutzte die Drehung, um *Antworter* durch ein schwarzes Gesicht zu ziehen. Rondra, ich war keinen Tag im Güldenland und hatte schon den ersten Bewohner getötet!

Pyriander Di'Ariarchos:

»Für Glatthautschaman nicht schlecht«, grunzte mir Krallerwatsch übelriechend ins Gesicht, als er mich wie eine Puppe aufhob und auf die Beine stellte. »Nächstig Mal besser eigen Kraft, nicht Dschinn.«

Der Nebel hüllte mich ein und nahm mir fast jede Sicht, aber ich hörte die Soldaten näherkommen. Wir begannen zu laufen. Vor uns kämpfte Rondriga zwischen den Nebelwänden. Sie hatte den Stil ihres Vaters, weniger kraftvoll vielleicht, dafür geschmeidiger. Ein Umriss eines Kriegers erschien im Nebel, da trat ihm Rondriga schon vor die Brust und ließ ihn wieder mit lautem Scheppern verschwinden.

»Wir müssen bis zum Rand der Rodung«, rief sie uns entgegen. Hinter ihr drangen zwei weitere Krieger in die Nebelgasse ein. Rondriga warf sich herum und lief ihnen entgegen.

Ich war noch immer verwirrt und lief hinter Krallerwatsch her, der mit stampfenden Schritten und wehendem Kopfhaar loszog. Seine mannsgroße Knochenkeule mit den flatternden Federn und Fellstücken daran hatte er drohend erhoben. In der anderen Hand hielt er einen Besen. Was war mit Morena? Wo waren all die anderen geblieben?

Ruban ibn Dhachmani:
Oh ich Sohn Rondras! Ich hatte tatsächlich die Flucht der anderen gedeckt. Ach was, ein geordneter Rückzug. Vor mir im Nebel sah ich den gewaltigen Schatten des Rakshazach. Da hörte ich auch schon sein Keuchen: »Weg, Wimmelkrieger, willst Kopfnuss?« Ein dumpfer Schlag war zu hören. Kurz darauf sprang ich an einem Fremden vorbei, der mit zerbeultem Helm und blutendem Gesicht am Boden saß. Als ich auswich, ließ der Nebel plötzlich nach.

Phex, welch Wunder hast du getan? Nebel zur Rechten, Nebel zur Linken, dazwischen nur meine Gefährten, die schon weit vorne waren, und einige liegende Leiber. Nun flink, Ruban, wenn du je ins Riesland gelangen willst …

Pyriander Di'Ariarchos:
So gut der Nebel unsere Flucht deckte, so deutlich zeigte das schmale Band doch auch unsere Fluchtrichtung an. Sie kamen von allen Seiten gelaufen: Spießträger, Schwertkämpfer, Katzenmenschen. Ein Pfeil sirrte über Krallerwatschens mächtige Schulter. Freilich, der ragte zur Hälfte aus dem Nebel.

Der Boden wurde krautiger: Hier hatte man nicht mehr gerodet, sondern nur abgeholzt. Vor uns erahnte ich bereits den Wall des naturbelassenen Urwalds.

»Da kommen wir nicht durch!« Rondriga war stehen geblieben, zwei blutige Schwerter erhoben. Zwischen den Nebelwänden wirkte sie noch bedrohlicher. Ebenso wie die Spießträger, die sich am Rand des Lagers formiert hatten und nun mit eingelegten Piken aus dem Nebel traten.

»Wo sonst, wenn nicht hier?« sagte ich, nun wieder etwas gefasster. Ich passierte Krallerwatsch, der sich inzwischen schon vor den Schützen ducken musste. Hinter uns kam Ruban keuchend daher. Ich ließ den Zauberstab in meiner Achselbeuge lehnen und formte die Hände zu einer Schale. Der Troll hatte recht gehabt: es war Zeit, dass ich tat, was ich am besten konnte.

»*Ignisphaero Feuerball – Gleißen, Brand und Donnerhall!*«
Dies ist zwar der mit Abstand anstrengendste, wenn nicht gar schmerzhafteste Zauberspruch, den ich kenne, aber auch fast der Einzige, mit dem ein Magier gegen so eine Übermacht vorgehen kann. Fast sofort fühlte ich wieder den Widerstand: Das war das Güldenland selbst, das sich mir widersetzte. Diesmal gab ich den fremden Strömungen nicht nach. Fast gierig streckte ich die Hände weiter vor und sammelte die Kraft. Schon fühlte ich das beinahe vertraute Stechen, als meine Handflächen zu brennen begannen. Aus meinen Händen stieg eine fauchende Kugel. Ich musste sie nicht mehr lenken und

trieb sie geradewegs voran, bis sie die Feinde erreichte. Einige versuchten beiseite zu springen, aber im Nebel standen ihre Kameraden.

Die Explosion fegte den Nebel beiseite, ein heißer Hauch wehte uns entgegen. Ich erschrak selbst über die Verwüstung, die ich angerichtet hatte. Vier oder fünf rußgeschwärzte Leiber lagen leblos am Boden, ein Dutzend weitere wälzte sich ringsum. Kleider und selbst Speerschäfte standen in Flammen, die Reste des Krautes loderten an mehreren Stellen auf. Nur am Rande der Dritten Dämonenschlacht habe ich diesen Zauber einmal gegen eine eng stehende Gruppe derart vieler Feinde angewandt. Die Schneise war über zehn Schritt breit und wurde größer, als die heulenden Feinde mit rußgeschwärzten Gesichtern und versengtem Fell zurückwichen. Keiner, der etwas weiter stand, hatte offenbar den Mut anzugreifen.

»Famerlors Rache«, sagte Rondriga mit kehliger Stimme. »Das gibt dem Ausdruck *nicht lange herumfackeln* eine völlig neue Bedeutung.« Dann rannte sie über den noch glimmernden Boden los.

Rondriga Conchobair:

»Im Dickicht jeder allein. Wir treffen uns bei unserem Baum.« Endlich erreichten wir den Rand des Lagers, wo sich das Unterholz wie eine Wand erhob. Ich ließ die anderen in die Gasse laufen, die die Patrouillen der Schwarzhäutigen geschlagen hatten, und sprang einige Schritt daneben ins Dickicht. Ein schwerer Fehler! Zwischen den übermannshohen Schachtelhalmen und dem Buschwerk mit seinen fleischiggrünen Blättern war vor lauter Lianen und Schlingpflanzen kein Durchkommen. Mehrmals ließ ich *Antworter* und *Vergelter* niedersausen, aber die zwei Schritt Weg, die ich mir damit schuf, würden mich nicht vor den Verfolgern retten können, deren Schritte ich bereits hinter mir hörte.

»Aprete Horroi!« gellte erneut der Ruf. Ich sprang wieder ins Freie, den drei Kriegern entgegen, denen keilförmig zwei Dutzend folgten wie Zugvögel auf dem Weg in den Süden. Keine Hände frei, um mich magisch zu schützen. Schnell sein wie der Wind, sagte der Schwertkönig in meinem Kopf. Kein Bluthund rechnet damit, dass der Hirsch das Rudel angreift.

»Hi-ai!« Mein Ausfall überraschte den rechten Schwertkämpfer. Zwar riss er den Rundschild hoch, um *Antworters* Finte abzuwehren, aber *Vergelter* fuhr ihm mit einem Wehrheimer Stoß in die Weiche unter den Rippen. Ein Hieb des Zweiten pfiff mir am Kopf vorbei und ritzte mir durch die Hüfte. Rondra, die waren gut!

Ich wirbelte einmal um die eigene Achse, parierte den Hieb des Dritten ganz oben und rammte ihm *Vergelters* Knauf gegen den Kehlkopf. Auch vom Vater gelernt. Als der Mann keuchend zurücktaumelte, hatte ich Gelegenheit, dem Zweiten, der mich getroffen hatte, meine Antwort zu geben. Ihm ritzte ich mehr als die Schulter …

Und jetzt nichts wie weg. Schon machten sich die Nächsten bereit, über die sich am Boden wälzenden Kameraden zu springen. Seitlich weg, damit sie mich nicht im Rücken trafen, und dann hinein in die Gasse. Ich kam nur einige Schritt weit, dann sah ich vor mir das Flammenschwert tanzen, das keinen durch diese Gasse ließ.

Ruban ibn Dhachmani:

Oh du Missgestalt der Missgunst! Mitten im Urwald stand der trutzige Gnom mit den kleinen Hörnern und dem Schwanz. Die fremdartige Streitaxt ruhte kampfbereit in seinen Fäusten. Die Brust unter dem Schuppenpanzer hob und senkte sich schwer. Er musste gelaufen sein wie ein brünftiger Biber, um uns hier zu erwarten. Irgendwie war ich der Erste auf dem Weg. Hinter mir stampfte mit furchteinflößendem Keuchen und Husten der Rakshazach, dem zwei Pfeile im Leib staken. Da die anderen den Verfolgern entgegentraten, war es wohl an mir …

»*Ama juban*«, erklang die wundersame Stimme des Roten Pfeils. Ich hatte ihn einfach übersehen, wie er da zwischen Stauden und Bambû stand. Juban? Das war ich. Der Elb konnte kein R rollen, wenn er zu einem Freund sprach, so viel hatte ich schon von seiner Sprache der Musik und Zauberei verstanden. Der Gnom knurrte und fletschte die Zähne wie ein Wachhund. Wie des Elben Wachhund.

»Verzeih mir Sohn der Einfalt«, hub ich vorsichtig an. »Gehört jener Vater aller Kugelkakteen zu dir?«

»Aî!« lächelte der Elb. »*Bian bha la da'in.*« Ich nickte höflich, wenn mir auch seine Worte unverständlich blieben. Dann hob er ansatzlos den Bogen und schoss einen roten Pfeil an meiner Schulter vorbei. Gurgelnd taumelte am Waldrand ein Schwarzhäutiger zurück, wo die Gefährten sich langsam zurückzogen.

Der ehrwürdige Zauberer schritt langsam rückwärts, die verrußten Hände beschwörend erhoben, während sieben Schritt vor ihm sein Flammenschwert tanzte. Rondriga war indessen an seine Seite getreten. Krallerwatsch und ich zogen uns weiter in den Wald zurück. Auf längerem Weg waren wir zwei gewiss die langsamsten. Wer an den Zauberschwertern vorbeikam, würde als letztes einen roten Pfeil wahrnehmen. Zudem war der Emir der Rakshazachim verwundet und brauchte meinen Beistand. Wahrlich, bin ich Krieger oder Seefahrer?

DER WALD ALLER WÄLDER

Blutige Flügel

Pyriander Di'Ariarchos:
Meine Brandwunden schmerzten. Ein Feuermagier ist es gewohnt, sich zu verbrennen, aber die Explosion des Dschinns hatte mich am ganzen Körper mit Glutflecken und Blasen übersät. Ich lief langsam durch den Urwald, den Pfad entlang, den wir nachmittags geschlagen hatten und den unübersehbar erst vor kurzem ein Troll erneut benutzt hatte. Hinter mir folgte Rondriga, die sich wegen ihrer Hüftwunde nicht mehr schneller zurückziehen konnte.

Ich ließ den Roten Pfeil ungern als Rückendeckung zurück. Aber erstens hatte er diesen struppigen kleinen Kampfzwerg bezaubert, der den Eindruck erweckte, als ob er seinen neuen Freund lange verteidigen würde, und zweitens war der Elf ohnehin derart schnell und wildniserfahren, dass er als Einziger alleine durch den Urwald laufen konnte. Mehr Sorgen machte ich mir um Morena. Nicht nur dass keiner der Gefährten Genaueres über ihr Verschwinden wusste, sie hatte überdies auch noch ihren Besen zurückgelassen.

Im Schutz der Brettwurzeln eines kleineren Baumriesen von etwa hundert Schritt Höhe stießen wir auf Ruban und Krallerwatsch. Der Troll hockte zwischen Riesenfarn und Orchideenblüten, der Tulamide untersuchte die zwei Pfeile, die in Rücken und Schulterblatt steckten. Ruban ibn Dhachmani war der einzige, der nicht nennenswert verletzt war. Zwei Spannen über seiner geballten Faust glitzerte Blut, das dann herabtropfte. Das musste das Unsichtbare Schwert in seiner Hand sein. War es möglich, dass wir ihn an der Seite des Schwertkönigs unterschätzt hatten, diesen Mann, der allein beinahe das Riesland erreicht und nur mit seinen Abenteuern eines der größten Vermögen Aventuriens geschaffen hatte?

»Das muss jemand anders machen als ich Sohn der Plumpfingrigkeit«, sagte Ruban und begann sein Schwert an einem Blatt zu säubern. Anscheinend hatte er erwogen, die Wunden aufzuschneiden. »Er blutet wenig, es schmerzt ihn wohl und ich weiß nichts über das Fleisch der Rakshazachim.« Wir überzeugten uns, dass der Troll noch eine Weile aushielt. Auch Rondriga und ich waren nicht unbeschadet, brauchten jedoch keine sofortige Wundpflege.

Ich sprach an, was mich am meisten beschäftigte. »Wir müssen verhindern, dass sie die inverse Dunkle Pforte finden, sonst ist uns der Rückweg versperrt.«

»... und diese Väter aller Eroberungslust«, knurrte Ruban, »kommen womöglich noch selbst nach Aventurien, um es sich endlich vollständig zu holen.« Vollständig? Bei Darador, welche Schande: Für den Tulamiden waren wir Mittelländer die Vorhut dieser Wahnsinnigen!

»Wo hast du nur ständig deine Begleiter her?« Der Rote Pfeil war so unauffällig wie immer zu uns gestoßen, aber hinter ihm lief ein offensichtlich harmloser Eingeborener. Beide waren leicht verletzt.

»Mojena«, lächelte der Elf.

Der kleingewachsene Mann, ein güldenländischer Schreiberling, wie ich vermutete, ging auf Krallerwatsch zu. Selbst das grobgeschnittene Gesicht des Trolls drückte Zweifel aus. Der Begleiter des Elfen legte einige Schriftrollen ab und ergriff Morenas Besen. Dann begutachtete er die Pfeilwunden, die, obwohl der Troll saß, für ihn noch über Augenhöhe lagen.

»Das hast du in Warunk auch schon gemacht«, sagte ich zögernd.

»Damals«, sagte der Mann, ohne sich uns zuzuwenden, »fragte mich Raidri nach der Katze Luzelins.« Die Sicherheit, mit der er sprach, stand seiner schwächlichen Erscheinung entgegen.

»Nun«, ich begann zu lachen, noch immer nicht ganz sicher, »ich denke, dass hier alleine dein Garethi als Beweis ausreicht. Außer der Zauber inkludierte eine Magica Communicatia.«

Nun drehte sich der Fremde um, die Hände noch immer auf Krallerwatschens Wunden. Die unauffälligen braunen Augen sprühten. »Ihr denkt doch nicht, dass ich das ausgerechnet einem Akademieleiter der Magiergilden verraten würde?« Ich begann zu lachen, obwohl mich alles dabei schmerzte. Hexen und Magier!

»Ist das wirklich Morena?« fragte Rondriga.

»Es scheint eine Illusion mit Aspekten der Magica Controllaria zu sein«, analysierte ich. »Wir sehen sie als harmlos an, weil wir es so wollen.« Natürlich ließ sich die Hexe auch dadurch nicht provozieren, irgendetwas von ihrem Geheimnis preiszugeben.

»Und wo ist jener Vater aller Kugelkakteen verblieben?«

»Trutzler«, sagte Morena, die inzwischen die zwei Pfeilschäfte gekappt hatte.

»Ist das sein Name oder seine Gattung?« fragte ich.

»Sein einziges Wort.«

»Der *ama* ist wieder zu den *dendra* gegangen«, sagte der Rote Pfeil, als ob er von einem alten Freund spräche. »Er sagt ihnen, dass sie anderswo suchen und nicht gegen uns kämpfen sollen.« So einfach war das für ihn. Der

Bannbaladin, der elfische Freundschaftszauber, löschte keine früheren Loyalitäten. Der arme kleine Unhold stand nun einfach zwischen zwei Fronten und würde verhindern wollen, dass seine vermeintlichen Freunde einander erschlugen. Dieser Standpunkt, da war ich mir sicher, war zum Scheitern verurteilt.

Ruban ibn Dhachmani:
Oh wir Söhne aller Bazarkrämer und Teehausbesucher!

Wir hatten die Zeit des Aufatmens gebraucht, aber noch immer jagten uns hundert Bewaffnete. Sie waren gewiss nicht freundlicher, nachdem wir so viele von ihnen niedergeschlagen, verbrannt und verzaubert hatten.

»Wir gehen nicht zu *Aigyaro*«, sagte der Rote Pfeil mit Bestimmtheit. Sein Blick, der dem des Adlers glich, wies in die Richtung des Riesenbaums mit der Dunklen Pforte. »Die *fejar feljaur* folgen unserer *e'na*.« Beim Phex, er hatte natürlich Recht. Die Katzenmenschen, die uns entdeckt hatten, waren ja nochmals losgezogen, vermutlich um unseren Ankunftsort zu finden. »Auch die anderen *dendra* gehen so.« Sein Blick schwenkte zum Funduq der Güldenländer. Welcher Zauber, wie er mit den Augen sprach und Richtungen beschrieb. Dann hob er den Blick schräg zum Himmel. »Und der *unya lamia* wird ihnen sagen, wie wir gehen.«

»Wer?« fragte der ehrwürdige Zauberer für uns alle. Ich ahnte Böses. »Nacht? Geher, Springer oder Sprecher? Und *lamia* ist doch ein ganz unheiliges Wort.«

»*Unya* sagen die Elfen zur Fledermaus«, sagte der Diener, der Morena war. »Er meint das Vogelwesen, das uns folgt. Wieso ist es *lamia*?« Sie wandte sich an den hellsichtigen Bogenschützen.

»Er ist nicht, was er ist«, sagte der Rote Pfeil sorgfältig betonend. Ich war mir gewiss, dass uns Söhnen der Vielsprachigkeit schon wieder viele Bedeutungen des Wortes verloren gingen. Der Elb schien beunruhigt genug, um sich nun seitlich in den Busch zu schlagen. Und wie er dabei schritt, machte unmissverständlich klar, dass wir ihm folgten sollten, wenn wir entkommen wollten.

Rondriga Conchobair:
Wir liefen bereits seit über einer halben Stunde im Eilschritt durch das Dickicht aus aufstrebenden Stämmen, fleischigen Blättern, fremden Blüten und quer treibenden Schlingpflanzen. Ich war von der Anstrengung des Ausholzens schweißgebadet, obwohl ich mich mit Ruban abwechselte. Von einem Weg war längst keine Rede mehr, eher war es ein Tunnel, den wir in das wuchernde Grün schlugen. Meine Hüfte schmerzte und meine Schultern waren wie Blei.

Aber wann immer wir verharrten, um Atem zu schöpfen, hörten wir hinter uns Geräusche: Rufe, mit denen sich die Patrouillen verständigten, das rhythmische Hacken der Pfadfinder, die gleich mehrere Wege nebeneinander ins Buschwerk schlugen und sich gewiss alle hundert Schritt abwechseln konnten – und über all dem das leise, aber unheimliche Flattern dieses Mischwesens, das bisher jeden unserer Richtungswechsel weitergemeldet hatte. Bei zwei solchen Manövern hatten wir, statt den Feind abzuschütteln, Vorsprung verloren, weil die Güldenländer einfach in den Biegungen abgekürzt hatten.

Dreimal war der Rote Pfeil zurückgegangen, um als Heckenschütze die Verfolger aufzuhalten. Aber stets hatte er sich wieder zurückziehen müssen, weil es einfach zu viele waren. Morena hatte sich bereits zweimal ein Haar ausgerissen und mit einem Fluch hinter sich geworfen. Großmeister Di'Ariarchos schien das ebenfalls für ein ernst zu nehmendes magisches Hindernis zu halten, aber die Güldenländer hatten es wiederholt umgangen.

»Was für ein Wahn treibt diese Totschläger voran?« stöhnte Morena schwer atmend.

»Güldenländer!« zischte Ruban. »Was hattet ihr Kinder des Übermutes von eurer Verwandtschaft denn anderes erwartet?« Ich sah an Di'Ariarchos' Gesicht, wie peinlich berührt er von diesem Vorwurf war.

»Vor allem«, versuchte ich etwas abzulenken, »sind es wohl Elitetruppen aus der Hauptstadt. Hausmacht irgendeiner unbedeutenden Prinzessin, aber eben ...«

»Auf deine Meinung kann ich wirklich verzichten«, fiel mir Morena ins Wort. Ich biss mir auf die Unterlippe. Freilich, das war aus der Luft gegriffen – aber auch nicht so abwegig.

»Wozu bist du eigentlich mitgekommen?« Sie umklammerte mit der Rechten ihren linken Oberarm. Das schwarze Kleid war zerrissen und zwischen den weißen Fingern sickerte Blut hervor. »Du bist doch die Kriegerin mit den Zauberschwertern. Raidri Conchobair hätte es nie so weit kommen lassen.« Morena fauchte jeden Satz. Immer wenn ich glaubte, dass sie zu Ende gesprochen hatte, folgte wie ein Peitschenschlag der nächste Satz.

Ich setzte zu einer Erwiderung an, aber mir fehlten die Worte. Hatte ich wirklich so versagt? Wir waren mindestens zwei Bannern Gardesoldaten und Pfadfindern gegenübergestanden. Und es waren erfahrene Kämpfer gewesen. So jemanden fällt man nicht mit einem einzigen Hieb oder Zauberspruch.

»Du bist doch nur hier«, sagte sie nun mit bösartiger Langsamkeit, »weil du zufällig die Tochter des Schwertkönigs bist.«

»Wie kannst du so etwas sagen?« Großmeister Di'Ariarchos trat nun hinzu: »Du bist doch deiner Mutter ebenfalls nachgefolgt, nachdem sie im Kampf gegen die Mächte der Finsternis gefallen war.«

Morena schnappte nach Luft und setzte zu einer Antwort an. In ihren Augen tanzten Verachtung, Hass und

Stolz – und Respekt vor dem Großmeister. Aber der Blick, mit dem sie sich abwandte, sagte deutlich, dass sie einen riesigen Unterschied zwischen ihrer und meiner Nachfolge sah.

Der Gedanke, dass ich den Erwartungen meiner Gefährten nicht gerecht wurde, nagte an mir. Ich musste zugeben, dass ich von ihrer kühlen Erfahrung überwältigt war. Der Rote Pfeil, den ich von drei Heckenschützen in die Enge gedrängt wähnte, hatte uns aus einer tödlichen Falle heraus einen Fluchtweg geschaffen, ehe wir sie überhaupt erst zuschnappen sahen – mit drei der einfachsten Zauber und ohne jedes Blutvergießen. Auch Morena hatte die Gefahr vorhergesehen und rechtzeitig nach einem Ausweg gesucht. Pyriander und Ruban hatten, von einer unvorhersehbaren Katastrophe ihrer wichtigsten Waffen beraubt, uns freigekämpft.

Das eisige Schweigen wurde inzwischen von einigen Befehlen in der Ferne unterbrochen, die wieder etwas lauter geworden waren. Grimmig wandten wir uns wieder zur Flucht, doch diesmal entzweite der Grimm auch unsere Gruppe.

Pyriander Di'Ariarchos:

Langsam begann es zwischen den Riesenbäumen zu dunkeln. Vermutlich würde es hier finster sein, lange bevor die Sonne am Horizont versank. Die ersten fremden Blüten begannen sich zu schließen.

»Krallerwatsch, hältst du noch durch?« Ich fragte mich, wie sehr ihn die beiden Pfeilspitzen im Leib störten.

»Troll geht, bis wenn steht.« Ach ja. Für den alten Schamanen schienen so viele Dinge so einfach. Sterben, Scheitern, Versagen, das gehörte für ihn zum Leben, nahm ich an. Sein Volk, wie ich es verstand, hatte so viel Scheitern und Verlust erlebt. Warum machte ich mir überhaupt Sorgen?

Rondriga war ziemlich blaß, Morena hatte das Gesicht schmerzvoll verzogen und ich sah gewiss auch nicht glücklich aus mit den Brandblasen im Gesicht, die immer größer wurden. Wahrscheinlich beherrschten die meisten von uns den Heilzauber *Balsamsalabunde*. Aber wir hatten einfach nicht die Zeit, ihn zu wirken.

»Da ist er wieder«, flüsterte Rondriga. Der Gedanke an dieses Vogelwesen hinter uns beunruhigte mich. *Unya lamia* hatte es der Rote Pfeil genannt. Mein Isdira beschränkte sich auf die wenigen Wortstämme, aus denen die elfischen Zauberformeln zusammengesetzt waren. Vieles von dem, was wir in Bosparano formulierten, insbesondere in den Bereichen der Hellsicht und der Bewegungsmagie, waren ja nur Klangmalereien elfischer Vorbilder. Zum ersten Mal schien ich das Geheimnis des Isdira zu erfassen, bei dem jede Kombination aus Bedeutungen gültig war: Jede Variante, die ich aus den drei Silben bildete, hatte mit Dunkelheit, Fortbewegung, Trug, Gestaltwandel und Bluttrinken zu tun!

Ruban ibn Dhachmani:

Oh wir Söhne des Unglücks! Inzwischen lief der Rote Pfeil wieder vorneweg. Jene verschlungenen Pfade, die er uns erwählte, waren für uns Diener des Schwertes leichter freizuschlagen und mit etwas Glück für jene Söhne der Tollwut schwerer zu verfolgen. Plötzlich aber war der Elb sichernd stehen geblieben. Als wir aufschlossen, sahen wir das Hindernis.

»Eine Ameisenstraße«, rief ich entsetzt.

»*Amaya*«, bestätigte der Elf mit einem bitteren Lächeln. Ja, es waren Ameisen, aber jede war so groß wie ein Pferd! Geschäftigt krabbelten sie dreißig Schritt vor uns durch einen Hohlweg, der quer zu unserer Fluchtrichtung durch das Unterholz führte und wohl von ihren säbelgroßen Zangen freigebissen und geräumt worden war.

»Kommen wir da durch?« Der ehrwürdige Zauberer deutete auf eine Lücke zwischen zwei Tieren von etwa zwanzig Schritt Breite. Hinter uns kam das Flattern des geflügelten Unholdes näher.

»Wenn wir dabei ihr *ban* nicht stören – aî!« Der Elf lächelte bestätigend.

»Und wenn wir dabei nicht in die Entgegenkommenden laufen«, fügte Morena hinzu. Tatsächlich schien es kaum möglich, zwischen zweimal zwei Tieren durchzulaufen, die in verschiedenen Richtungen krabbelten und dabei auch immer wieder unvorhersehbar Bäumen und Strünken auswichen.

Gepriesen sei Rahja, die mich ihre Gaben auch in diesem Augenblick begehrlich finden ließ! Ich sah, wie sich Morenas Früchte unter dem schweißglänzenden engen schwarzen Kleid hoben und senkten. Dann legte sie ihr Gepäck zu Boden. Noch einmal schöpfte sie Atem, dann schritt sie entschlossen auf den Hohlweg zu. Schon hob ich die Hand, sie aufzuhalten, erwog, sie zu begleiten – doch diese Tochter der Heimlichkeit hatte bislang immer gewusst, was sie tat.

Wie eine Pardelkatze erklomm der Rote Pfeil einen nahen Tulpenbaum. Dann legte er einen der blutroten Pfeile auf die Sehne, sein Adlerauge folgte Morena.

»Ich ahne, was sie vorhat«, seufzte der ehrwürdige Zauberer. Auch er wählte eine Stelle, wo er durch das Unterholz annähernd freien Blick hatte, und hob die Rechte zur Schulter, zwei Finger flammengleich abgespreizt.

Pyriander Di'Ariarchos:

Luzelins Tochter überraschte mich immer wieder. Zwei Riesenameisen waren bereits stehen geblieben und verharrten, nur ihre Fühler tanzten träge. Ich hatte vermutet, dass Morena irgendeine Form elfischer Verständigung gelernt hatte. Aber einige beschwichtigende Gesten hatten ausgereicht – und sicherlich eine geballte Ladung astralen Könnens. Nur ein leichtes Rascheln verriet, dass der Elf seinen Baum verlassen hatte.

»Wir sollten uns beeilen«, drängte ich. Die nächsten Ameisen liefen schon auf und der Beherrschungszauber hielt gewiss nicht lange an. Rondriga reagierte sofort, seitlich laufend, wie Krieger gemeinhin sichern, aber die Schwerter vertrauensvoll noch gescheidet. Auch Krallerwatsch stampfte schnaufend los.

»*A'mâo kai*«, sagte der Rote Pfeil entschlossen. Das hatte wohl mit *mha* zu tun: Traum, Eingebung, Plan. Und *ka* kam in den meisten Kampfzaubern der Auelfen vor. »Ihr geht dort.« Sein Blick wies schräg nach rechts, beinahe parallel zu der Ameisenstraße, aber entfernte sich eben doch von ihr.

»Wir wechseln noch mal die Richtung, damit sie uns verlieren«, vermutete ich. »Und der *Unya lamia*?«

»*Zerza*«, sagte der Elf. Manche ältere Texte behaupten, dass das die elfische Göttin des Todes sei. Inzwischen weiß man, dass die Elfen keine Götter anerkennen. Nein, mittlerweile kannte ich den Roten Pfeil gut genug, um zu wissen, dass ein raubtierartiges Zischen dieser Art die Verkörperung einer Urkraft war. Seine Augen glühten granatrot, als er uns verließ.

Schrecknisse

Rondriga Conchobair:

Die Abenddämmerung erfüllte den Urwald mit vielfältigem Lärm: es bellte, grunzte, keckerte und brüllte durcheinander. Bisweilen gellte ein Schrei, der aus der Seele eines Verdammten zu stammen schien. Welche Tiere mochten solche Laute von sich geben?

Als wir feststellten, dass die Rufe unserer Verfolger hinter uns verhallt waren, hielten wir die vereinbarte Richtung bei, bis es zu dunkel wurde. Krallerwatsch und Ruban hatten einen Riesenbaum entdeckt, zwischen dessen haushoch aufragenden Wurzeln sich eine natürliche Höhle gebildet hatte. Ein abgebrochener Ast, den man in Aventurien Baum genannt hätte, lag schräg darüber und die Lianen, die er mitgerissen hatte, bildeten ein Zeltdach. Wir hatten darunter ein Lagerrund ausgeholzt, während Krallerwatsch und Morena das Buschwerk draußen herum drapiert hatten, um das Versteck weiter zu tarnen.

»Die Ameisen scheinen sie tatsächlich aufgehalten zu haben«, sagte ich leise zu Ruban. »Oder jener Vater des Bogenschießens.«

Inzwischen hatten wir auch unsere Wunden geheilt. Großmeister Di'Ariarchos hatte darum gebeten, seine astrale Kraft schonen zu dürfen: »Was mich angeht, werde ich gewiss drei Wochen brauchen, bis meine Kraft wieder voll hergestellt ist – der Kampf und die wiederholten Analysen …« Wir anderen Zauberkundigen hatten ebenfalls viel Kraft verbraucht, aber keiner war so erschöpft wie er. Er hatte sich abseits hingesetzt und meditierte im Licht seiner Fackel über einigen Schriftrollen.

Der Rote Pfeil war so plötzlich unter uns wie immer. Wir schreckten hoch, als der lederne Flügel vor unser Lager zu Boden klatschte.

»*Arc!*« Seine Stimme hallte von dem Ekel wider, mit dem sich ein wildes Tier von etwas durch und durch Verfaultem abwendet. Was da lag, schien ein Vogelflügel von anderthalb Schritt Länge zu sein, gefertigt aus Leder, das mit roten Schnüren genäht war. Daran baumelten Riemen, Schnallen und lederne Schläuche, wie Schmiede sie bisweilen an ihren Blasebälgen haben. Und aus diesen Schläuchen, an denen festgewachsene Fleischfetzen hingen, sickerte Blut, das eher schwarz als rot war …

»Praios«, stieß Großmeister Di'Ariarchos halblaut hervor. Ein Graumagier, der den Gott der Sonne und Antimagie anruft!

Die Nacht brachte kaum Kühle, aber wenigstens ging die atemberaubende Feuchtigkeit zurück. Das Dunkel um uns war erfüllt von Rascheln und Scharren, Augenpaaren, die im Dunkeln glühten, und dem Höllenkonzert der Frösche, Affen, Vögel und Insekten.

Wir bestätigten einander, dass keiner von uns einen vergleichbaren Urwald kannte. Ruban sah kaum Ähnlichkeiten zu den Nebel- und Regenwäldern der Inseln, die er teilweise besser kannte als es ihm lieb war. Der Rote Pfeil sang von den magischen Wäldern von Salamandra, wo jene seiner Verwandten lebten, die den Aufstieg und Fall der Hochelfen nicht mitgemacht hatten. Auch Di'Ariarchos sah nichts, was ihn an die weiten Eibenwälder an den Flanken des Raschtulswalles erinnert hätte. Und mit Morenas Blautann in Weiden und den Tannenwäldern des Amboss hatte der wuchernde Dschungel ohnehin nichts gemeinsam.

Wiederholt erhob sich ein vielstimmiges Heulen, das sich gegenseitig hochschaukelte. Zweimal hörten wir ein Stampfen, das den Boden erzittern ließ und lange brauchte, ehe es unseren Baum passiert hatte. Die großen Kreaturen dieses Urwaldes hatten zu jagen begonnen …

Pyriander Di'Ariarchos:

»Wir haben drei Fragen zu klären.« Ich versuchte, etwas rohalsche Diskussion zu beschwören. Ruban döste bereits und Krallerwatsch hatte sich nicht mehr bewegt, seit ihm Morena die Pfeilspitzen aus dem harten Fleisch geschnitten hatte. Aber es war wichtig, dass wir uns über das klar wurden, was uns hier erwartete. »Erstens: Warum manifestieren sich die Dschinnen, die wir ins Güldenland mitgebracht haben, nicht? Zweitens: Warum fürchtet man hier die Elfen derart? Drittens: Auf welcher Seite stehen die Güldenländer im ewigen Krieg gegen die Niederhöllen?«

Die verschiedenen Gesichtsausdrücke und Zwischenrufe zeigten mir, dass kaum einer der Gefährten sich diese Fragen gestellt hatte, zumindest nicht vollständig. Mit einer gewissen Befriedigung stellte ich fest, dass der Rote Pfeil interessiert lauschte. Vermutlich war seinem hellseherischen Wesen die Denkweise der altbosparanischen Analyse völlig fremd, zugleich sah er aber ein, dass er seine Fragen nicht nur mit astraler Weisheit lösen konnte. Er hielt Wache auf einem Dachbalken unserer *lao'bha,* wie er sie genannt hatte – *Waldversteck* – oder, wie es die Garetier übernommen haben, *Laube.* Rondriga stand, die Hüftwunde verbunden, am Ausgang, den wir mit einem Riesenpilz blockiert hatten, und blickte ebenfalls in die Dunkelheit hinaus. Ich staunte, wie robust sie war.

»Ad primum«, begann ich. Es war widersinnig, ein Seminarium wie mit meinen Adepten in Drakonia abzuhalten, aber es beruhigte mich – vor allem angesichts der düsteren Ergebnisse. »Ich fürchte, dass wir auf alle Dschinnen verzichten müssen. Es scheint nicht möglich zu sein, dass aventurische Elementarwesen sich hier manifestieren.«

»Verzeiht mir Sohn des Unwissens.« Ruban war plötzlich hellwach. »Aber Ihr werdet doch keine übereilten Schlüsse ziehen. Vielleicht hat die Zauberpriesterin einfach einen Bann gegen Euren Ring gewirkt.«

»Nein«, sagte ich bedauernd, »das habe ich natürlich erwogen. Aus Gründen, die ich später ausführen werde, glaube ich, dass das gar nicht möglich wäre. Außerdem habe ich – obwohl ich inzwischen mit der Kraft haushalten muss – eine magische Analyse an Eurem Aquamarinring durchgeführt. Auch das gegnerische Element ist betroffen – und damit wohl jedes andere auch. Die astrale Matrix, die einen Dschinn ausmacht – oder vielmehr seine Erscheinung – ist völlig zerrüttet.«

»Das heißt: Irgendein räudiger Sohn der Schwarzmagie hat die Ringe beschädigt?« fragte der Tulamide misstrauisch.

»Diese Macht hätte nur einer«, räumte ich ein. »Das ist die eine Theorie. Die andere ist: Es waren die Elemente selbst.« Ruban machte eine Geste des Unverständnisses und auch Rondriga wandte sich mir verwirrt zu.

»Nun, entweder gibt es so etwas wie ein Gesetz, das besagt, dass kein Elementar auf der Suche nach den Zitadellen helfen darf. Dagegen spricht, dass allgemein Wünsche, die einem Element dienen, leichter erfüllt werden als solche, die seiner Natur zuwiderlaufen. Dafür spricht, dass ich mir keine Macht vorstellen kann, die die Elemente von ihrer Manifestation abhalten kann, als den Willen der Elementarherren – und dass es sinnvoll erscheint, dass wir uns die Herrschaft über das Zeitalter selbst verdienen müssen.«

»Oder es war doch Sabotage …«, kehrte Ruban grimmig zu seiner Vermutung zurück.

»Weltweite Sabotage«, nickte ich. »In diesem Fall würden wir bereits die Auswirkungen von Borbarads elementaren Verwüstungen bemerken: der Astralsturm im Kloster Arras de Mott, bei dem er das Tal der Elemente in reine Magie zu verwandeln begann, die Entstehung der Schwarzen Lande durch die Machenschaften hunderter Paktierer, die den Niederhöllen die Tore öffnen, und seine letzte Beschwörung, die wir in der Dritten Dämonenschlacht unterbrachen – eine Beschwörung, von der keiner weiß, welchen Zweck sie hatte. Die Disharmonie kann Aventurien schon so betroffen haben, dass unsere Dschinnen sich in ein natürliches Geflecht der Wirklichkeit gar nicht mehr einfügen können. Dagegen spricht, dass das Konzil solch eine Disharmonie bemerkt haben sollte, wenn es tatsächlich der letzte verbliebene Hüter des elementaren Gleichgewichtes ist. Dafür spricht, dass diese Katastrophe genau das ist, was wir seit Jahren befürchten – das, warum wir zu dieser Queste nach den Schlüsseln der Elemente aufgebrochen sind.«

»Das *mandra* fließt nicht wie um die Wälder von *sala mandra*«, erklang die Stimme des Roten Pfeils aus dem Blätterdach.

»Somo Kraft ander Kraft«, tönte ein zustimmendes Brummen beinahe aus der gleichen Höhe, nämlich von dort, wo Krallerwatschens Schädel ins Blattwerk reichte. Auch die anderen Zauberkundigen machten bestätigende Gesten und Äußerungen.

»Ja, das bietet natürlich eine weitere Erklärung. Wenn der Fluss der astralen Kraft auf einem anderen Kontinent anderen Gesetzen unterliegt, könnte sich das auf so etwas Ungewöhnliches wie einen durch Magie gebundenen Dschinn auswirken. Das wäre dann vor allem von theoretischer Bedeutung für die Kosmologen in Punin, Kuslik und Drakonia – abgesehen davon, dass wir dennoch damit leben und überleben müssen.«

Wir schwiegen eine Weile. Ruban gähnte. Draußen vor der Laube zirpten Insekten, raschelten die Kriechtiere und bisweilen gellte der Schrei einer unbekannten Kreatur.

»Ad secundum«, wandte ich mich wieder unserer Diskussion zu. Die Gesichter meiner Zuhörer drückten Müdigkeit aus. »Warum fürchtet man die Elfen im Güldenland derart?« Wir besprachen kurz, was jeder von uns wahrgenommen hatte. Ich war schockiert zu hören, dass die Pfadfinder fast sofort nach dem Erscheinen des Roten Pfeils Bogenschützen abgestellt hatten, die ihn während des ganzen Marsches zum Lager und während der Audienz bedroht hatten.

»Als wir fliehen mussten, nannte die Magierin die Elfen – sie sprach eindeutig in der Mehrzahl – die »Ungeborenen«. Was mich so beunruhigt ist, dass sie den gleichen Wortstamm benutzte, mit dem die Kirche der Borbaradianer ihren gefallenen Halbgott verehrt. Ein Wort, das darauf hinweist, dass Borbarad nicht natürlich entstanden ist, sondern sein Leib geschaffen wurde.«

Ein bestialisches Brüllen und ein dumpfes Dröhnen, gefolgt von einem markerschütternden Schreien, schrak uns alle auf. Brüllen und Schreien verröchelten.

»Bei Peraine«, stöhnte Rondriga, »was spielt sich denn da draußen ab?«

»*Nurdra*«, sagte der Rote Pfeil mit der Selbstverständlichkeit eines Wesens, das nichts Natürliches überraschen konnte.

Ich gähnte selbst und versuchte mich nochmals zu konzentrieren. Die Bemerkung des Roten Pfeils erinnerte mich daran, wie naturverbunden uns die Magie der Elfen erschien.

»Morena, berichte bitte.«

»Ich dachte mir, ich nutze die Gelegenheit und nehme einige von den Schriftrollen mit. Die meisten wurden, nachdem ihr sie mit diesen Wichtigtuern besprochen hattet, gleich wieder verpackt. Aber einige wurden nicht so gut bewacht. Aber ich weiß natürlich nicht, was drin steht.«

»Ich auch nicht wirklich«, sagte ich leicht ironisch. »Schon das Aureliani hat fast doppelt so viele Buchstaben wie das Garethi und in diesen Schriftrollen werden noch etliche mehr verwendet. Es ist naheliegend, dass ich nach Begriffen suchte, die mit den Elementen zu tun haben.

Dabei stieß ich auf die Beschreibung eines Reiches langhaariger Meuchler. Zuerst dachte ich, es sei von den Hjaldingern, den Vorfahren unserer Thorwaler, die Rede. Aber dieses Reich im hohen Norden scheint unter der Erde zu liegen – Erde, wie gesagt, war einer der Begriffe, nach denen ich suchte. Die Bewohner werden als beinahe unsichtbar und ungreifbar – es könnte auch unangreifbar heißen – bezeichnet. Sie zeichnen sich dadurch aus, dass sie ihre Zauber sprechen – während alle anderen güldenländischen Völker, wie vermutet, nur eine Form ritualisierter Beschwörung kennen. Der Name dieser Zauberwesen taucht nicht auf, dafür der ihrer Göttin. Die Güldenländer scheinen – aus Gründen, auf die ich noch zu sprechen komme – geradezu panische Angst zu haben, irgendjemand könne Götter kennen, die sie noch nicht anbeten.«

»Dann ist uns Söhnen zwölfgöttlicher Rechtgläubigkeit dieser Name wohl gewiss unbekannt?« fragte Ruban.

»Eben nicht«, sagte ich und kam zum Wesentlichen: »Der Rote Pfeil hat diesen Namen erwähnt, als er in der Khomwüste sein Lied über den Untergang Tie'Shiannas spielte. Der Name ist Pardona.«

Der Rote Pfeil stieß ein Fauchen aus wie ein in die Enge getriebener Waldlöwe und auch Morena war aufgesprungen. Wie ertappt setzte sie sich schnell wieder auf den Boden, starrte mich aber an, als wolle sie mich mit einem Hexenfluch belegen.

»*Mha.*« Die Stimme des Roten Pfeils klang bereits wieder versonnen, wie in alten Erinnerungen versunken, die bei seinem Alter nicht mehr die eigenen sein konnten. »Eines der Lieder von Ometheon sagt, dass Pardona mit *shao* in den *galalae* ging: der goldene Wald hinter der Abendsonne.«

Ich kratze mich am Kinn. »Das war aber vor langer Zeit«, wandte ich ein. »Denn Pardona war es, die Borbarad einen neuen Leib verschaffte.«

»Pardona hat viele *nurza* gemacht«, entgegnete der Elf. Die Silbe des Lebens trug wieder eine zischende Verneinung. Unwesen? Mit singender Stimme nannte er Namen: »*Firzerza, ryldê, feylamia, a'ravije.*«

»Das letzte Wort habe ich schon einmal gehört«, sagte Morena, die anscheinend nahe bei den Wäldern der Salamandersteine öfter als wir mit Elfen zu tun gehabt hatte. »Sagt ihr nicht so zu den Harpyien im Finsterkamm?«

Der Rote Pfeil bejahte. Das verwandelte seine magischen Verse, die eher lyrische Kraft gehabt hatten, zu greifbaren Bedrohlichkeiten. Lamia hatte der Elf ja bereits im Zusammenhang mit Gestaltwandel erwähnt.

»Harpyien haben sich heute auf fast alle mittelländischen Gebirge ausgebreitet«, sagte Rondriga. Ob es ihr selbst bewusst war, wie sehr sie sich stets angesprochen fühlte, wenn die Luft und ihre Verkörperungen im Gespräch waren?

»Verzeiht einem Unwissenden«, mischte sich Ruban ein und sein Unterton verriet, dass er den Eindruck hatte, wir würden das eigentliche Problem verfehlen. »Verstehe ich recht, dass diese Mutter aller Unnatürlichkeit ganze Völker von Schwarzmagiern wie Borbarad erschaffen hat?«

»Dämonenbeschwörer, Dämonenpaktierer, Daimonide – keine Schwarzmagier«, versuchte ich zu präzisieren. Ich mochte nicht alles akzeptieren, was die dritte Gilde tat und vertrat, aber sie hielt sich im Wesentlichen an Rohals Gesetze. »Wir sprechen hier, fürchte ich, von Wesen, die die Macht der Niederhöllen nutzen, um die Natur endgültig und unumkehrbar zu verändern, und ihre Kreaturen.«

»Nun, damit sind wir bei der dritten Frage, die mir mit jeder eurer Antworten bedrohlicher erscheint.« Mir schauderte bei dem Gedanken, was ich meinen Gefährten mitteilen wollte und was sie an mir noch Unbekanntem wohl hinzufügen mochten. »Ad tertium: Auf welcher Seite stehen die Güldenländer im ewigen Krieg gegen die Niederhöllen?«

»Sie haben einige … sehr seltsame Götter«, sagte Morena gedehnt. »Ich sah im Lager Statuen von Drachen, Stieren und Ungeheuern.«

»Bösig«, erklang ein Brummen von besonderer Tiefe aus der Ecke. »Der mit kein Gesicht zwei Gesicht gold Gesicht ein Aug drei Aug.« Wir waren ratlos, aber Krallerwatsch schien nicht bereit, mehr zu sagen. Es war beunruhigend genug, dass diese Attribute für ihn auf eine einzelne Gottheit hinwiesen.

»Sie haben zwei von diesen dreiäugigen Raubkatzen gefangen«, warf Morena ein. Wir waren uns schnell einig, dass ein Imperium, dessen Herrscher eine Maske mit einem dritten Auge trugen, allein wegen dieser Tiere einen Grund hätten, in diesen Dschungel einzudringen. Augenscheinlich teilte aber niemand meinen bislang noch nicht ausgesprochenen Verdacht.

»Ich habe auch diesen Flügel noch einmal untersucht«, sagte ich und brachte einen weiteren Aspekt ein. »Es ist die widerlichste Verquickung von Belebtem und Unbelebtem, von edlem Handwerk und schwarzer Magie, die mir je begegnet ist. Aber es ist schwarze Magie und keine Dämonologie. Es scheint nichts Daimonides zu sein, also keine Verbindung eines derischen Lebewesens zu niederhöllischer Macht, wie es die Schergen Borbarads in den Schwarzen Landen versuchen würden. Kurz: Eine Kultur, die so etwas hervorbringt, ist uns völlig fremd.«

Ruban lachte trocken und hob die Hände. »Eure Zunge ist süß wie Honig, aber wie erklärt Ihr uns, dass Ihr ihre Sprache sprechen könnt, wenn wir nicht zu ihren Untertanen gehören?« Ich war völlig überrascht. Ruban versuchte etwas versöhnlicher zu werden. »Erfüllten die Güldenländer etwa nicht alles, was ein Sohn des Ostens erwarten musste? Es ist, wie es war. Wir kamen mit Geschenken und sie legten das Zepter der Herrschaft auf das Land, aus dem wir kamen.« Ich war erschreckt, wieviel Feindseligkeit und Hass in dieser tulamidischen Seele schlummerte. Dachten alle Tulamiden so?

»Ihr meint«, versuchte Rondriga vom Eingang aus zu vermitteln, »dass sie Aventurien erobern wollen?«

»Ihr Güldenländer habt immer gerne euer Auge und eure Hand auf Länder gelegt, die andere Völker als ihr einziges betrachteten«, sagte Ruban süffisant.

»Ich schätzte es wirklich«, seufzte ich, »wenn Ihr aufhören würdet, uns als Güldenländer zu bezeichnen. Mit diesen Dämonendienern und Menschenknechtern möchte ich ungern in einem Atemzug genannt werden.«

»Wieso seid Ihr nicht stolz darauf, einem Volke anzugehören, das zwei Kontinente unterworfen hat?« Er schien das ehrlich zu meinen. Ich fragte mich, ob ich diesen Mann jemals verstehen würde. Wann immer ich glaubte, seine Gefühle zu kennen, äußerte er etwas Gegenteiliges. Das Hin und Her des Wassers.

Es war klar, dass keiner außer mir meine Befürchtung teilte. Ich besann mich auf das Bild der Magierrobe, das ich mir magisch ins Gedächtnis gebrannt hatte, und schilderte kurz, was ich gesehen hatte. Die anderen, die mir kaum noch folgen konnten, sahen mich müde an. Schließlich blieb mir nichts anderes übrig, als meine Befürchtung ohne weitere Beweise auszusprechen:

»Die Güldenländer können Götter und Dämonen nicht voneinander unterscheiden. Sie beten sie alle ohne Unterschied an!«

Unter fremden Sternen

Ruban ibn Dhachmani:
Gepriesen sei Peraine, die die Welt wachsen lässt! Welch Ungeziefer sind doch Menschen im Angesichte der Schöpfung. Unvergleichlich war die Fruchtbarkeit dieser Mutter aller Regenwälder und längst glaubte ich nicht mehr zu wissen, was ein Dschungel sein konnte. Was hier wuchs, wuchs seit Anbeginn der Zeiten. Blätter fielen zu Boden, darein sich ein Mann hätte hüllen können. Gebilde lagen umher, so groß wie Fässer, die an die Zapfen von Pinien oder die Nüsse des Ko-Ko-Baumes erinnerten. Schößlinge brachen, dieweil wir lagerten, durch Palmwedel, die vermoderten, seit wir daneben Halt gemacht hatten. Die Kerne aufgeplatzter Früchte sprossen so schnell, dass man ihnen dabei beinahe zusehen konnte, während sich schillernde Käfer und fette Maden darüber hermachten. Jeden Tag sahen wir uralte Spinnennetze, die wie die Segel meiner größten Zedrakke waren. Unheimlich leuchtende Regenwürmer krochen durchs Moos, länger als manches Schlangentier meiner Heimat. Schmetterlinge so groß wie Lederschilde tanzten vorbei. Die Hüte der größten Pilze ragten auf wie die Prachthäuser an den Alleen Khunchoms, die Rümpfe waren von Höhlen durchzogen, in denen Riesenwespen, Affenstämme und bibergleiche Nager hausten. Die Bäume wären in Aventurien Herrscher und nicht Fußvolk gewesen, doch hier standen sie Grashalmen gleich zwischen den Riesenbäumen. Was aber waren wir, wenn diese Säulen Grashalme waren? Allenthalben entdeckten wir die Fallenden Palmen, die nichts als die Saat der Riesenbäume waren und dort steckten, wo sie herabgefallen waren. Manche waren an anderen Stämmen geborsten, andere hatten ihrerseits Stämme durchbohrt, auf denen sie ihr unauf-

haltsames Wachstum begannen. Und was immer wir taten, ob wir siegten oder vergingen, unsere Schätze und unsere Reiche würden Asche sein, ehe diese Bäume herangewachsen waren.

»Welche Gewalt muss die Regenzeit hier gehabt haben«, sagte ich voller Ehrfurcht. Der Strom war ein braunes Ungeheuer, dennoch wussten wir, dass er nur der Nebenfluss eines Nebenflusses war. Obwohl wir seit Tagen dem Lauf der Wasser folgten, mussten wir uns jeden Schritt mit dem Schwert bahnen. Die Flüsse flossen in dichten, grünen Tunnels, ja, die wuchernde Natur eroberte selbst jeden Wasserspiegel. Grünbraun modernde Buchten befanden sich vor uns, Lotos lag auf dem Wasser, das mit Schwimmfarn, Wasserhyazinthen und Tausendblatt überwachsen war. Grüne Algen verwandelten Wasser in trügerisch grüne Teppiche und schwimmende Truggraspolster, deren Wurzeln ins Wasser hingen, vervollständigten die Illusion von festem Boden.

»*Ia'bha a'sela biunda awa'e*«, sprach der Elb, dem als einzigen Erde und Wasser gleich waren. Wie jeden Tag lief er über den Strom, um uns Kunde vom anderen Ufer zu bringen. Der ehrwürdige Zauberer behielt ihn im Auge, die Hand zum Zauber erhoben. Die bemoosten Baumstämme, die vorbeitrieben, mochten auch Krokodile sein. Das wussten wir, seit eine Bestie von zehn Schritt unseren Elb beinahe in die Abgründe des Morastes gerissen hätte.

Seltsam schien uns, dass der Wassermangel bald bedrohlicher geworden war als in der Großen Khom. Für Quellen war das Land viel zu flach. Jeder Tropfen, den wir sahen, war hundert Meilen weit über Erde oder vom Himmel über tausend Blätter gelaufen.

»Dieses Wasser kann wohl nur trinken, wer es von klein auf gewohnt ist«, hatte ich schon am zweiten Tage gewarnt: »Wir Söhne der Hinfälligkeit würden wohl von Manaks Vergeltung getroffen werden.«

»Ihr meint den flinken Difar?« hatte Di'Ariarchos geschmunzelt. Er, der sich in der Khomwüste noch täglich rasiert hatte, trug inzwischen einen Vollbart.

»Dünnschiss heißt das«, machte sich selbst Morena lustig.

»Mein Großvater sagte stets die Unauer Jagd dazu«, lachte da auch Rondriga.

Ich hatte die Hände erhoben. »Dutzende Namen hat das Übel, das sich in deinen Gedärmen einnistet.«

»Hoho«, dröhnte da Krallerwatschens Stimme, »Bollerbohne!«

Pyriander Di'Ariarchos:

Einmal an jedem Tag, vermutlich zu jener Abendstunde, wenn Praios' Sonnenscheibe den Blick von den Riesenbäumen abzuwenden begann, verstummte der Urwald. Für einige Augenblicke schienen alle Kreaturen den Atem anzuhalten. Eine gespenstische Stille erweckte den Eindruck, dass etwas Schreckliches über die Welt hereinbrechen würde. Die Schwüle wurde noch drückender und presste den Schweiß aus uns wie den Saft aus einer reifen Frucht. Dann brach das Abendgewitter los: ein Naturschauspiel, das seinesgleichen suchte. Fast genau eine halbe Stunde dröhnte der ferne Himmel von Donnerschlägen. Das Wasser prasselte auf die Baumkronen herab, als zögen alle Geister Efferds mit löchrigen Eimern über das Firmament. Wir selbst hatten dann stets noch Zeit, Zuflucht zu suchen. Erst nach etwa einer Minute klatschten die ersten Regentropfen dick und warm herab. Binnen eines Liedes jedoch schwoll der Niederschlag zu einem Wasserfall an, der Blätter, Zweige, Insekten und selbst kleine Tierjunge mit sich riss. Da das Wasser niemals sofort versickern konnte, standen wir oft in bis zu einem Schritt tiefen Pfützen. Frösche und Wasserschlangen waren unterwegs, die nur für diese halbe Stunde lebten. Während die niederen Baumkronen um uns herum noch troffen und wir herumzuwaten begannen, beruhigte sich das Wetter über uns wieder, so schnell wie es gekommen war. Ebenso schnell setzte auch die Geräuschkulisse des Dschungels wieder ein.

»Rondra und Efferd halten Hochzeit«, murmelte Ruban mit einer Geste der Ehrfurcht.

Seit wir erkannt hatten, dass wir das Gegentor nicht erreichen konnten, solange die Güldenländer in der Nähe lagerten, hatte der Mond gewechselt. Doch nur mein Reisetagebuch sagte uns, dass bereits Peraines Mond über uns schien. Selbst für den Roten Pfeil waren die Baumkronen nicht erreichbar. Wiederholt hatte er sich in sein Seelentier, die Totenamsel, verwandelt, aber auf dem Weg durch das dichte Blattwerk lauerten ihm nicht nur *imsre* – riesige Hornissen vermutlich – auf, sondern auch hundegroße Kampfspinnen, die ihre Haare verschossen. Dann hatte er versucht zu klettern, um sich zu orientieren, aber es war kein Durchkommen: Überall lauerten Riesenschlangen und Mordranken, denen selbst der Elf nur mit Mühe entkam.

Die Riesenbäume waren keine Einzelpflanzen, sondern ein Schlachtfeld aus großen und kleinen Gewächsen, aus Schlingpflanzen und Parasiten, die alle im fiebrigen Kampf den dunklen Tiefen des Unterholzes zu entrinnen suchten und nach der Sonne drängten. Bei ihrem verzweifelten Wettlauf, dem Schatten der Konkurrenten und der Schmarotzer am eigenen Leib zu entkommen, strebten die Bäume in Höhen, in die ihnen wohl kein für das Bodenleben geschaffenes Lebewesen folgen konnte. Einigen Andeutungen des Elfen entnahmen wir, dass es hier sogar fliegende Bäume gab: Ein federndes Zerrharz, das Ruban als wundersamen Werkstoff der Güldenlandhändler kannte, schien diesen

Pflanzen die Fähigkeit zu geben, Praios entgegenzustreben und dabei in der Luft zu wurzeln.

Sehr bald hatten der Rote Pfeil und Krallerwatsch begonnen, Früchte, Bohnen, Schößlinge oder Wurzeln mitzubringen, die sie für essbar erklärten. Besonders häufig sammelten sie Pilze und Schwämme. Sie schmeckten erdig, schlammig, oft beinahe faulig, aber wir vertrugen sie erstaunlich gut. Dazu kamen knotige Beeren und junge Sprossen. In der täglichen Suche und dem Bau unserer *lao'bha* hatte sogar ich eine gewisse Routine erworben. Manchmal übernachteten wir auf Bäumen, manchmal in Pilzen, dann wieder in Baumhöhlen und unter Riesenwurzeln.

Dennoch waren wir alle von unserer Reise gezeichnet. Unsere Lungen waren rauh und wund von der Luft, die schwer und heiß wie flüssiges Blei war. Unter den Finger- und Zehennägeln wucherte Schimmel, unsere Haare und Bärte und vor allem Krallerwatschens Pelz wurden zusehends von einem Geflecht von Algen und Klettermoos durchzogen. Jeder von uns war zumindest einmal von Fleisch fressenden Pflanzen attackiert worden oder von solchen Gewächsen, deren Dornen Samen unter die Haut legten. Jede Wunde, die wir nicht magisch heilten, wurde zur schwärenden Öffnung, in der Sporen und Spinneneier keimten. Das Leben in all seiner Kraft, der Wahnsinn ungezähmter Fruchtbarkeit – der Humus!

Besonders Ruban, Rondriga und ich litten unter den zahllosen schwärenden Kratzern und aufquellenden Schnitten. Krallerwatsch und Morena legten sich etwa jeden dritten Tag morgens eine Viertelstunde auf den Boden.

»Du kannst das auch?« hatte die Hexe den Trollschamanen gefragt. Welches Ritual auch immer sie da vollzogen, es beschützte sie sichtlich besser als uns. Und der

Rote Pfeil schien ohnehin – im wahrsten Sinne des Wortes – in seinem Element, obwohl ich wiederholt feststellte, dass auch er seine astrale Kraft beinahe erschöpfte, um sich und uns durch die weglose Wildnis zu bringen.

»Ich hoffe, dass wir dem nicht begegnen, der das getan hat«, sagte Rondriga angesichts eines halbverfaulten Tierkadavers. Es war ein Huftier gewesen, größer als ein Pferd. Ohne seinen Kopf konnten wir nichts Näheres sagen. Ihm waren aus dem Fleisch und selbst aus den großen Rippen ellenlange Stücke gebissen worden. Jeden Tag fanden wir Fußstapfen von kaum vorstellbarer Größe: Hufabdrücke, in die ich meinen Unterarm legen konnte, und Krallenspuren, die an drei nebeneinander liegende Schwere Dolche gemahnten.

»Fragig für Troll«, brummte Krallerwatsch, »wer gekommen dass Fresser gegangen?« Freilich, er hatte Recht. Was brachte solche Raubtiere dazu, ihre Beute im Stich zu lassen? Nun fiel das Tier wohl Ameisen und spannenlangen Raublibellen anheim, die mit ihren Zangen auch aus lebenden Wesen das Fleisch schnitten.

»Wo *nurdra* stark fließt, sind auch die stark, die es an sich reißen«, sagte der Rote Pfeil gleichmütig. Ich hatte schon bei der ersten Expedition den Eindruck gewonnen, dass für ihn fressen und gefressen werden keinen Schrecken hatten. Sie gehörten zu der Natur, dem Gleichgewicht der Elemente, das er durch viel Schrecklicheres bedroht sah.

Mehrmals täglich untersuchten Krallerwatsch und ich die Erde, um uns ein Bild von der Reinheit des Elementes zu machen. Da ich die Wünschelrute nicht benutzen wollte, um eine weitere elementare Auseinandersetzung zu vermeiden, mussten wir mit unseren sonstigen Kenntnissen vorlieb nehmen. Wo wir durch saftiges Kraut und schwammige Moospolster gruben, fanden wir braune Erde, klumpig und schwer von dem öligen Wasser, das hinaustropfte. Der Humus begann über die anderen Elemente Überhand zu gewinnen. Unsere Erkenntnisse trug Ruban auf seiner Karte ein, auf der er vor allem unseren Weg entlang der Wasseradern verzeichnete. Ich selbst hatte längst jede Orientierung verloren und konnte nur hoffen, dass die Magie des Roten Pfeils, Krallerwatschens Instinkte und die Khunchomer Kartografie uns zurückführen konnten.

Rondriga Conchobair:
Ich fühlte, dass ich mich nicht nur den Grenzen meines Leibes, sondern auch denen meiner Seele näherte. Während der Stunden und Tage, in denen wir durch das Halbdüster stapften, versank ich immer wieder ins Grübeln, das meine Aufmerkamkeit lebensgefährlich minderte.

Ich hatte nicht in der Einsamkeit der Wildnis leben wollen wie meine Mutter. Großvater hatte sie ihr Leben lang eingesperrt – zunächst kraft seines Befehls, weil er wollte, dass sie nur einen Mann wählte, der sie aus dieser Wildnis befreite – und dann durch sein Vorbild, denn er blieb in der Einsiedelei im Amboss und daher blieb dort auch seine Tochter, die keine andere Welt kannte. Ich mag von meinem Vater nicht viel übernommen haben. Aber der Schwertkönig hatte mir von der Welt erzählt, die jenseits des Horizontes lag, und wie viel größer und erfüllender sie war.

Wohin hatte mich diese Suche nach dem Horizont geführt, die vielleicht gar nicht die meine war? Ich hatte den Eindruck, dass ich in dieser Gruppe kaum zu mehr nütze war, als uns Tag für Tag den Weg durchs Dickicht zu hauen und bisweilen angreifende Raubschweine, Mörderechsen und Fleisch fressende Pflanzen abzuwehren. Dabei war ich während des letzten Jahrzehnts in Aventurien durchaus schon herumgekommen: das herrlich glänzende Gareth, Havena, das von früherem Stolz träumte, das farbenprächtige Punin, Perricum mit seiner militärischen Geschäftigkeit und Kuslik, das sich für den Mittelpunkt der Welt hielt. Mit dem Schiff war ich bis nach Khunchom und sogar ins verkommene Brabak gelangt. Ich hatte Schwertschüler unterrichtet und Handelszüge eskortiert, als Pflückerin bei der Ernte und als Schauerfrau im Hafen gearbeitet.

Bisweilen hatte ich Eile gehabt, im Hochsommer rechtzeitig zu meinem Geburtstag zum Gläsernen Turm zurückzukehren. Umso enttäuschender war es dann, wenn ich dort einige Monde ausharren musste, ehe sich mein windiger Vater zum vereinbarten Treffen einfand. So wenig ich das in meiner Kindheit für möglich gehalten hätte, langweilte ich mich doch am Amboss. Im Umkreis von drei Stunden kannte ich beinahe jeden Stein, innerhalb einer Tagesreise jeden Gipfel, jedes Tal, jeden Wildbach, jede Schlucht, jeden Hirten und jede Mine. Spätestens nach einigen Wochen hatte ich alles besucht, was seit meiner Kindheit zu mir gehörte.

Die Gefährten meiner Jugend waren alle nicht gerade das, was man große Gesellschafter nennt. Mutter war immer wunderlicher geworden – oder vielleicht erkannte ich nur, was für eine einsame Jungfer sie war, nachdem ich Menschen kennen gelernt hatte, die ihr Leben nicht in der Wildnis zubrachten. Großvater war stets in seinen unerklärlichen Experimenten versunken: Er stöberte in verbotenen Borbaradianerschriften, die er versiegelte und gewissenhaft kommentierte, er entzauberte Artefakte, bannte Flüche und studierte Schriften des großen Rohal, die er längst auswendig kannte. Faldegorn schließlich war ein Drache. Wir unterhielten uns stundenlang über die Ordnung der Welt und unseren Platz darin, über Macht und Bestimmung – aber letztlich war er ein Raubtier aus einem vergangenen Zeitalter, mit dem ich bestenfalls eine gemeinsame Sprache finden konnte.

So verbrachte ich meine Zeit fast notgedrungen mit den Übungen, die mir mein Großvater und mein Vater in ihrem widerstreitenden Ehrgeiz auferlegt hatten: einige Stunden Selbstversenkungen, Astralfluss-Exerzitien und Gedächtnisübungen, einige Stunden mit den selbst gebauten Eichenholzschwertern, Strohmännern und Haukerlen.

Einmal war es bereits Peraine geworden und als rings um den Turm der Huflattich blühte, hielt mich kein Versprechen mehr. Als ich jedoch in Ragath hörte, dass der Schwertkönig durch die Stadt gekommen war, vermutlich dem Gebirge zu, kehrte ich um. Binnen zweier Nachtmärsche überholte ich ihn heimlich und war gerade eben im Gläsernen Turm eingetroffen, als auch er heranritt, um seine »kleine Tochter« zu besuchen. Raidri Conchobair, du magst ein Sturm gewesen sein, der über den Himmel braust, von Rondra selbst gesandt, aber von den Träumen der Menschen in den Niederungen um dich herum wusstest du nichts!

Waldhüter

Pyriander Di'Ariarchos:
»*Bha*«, sagte der Rote Pfeil. »Dieser Baum ist es, der spricht.« Ich folgte dem Blick des Elfen. Es war eigentümlich, wie er das Kommando übernommen hatte, seit wir in den Urwald eingedrungen waren. Es schien natürlich, ja, *natürlich* war das richtige Wort, sich seinen Sinnen und Erfahrungen anzuvertrauen, selbst wenn wir kaum wahrnehmen konnten, worauf er uns hinwies.

Ein Baum, der spricht? Seit wir die alte Echsenstadt gefunden hatten, suchten wir etwas, auf das diese Worte passten. Eigentlich war *Stadt* für die überwucherten Ruinen kaum der richtige Ausdruck. Herzstück der Anlage war eine Zikkurat: eine Stufenpyramide, wie sie der Erzmagier Rakorium in H'Rabaal und anderen Regenwaldgebieten Aventuriens entdeckt oder untersucht hatte. Das Bauwerk war offensichtlich geplündert und dabei vielleicht aller Artefakte beraubt worden, die es gegen das Wachstum verteidigt hatten. Die steinernen Stufen waren von den Wurzeln großer Bäume gesprengt worden, die Trümmer so dicht von Lianenbündeln und Moospolstern überwachsen, dass sie kaum noch zu erkennen waren. Die umliegenden Gebäude waren so verfallen, dass wir ihren Zweck nicht einmal mehr erahnen konnten: Mauern, Speicher, Wohnungen – was immer es gewesen war, nun hatte es sich der Urwald zurückgeholt. Nur aufgrund ihrer ursprünglichen Größe hatten wir in einige halb eingestürzte Gänge der Zikkurat vordringen können. Zwischen kupfernen Spiralen und Obsidiankristallen, die vielleicht einmal einen schützenden Illusionszauber aufrechterhalten hatten, hatte Ruban dünne Goldtafeln gefunden, die mit Ringen zu einer Art Buch zusammengefasst waren. Ich konnte mich erinnern, dass Rakorium, der große Echsenforscher, in seinen Texten von diesen Goldenen Büchern berichtet hatte.

Die Texte waren wohl wieder in jener Schrift gehalten, von der ich nicht einmal wusste, ob ich sie Proto-Zelemya, Yash'Hualay-Glyphen oder Chuchas nennen sollte. Ich war sogar außerstande, diese Zeichen nachzumalen. Daher legte ich ein Pergament darauf und rieb vorsichtig mit einem verkohlten Ast darüber, sodass sich die Glyphen auf dem Pergament abzeichneten.

Ein Symbol aber war mir ins Auge gesprungen: der doppelte Kreis, der auch bei den zwergischen Geoden, in den Katakomben von Drakonia und bei modernen Alchemisten für das Element Humus stand. Mit meinen kümmerlichen Kenntnissen des echsischen Chrmk hatte ich eine Handvoll der älteren Zeichen erahnen können.

Es waren die Glyphen für »Baum«, »sprechen« und »Hüter« gewesen. Das dadurch Beschriebene schien Thema, Quelle und sogar Autor der Goldtafel gewesen zu sein – eines Dokumentes, das sich mit großer Wahrscheinlichkeit mit dem Ursprung des Lebens und der Erde beschäftigte.

Rondriga Conchobair:
»Und es ist keine *vila*, die in ihm spricht.« Vielleicht eine Art Elementargeist der Elfen? Der Baum vor uns hätte keinen zweiten Blick von mir auf sich gezogen. Zwar war er gewaltig und prachtvoll, doch in diesem Urwald waren weder Maße noch Form außergewöhnlich. Sechzig Schritt mochte er aufragen, so hoch wie die prächtigsten Schwarztannen, die ich im Norden gesehen habe. Und dennoch stand er wie Schachtelhalm am Fuße des Riesenbaums dahinter. Über zwei Schritt durchmaß sein Stamm, trotzdem war er wie ein Krautstock inmitten von zwei Wurzeln, zwischen denen wir nun schritten. Der Rote Pfeil schlängelte sich durch ein Dickicht aus schulterhohen gelben Glockenblumen und weichen Stauden hindurch. War das etwa Moos, dessen Polster bildende Büschel uns hier bis zur Brust reichten?

Wir versuchten es dem Elf gleichzutun und keine Gewächse zu knicken, aber der kletterte indessen bereits über mannshohe Wurzelfasern, zwischen denen dieser sprechende Baum wie geborgen wuchs. Auffällig waren die fleischig-grünen, vielfach gefiederten Blätter. »Vielfingerbaum«, murmelte Di'Ariarchos halblaut. Wir hatten begonnen, Tieren und Pflanzen spontan Namen zu geben. Es schien die einzige Möglichkeit, in diesem wuchernden Übermaß von Leben wenigstens einen kleinen Überblick zu behalten.

Der Rote Pfeil trat bereits an den Stamm mit der beinahe schwarzen, tief gefurchten Rinde heran. Wundersam, wie sich in seiner Haltung Stolz und Ehrfurcht vereinten! Der Bogen lag wie beiläufig in seiner Linken, mit den Fingern hielt er auch den aufgelegten Blutulmenpfeil. Die Tatsache, dass er in keinem einzigen Augenblick die Waffe eingesteckt hatte, erinnerte mich daran, dass wir auch in dieser friedlich erscheinenden Senke in einem Urwald waren, zu dessen überquellendem Leben ebenso schier unendlich viele Raubtiere gehörten. Die rechte Hand des Elfen legte sich jedoch nun sanft und grüßend auf den Stamm.

Pyriander Di'Ariarchos:
»*Bha!*« In der Stimme des Elfen klang etwas wie freudige Überraschung mit. Oder vielmehr eine bestätigte Hoffnung? Er trat behende zurück, ohne eine der rosenfarbenen Beerenblüten hinter sich auch nur zum Schwanken zu bringen. Ein Kribbeln fuhr mir von der Stirn über den Scheitel die Wirbelsäule hinab. Magie, unzweifelhaft. So weit fand ich mich im Einklang mit den Elementen, dass ich meine Hellsicht nicht in einem Zauber aussprechen musste, um zu fühlen, wie gebundene astrale Kraft sich zu lösen begann. Ein magischer Baum?

»Er verwandelt sich«, hörte ich Morenas beinahe träumerische Stimme hinter mir. Hinzu kam ein tiefes Grunzen des Trolls, das mich an ein menschliches »Aha!« erinnerte. Tatsächlich ging ein Zittern durch die Baumkrone weit über uns. Die vielfingrigen Blätter bildeten sich zurück, schrumpften zu Knospen und zogen sich mit den Stielen in die Zweige zurück, die wiederum in die Äste zurückwuchsen. Gleichzeitig begann auch der Stamm kleiner zu werden. Zurück zum Frühling? Zur Jugend? Es lag nichts Bedrohliches oder Sterbendes in dem Schrumpfen. Nein, es war eine Verwandlung. Der *Salander Mutander*? Meine analytische Ausbildung kam zum Einsatz. Natürlich hatte ich schon oft gesehen, wenn unsere Spezialisten Dohlen in Kakteen verwandelt hatten. Wenn der Zauber zu wirken aufhörte, gingen die

Bilder ebenso ineinander über. Ja, ich konnte nun in dem Stamm bereits eine Gestalt erkennen. Ein Ächzen ging durch das, was eben noch ein Vielfingerbaum gewesen war – und zwar viele Jahrzehnte lang, wie ich mir sagte, als ringsum Lianen und Schlingpflanzen herabsanken, die plötzlich keinen Pfeiler mehr hatten. Keifende Affen turnten zu den Nachbarbäumen hinauf, während ihre Nester den Halt verloren. Bunte Vögel flatterten kreischend auf, Blätter rieselten herab, Schmetterlinge und Libellen schwirrten durcheinander und von dem, was eben noch ein Stamm gewesen war, rieselten haufenweise schillernde Käfer zu Boden.

Er war kolossal. Mir fehlten die Worte und Bilder und so war die Verwandlung schon lange beendet, ehe ich begann, die Gestalt vor mir zu begreifen. Er war noch immer ein Riese, der selbst Krallerwatsch überragte. Der Rote Pfeil reichte ihm kaum bis zum Oberschenkel. Massig, dickhäutig, fast plump stand er da. Schorfige grüne Schuppen bedeckten die schwartige Haut und sein Schädel spottete jeder Beschreibung. Weder Stier noch Klippechse boten genug Verwandtschaft, um ihn beschreiben zu können. Zwei Hörner ragten aus der Stirn und eines aus der Nase, zehn weitere zierten den Halskranz im Nacken. Doch so fremdartig der Leib war, so vertraut erschien mir der Stab in der dreifingrigen grünen Hand. Groß wie der Mast eines Olporter Fischkutters, aber zweifellos ein Zauberstab.

»Oh du Vater aller Hornechsen«, keuchte Ruban der Rieslandfahrer und fiel hörbar auf die Knie. Travia, ja, wenn es um Diplomatie ging, zeigte der alte Tulamide Verstand. Wer immer dieser Zauberer war, was immer er war, jedenfalls waren wir Eindringlinge in einem Wald, der ihm gewiss heilig war. Instinktiv schlug ich den Magiersegen, zeichnete nur ein Pentagramm über Stirn, Schultern und Hüften und rief dabei die sechs Elemente an. Doch mein Geist war wie gelähmt. Irgendeine Erinnerung rumorte zutiefst in mir, ein Bild voll Macht und Schrecken, das ans Tageslicht des Bewusstseins drängte.

»Satinav!« stieß ich hervor. Hinter mir kreischte Morena auf. Der dreizehngehörnte Wächter der Zeit. Ihr Herr, ihr Wächter, ihr Opfer zugleich. Eine Entität, die weder zu den Göttern noch zu den Dämonen gehörte. Ich weiß nicht, ob mich die Verkörperung eines leibhaftigen Gottes hätte tiefer erschüttern können. Hesinde und Ingerimm existierten, das wusste ich wie jeder Aventurier. Aber den Herrn der Zeit hatte ich doch für eine Allegorie gehalten. Wenn ich von den Hörnern Satinavs als Symbol der alles zerstörenden Zeit sprach, hatte ich gehofft, dass er gebunden war an das, was er verkörperte – bis ans Ende der Zeit.

»Sadd'nav!« schnaubte der echsenhafte Riese. Sein spitzes Maul unter dem Nasenhorn endete in einer Schnabelkrümmung. »H'ruch'ras. Chazz. Jhrarhra.« Das Zischeln von Echsenmenschen mischte sich mit dem Prusten eines grasenden Büffels, aber deutlich hörbar trompetete er einzeln die Worte.

Rondriga Conchobair:
Kein Zweifel, das war eines jener Wesen, nach denen die dreizehngehörnten Götzen im Kloster des Wal-el-Khomchra gestaltet waren. Grünschwarze Echsenaugen blickten auf uns herab. Die drei anderen Menschen waren wie gebannt. Satinav? Nein, was ich sah, war eine aufrecht gehende Hornechse. Sie war gewiss klüger als ich ahnen konnte und vielleicht hundertmal älter. Aber ich sah nichts Erschreckendes außer ihrer Fremdartigkeit. War ich einfach zu unerfahren, um mehr Respekt zu empfinden? Oder war es die Tatsache, dass ich es von klein auf gewohnt war, einem jungen Drachen ins Ge-

sicht zu blicken, ja einmal im Monat mit ihm gar so etwas wie ein Gespräch zu führen?

»Uch'rch vrehhg jbrz«, schnaubte das Wesen aus großen, aufgeblähten Nasenlöchern. Es versuchte mit uns zu sprechen, dessen war ich mir sicher. Und da wir es nicht verstanden, war es bestimmt keine überirdische Wesenheit.

»*Sanya bha vara la*«, flüsterte der Rote Pfeil.

Ich nahm all meinen Mut zusammen und sprach ebenfalls eine Hellsichtformel: »*Eigenschaften seid gelesen – enthülle mir dein inn'res Wesen!*« Wie ein Windhauch wehte Verständnis in meine Seele: ein Wissender mit der Weisheit von Jahrtausenden, ein Hüter des Waldes und Verteidiger der Natur, friedfertig, aber willensstark.

»Ich glaube, dass er so etwas wie ein Druide ist«, sagte ich vorsichtig.

»*Val lar*«, bestätigte der Rote Pfeil. Wörter, die mit Bewahrung und Wald zu tun hatten. Mit dem beruhigenden Urteil des Elfen fassten sich die anderen ebenfalls. Auch Di'Ariarchos gab eine magische Analyse ab.

»Die Weisheit der Bäume«, sagte er dann andächtig. »Die geheimnisvolle Verwandlung der Druiden.«

»Es ist kein Druide, sondern eine Hexe«, behauptete Morena keck. »Und außerdem ist es eine *Sie*.« Ich hatte schon einmal gehört, dass Hexen einander erkennen können. Es war merkwürdig, unter den Augen des Echsenwesens zu stehen und außerstande zu sein, mit ihm zu sprechen.

»Ich Sohn des Unwissens kann in der Sprache der Geschuppten nur sagen: *Friede, guter Handel, Gebt mehr* und *Bringt mich zu eurem Anführer*. Und dafür würden die Praios-Geweihten von Khunchom mich schon auf den Scheiterhaufen schleppen.« Wir mussten lachen.

»Es ist ohnehin fraglich«, räumte der Großmeister ein, »wie gut diese Jhrarhra – so nennt sie sich, glaube ich –

die Sprache eines Volkes spricht, das vielleicht die Diener ihrer Diener oder die Nachfahren ihrer Nachfahren sind.« Damit war unsere Verständigung auf Magie beschränkt.

Pyriander Di'Ariarchos:
Ich musste schmunzeln. Eigentlich lachte ich über mich selbst. Wie oft habe ich Geschichten von Eingeborenen gehört, die sich vor Thorwaler-Kapitänen zu Boden warfen. Oder von Goblins in der Wildnis, die angesichts eines reisenden Magiers glaubten, einem ihrer Jagdgötzen gegenüberzustehen. Die Weinbauern zwischen Punin und der Khomwüste hatten Krallerwatsch angestarrt wie eine Gestalt aus der Vorzeit. Und nun waren wir, die vielgereisten, hochgelehrten Magier, Seefahrer und Krieger die Primitiven, die den Vertreter einer höher stehenden Rasse unbewusst vergöttert hatten.

»In den Katakomben von Drakonia haben wir Reliefs gefunden, auf denen sie abgebildet waren«, erzählte ich. »Wir hielten sie immer für Darstellungen des dreizehngehörnten Satinav. Unsere Schriftgelehrten verfassten ganze Schriftrollen über die Frage, warum der Herr der Zeit mehrfach nebeneinander dargestellt wurde, bei kultischen Handlungen, wie sie vor ihnen Drachen und nach ihnen Menschen durchgeführt haben mochten.«

»Kultische Handlungen … von Drachen?« warf Ruban ein. »Ihr Vater aller Geheimniskrämerei sprecht so, als hätten früher die Drachen Städte und Tempel gebaut.«

»Wir sind nicht die ersten«, sagte ich feierlich, »die Elfen waren nicht die ersten, nicht einmal die Echsen, deren Wege uns hierherführten, waren die ersten. Vermutlich gehört auch diese Jhrarhra – ob das nun ihr Name, ihr Titel oder ihre Rasse ist – nicht zu den ersten Kulturschaffenden, aber sie ist ganz gewiss sehr viel näher an der ersten Rasse als wir alle. Krallerwatsch ausgenommen. Nicht wahr?« Ich drehte mich zu ihm um.

»Somo Atem immer kürzig«, brummte er, wie so oft scheinbar ohne jeden Zusammenhang. Aber ich ahnte, dass seine Worte mehr eine Antwort waren als ich es je verstehen würde. »Kinderkinder immer kurzleb.«

Die elfische Hellsicht der Verständigung gehört nun wirklich nicht zu meinen Fachgebieten. Aber als das Konzil mich in die Tiefländer entsandte, um vor der Unordnung der Elemente zu warnen, begann ich das Lesen von Gefühlen und Gedanken zu studieren, um meiner Aufgabe als Gesandter auf dem ganzen Kontinent gerecht werden zu können. Echtes Gedankenlesen jedoch ist so strapaziös, dass es keiner von uns länger als einige Augenblicke aufrechterhalten konnte. Wir benötigten fast eine halbe Stunde und ein Dutzend Anläufe, bis die Jhrarhra erstmals einen von den Gesprächsversuchen des Roten Pfeils für wichtig genug erachtete, um ihrerseits seine Gedanken zu lesen.

»In dein Trachten, Fühlen, Denken … will ich meine Sinne lenken«, sagte ich und bemühte mich, nicht zu hastig zu werden. Ich fühlte das magische Band, das zwischen der Matrix meines Verstandes und dem der Jhrarhra entstand. Es war, als wolle ich diese Kreatur mit ihren dreizehn Hörnern umarmen, so fremdartig und abweisend stellte sich ihr Geist dar. Ich wollte mich schon ratlos zurückziehen, als ich fühlte, wie sich mir ihr Verstand öffnete – willentlich.

»Sie hat viele Ehhn in Baumgestalt verbracht«, stieß ich hervor – Gedankenfetzen, die nicht meine waren – »und nur selten ihre alte Gestalt angenommen. Ein Ehhn sind fünfhundert Jahre. Sie weiß, dass viele Tsiina vergangen sind … ein Tsiina sind, Hesinde steh mir bei, 33 Ehhn … seit die Thrak'hor das S'zeptr innehatten …« Mir schwindelte. Zepter konnte doch unmöglich ein echsisches Wort sein? Wir hatten es von den Tulamiden – und die? Ich versuchte weiter zu übersetzen: »… seit die Jhrarhra Zumus sterbenden Leib verwalteten. Sie weiß, dass seither viele Zsaah't vergangen sind – ein Zsaah't ist die Zeit, die Tsa einer Rasse gibt, um zu gestalten, und die dauert mehrere Tsiina – und dass die Lev'Ya'Tnam, Ssrkhrsech und Chaz gekommen und gegangen sind … und sie hält uns für Vrehhg … kleine, nackte Elfen …« Ich taumelte und musste die Stirn auf meinen Zauberstab stützen. Mein Kopf glühte und wirbelte, die Anstrengung war unerträglich geworden.

Ruban ibn Dhachmani:
Oh du Bazar, den die Menschen Welt nennen! Ein jeder Besucher spricht, was ihm gerade in den Sinn kommt, hunderterlei bunte Ramschwaren lenken den Edlen ab und wer wahrhaftig etwas erwerben will, ist gut beraten, nur danach zu suchen, denn bald, allzubald versinkt die Sonne und beendet den Bazar.

»Verzeiht meine rüde Forderung, ehrwürdiger Großmeister. Über die Maßen wundersam und verwirrend ist, was Ihr und der Elb uns zu berichten wisst. Doch an dem Tage, als wir die Ruinenstadt durchwühlten, spracht Ihr die Hoffnung aus, dass jener sprechende Baumhüter über den Ursprung der Erde Bescheid wisse.« Di'Ariarchos hob den Kopf, sein Gesicht war vor Anstrengung grau.

»Ihr habt natürlich recht, Ruban«, sagte er mühsam. »Das ist es, was wir die Jhrarhra fragen müssen.« Er holte mehrfach Atem und straffte sich. Dann hob er nochmals grüßend die Arme, um die Aufmerksamkeit jener Maha Raschida eines vergessenen Volkes zu gewinnen.

»Jhrarhra«, rief er, »wie können wir die Zitadelle des Humus finden?« Sodann wiederholte er die Zauberformel, mit der er Gedanken lesen konnte. Die Riesengestalt trompetete fremde Laute und der ehrwürdige Zauberer übersetzte: »Sie sagt: *Ich vermutete bereits, dass Kr'mh Kr'Thiu wieder gekommen ist. Ihr seid die ersten Boten des nächsten Zsaah't. Ihr seid sehr früh gekommen. Doch kein Sterblicher kann die Zzd'l der Lebenskraft einfach finden. Die Zzd'l der Lebenskraft müsst ihr erleben.*« Die Baumhüterin hatte ihre Antwort beendet und Di'Ariarchos wollte zurücktreten.

»Fragt sie«, ich trat schnell an seine Seite, »ob sie die Zzd'l der Lebenskraft … erlebt hat.« Der mächtige Schädel ruckte leicht herum und zwei kalte Augen bohrten sich mir in die Seele. Sie hatte mich verstanden und ihre Antwort war an mich gerichtet. Ich verneigte mich voller Ehrfurcht.

»Was hat jene Mutter aller Hornechsen gesagt?« flüsterte ich, den Kopf noch immer gesenkt.

Di'Ariarchos presste den Atem hervor und sagte angestrengt: *»Ich habe die Zzd'l der Lebenskraft überlebt.«*

Der Ursprung des Lebens

Rondriga Conchobair:

Folgt dem Licht der Erde, hatte die Jhrarhra gesagt. Seither tanzte dieses eigentümliche Gebilde vor uns durch das Unterholz. Als hätte es seit Äonen nur darauf gewartet, uns zu führen …

Der Rote Pfeil folgte der springenden, flüsternden Blüte mit entrücktem Lächeln. Ich versuchte Schritt zu halten, aber der Weg war keine Spur leichter geworden und mein Schwertarm bald wieder ermüdet. War es eine Blüte? Nun, da es aus dem Sichtschatten des Elfen tanzte, erschien es mir eher wie ein glitzernder Klumpen Honig. Und vorher, so erinnerte ich mich, hatte ich das Gewimmel sich paarender Nagetiere zu erkennen geglaubt.

»Nicht so schnell, Rondriga«, rief Di'Ariarchos, der bereits fünfzehn Schritt hinter mir lag. »Wir haben jahrelang danach geforscht und wochenlang danach gesucht. Nun müssen wir es nicht binnen Stunden erreichen.«

Ich hätte mich dem Befehl des Großmeisters nie widersetzt, aber es fiel mir schwer, den Sturm in mir zu zähmen. Es schien so natürlich, dem Ziel entgegenzustürmen, und ich fühlte mich dem Roten Pfeil verbunden, der es ebenso tat.

»Was heißt: die Zitadelle erleben?« Ich wandte mich Di'Ariarchos zu. Wenn ich schon verharrte … nein – nun, da ich verharrte, erkannte ich, dass auch in mir Zweifel und Ängste nagten und mich zurückhielten, wenn ich nur auf sie hörte.

»Ich weiß es nicht.« Er schüttelte den Kopf. »Vielleicht, ja sogar wahrscheinlich wird uns die Antwort ganz natürlich erscheinen. Die elementare Kraft des Humus muss frei in uns fließen, damit wir sie fühlen und so ihren Ursprung finden können. Das ist es wohl, was die Jhrarhra hier verwurzeln ließ. Sie stand schon hier, ehe Dere auch nur Elfen und Zwerge kannte, und sie wird weiterhin hier stehen, weil sie diese Kraft fühlte.«

»… weil sie sie überlebte«, wiederholte ich düster ihre letzte Antwort.

»Ja, es mag sein, dass der Tod zum Leben gehört«, räumte er ein. »Auch unsere Elementartheoretiker sind sich darüber nicht einig, ob er eine Kraft des Humus ist oder doch dem Eis zuzuordnen ist, dem entgegengesetzten Element der Erstarrung. Aber Überleben kann auch etwas anderes bedeuten. Ein gewisser Magister Ankhoron dera Has'tes sagte in Punin zu mir: *Die Zitadelle des Humus würde ich den Ort nennen, an dem angeblich noch heute der Rest von Sumus Atem entweicht. Man sagt, wer an diesem Ort den Atem Sumus in sich aufnimmt, der hat ewiges Leben …*«

Ruban ibn Dhachmani:
Gepriesen seien die Götter, die uns Sterbliche vor unnötigem Wissen bewahren!

Grimmig hieb ich auf Ranken ein, die uns den Weg versperrten. Doch alle Mühe brachte die Fragen in mir nicht zum Verstummen. Es war nicht meine Art, die Welt um mich im Geiste zu zerlegen, aber ich ging den Dingen gerne auf den Grund. Welche Urgewalt war es, der wir uns da näherten, wenn selbst jene hundert mal hundert Jahre alte Maha Raschida eines vergessenen Volkes sie nur *überlebt* hatte?

Die Zitadellen der Elemente, hatte uns der ehrwürdige Zauberer erklärt, sind so etwas wie der Ursprung der elementaren Kraft in ihrer jeweiligen Form. Was wir hier suchten, war, so hatte ich es verstanden, die Frage nach dem Ursprung all dessen, was mein Leben tagtäglich umgab. Was war an der Erde selbst so gefährlich? Freilich, das Leben, so sagt ein altes Sprichwort der Tulamiden, ist lebensgefährlich.

»Funkel«, wisperte das Amul vor uns, das uns als Führer gegeben worden war. »Gazelle. Yasmin. Gadanglehm. Funkel.« Wundersam, wie seine Erscheinung sich wandelte von einer Rosenblüte, größer denn jede, die je in Aventurien gewachsen war, zu saftiger schwarzer Erde und danach zu einem Hakendornbusch. Sollte uns dies ein Abbild des Lebens sein?

Es könnte gar sein, so hatten uns die ehrwürdigen Zauberer von Drakonia belehrt, dass wir die Zitadellen gar nicht auf den ersten Blick als solche erkennen könnten. Es hieß nämlich, dass nur die höchsten Türme ins Diesseits ragten. Es war durchaus möglich, hatte Di'Ariarchos einmal eingeräumt, dass die Zitadellen ihren Standort veränderten. Vielleicht würden wir diese Zitadelle gar nicht finden.

Nein, packte ich mich selbst am Kragen, solches Glück

des Unbedeutenden wird dir nicht beschieden sein, Ruban ibn Dhachmani. Du hast die Dämonenzitadelle gefunden, ob du wolltest oder nicht. Du wirst dein Schiff dorthin segeln, wohin die Götter dich treiben. Aber ich wünschte, Phex würde Nebel über meine Seele senken und all die Fragen und Antworten verhüllen, die Gelehrsamkeit und Verantwortung darin erweckt hatten.

Ich vermisste den Schwertkönig. Er hatte in solcher Bedrängnis stets zu befehlen gewusst. Der ehrwürdige Zauberer mochte auf alles eine Antwort haben, doch der Schwertkönig hatte auf alles eine Tat gewusst. Wohl war es lebengefährlich gewesen, ihm zu folgen. Dieser Mann hatte seinen Leib, sein Leben und seine Seele in Rondras Hand gegeben. Wer an seiner Seite stand und diese Sicherheit nicht hatte, konnte Leib, Leben und Seele sehr schnell verlieren. Das war mir in der Dämonenzitadelle nicht zum ersten Mal bewusst geworden – aber auch dort erst, als wir sie bereits verlassen hatten …

Rondriga Conchobair:
Irgendetwas hatte sich verändert. Zunehmend gewann ich den Eindruck, dass die Luft nicht von Feuchtigkeit gesättigt war, sondern von erdiger Fäulnis, vom klebrigen Staub zerfallender und entstehender Gewächse – vom Humus in seiner elementaren Macht? Immer öfter musste ich mich von Ruban ablösen lassen. Das Buschwerk schien sich unter meinen Schlägen förmlich beiseitezuwinden. Eine seltsame Unruhe lag über dem Geblätter.

Die Zzd'l der Lebenskraft müsst ihr erleben. Würden wir sie überhaupt erkennen, wenn wir sie erreichten? Wir hatten uns schon vor einigen Wochen gefragt, ob vielleicht nicht der ganze Wald der Riesenbäume die Zitadelle des Humus war. Was hatte jener Elementarist im Konzil gesagt? »Möglicherweise sind die Zitadellen selbst Kinder Sumus, Giganten, die aus ihrem Blut entstanden sind: aus dem Feuer ihrer sterbenden Glut, dem Wasser ihrer Tränen, dem Humus ihres gepeinigten Körpers, der Luft ihres letzten Atems, der Kälte ihrer unsäglichen Trauer und aus dem Erz ihres gebrochenen Willens ... jedoch gebunden an ihre Mutter, die Urriesin, um über sie zu wachen. Daher gebaren sie die Elementarherren, um Freveltaten am Leibe ihrer Mutter zu verhindern.«

»Wer sind die Elementarherren?« Ich nutzte die nächste Pause für diese Frage. »Mein Großvater hat mir von ihnen erzählt und vom Tal der Elemente im Finsterkamm, wo sie sich treffen und wo man sie sogar rufen kann.«

In Di'Ariarchos' Stimme lag ein Respekt, den ich sonst nur von Rohezal kannte. »Nach der elementaren Magietheorie sind sie die personifizierte reine Kraft eines Elements, Wesen von nahezu göttergleicher Macht, die jedoch mit bestimmten magischen Formeln gerufen – wenn auch nie gezwungen – werden können. Vor allem die tulamidische Schule der Elementarbeschwörung brüstet sich gerne mit ihrer Macht über die Elementarherren. Unsere eigenen Forschungen lassen uns vermuten, dass es sich bei diesen so genannten Elementarherren, die man wie alle Elementarwesen nur rufen kann, um mit ihnen zu verhandeln, nur um die Elementaren Meister handelt, also um teilweise Verkörperungen der Elementarherren – Ausläufer einer Macht, die jeweils ein Sechstel der Schöpfung ausmacht!«

Ich versuchte mir irgendetwas vorzustellen, aber außer den märchenhaften Ideen eines kleinen Mädchens im Amboss kam mir nichts in den Sinn. »Und Borbarad hat versucht, sich dieses Tal zu unterwerfen?«

»Er sei zwölfmal verflucht dafür. Er ließ ein Transproprietarium bauen, ein magisches Artefakt von der Größe eines Klosters, mit dem er in einem Astralsturm das Tal der Elemente in reine Magie zu verwandeln begann. Druiden, Elfen und andere Verteidiger der Natur konnten ihn aufhalten. Aber wir wissen seither, wie verwundbar die Elemente sind und wie früh der Dämonenmeister bereits nach ihnen griff. Du hast mich beim Walel-Khomchra gefragt, ob der Kampf in unserem Zeitalter nicht bereits geschlagen und gewonnen wäre. Das ist er nicht. Wir haben Borbarad besiegt, den Dämonenmeister, den die Elfen den Öffner der Tore nannten. Aber seine sieben Heptarchen halten die Schwarzen Lande in einem Würgegriff, der von Jahr zu Jahr tödlicher wird. Und ich fürchte, dass wir lernen müssen, über den Rand unseres Kontinentes zu blicken.

Was wir suchen, worum wir kämpfen, sind nicht die Elemente Aventuriens, sondern ganz Deres, sogar der ganzen Dritten Sphäre. Die Konzilsmagier haben diesen Kampf vorhergesehen und Borbarad hat ihn begonnen – Jahre bevor die Mächtigen Aventuriens es auch nur ahnten. Und auch unter den Druiden, diesen Einzelgängern unter den Magiekundigen, die vielleicht die ältesten vormenschlichen Geheimnisse bewahren, verbreitete sich bereits kurz vor Borbarads Rückkehr das Wort, den lange geheim gehaltenen Zorn der Elemente bereitzuhalten, um Sumus Leib zu verteidigen – und von wem sonst als von Sumu selbst hätte dieses Wort kommen sollen?«

Ruban ibn Dhachmani:

»Gepriesen sei Peraine, die keine ihrer Kreaturen bevorzugt.« Ich hob die Hände zum Himmel, der von einem Geflecht besonders niedriger Ästen verdeckt war.

»Dass sogar die sterben können …«, murmelte neben mir Rondriga. Voller Andacht blickte sie zu dem hölzernen Wall empor. Seit beinahe einer halben Stunde hatten wir uns durch dieses Astwerk geschlagen, das wir erst jetzt als vermodernde Baumkrone erkannten. Und was da entlang unseres Weges lag, war ohne Zweifel ein Riesenbaum.

Mehr als eine weitere halbe Stunde folgten wir dem

springenden Amul an dem Stamm entlang, der sich turmhoch neben uns erhob. Uns schien, dass bereits die ersten Ranken und Schlingpflanzen seinen Leib zu begraben begannen, aber es mochte auch sein, dass dies die Gewächse waren, die er getragen und mit sich gerissen hatte. Ich versuchte seine Länge zu messen, aber unsere Schritte führten zu oft um Hindernisse herum, um sie zählen zu können.

»Schon wieder?« fragte der ehrwürdige Zauberer. Rondriga wies schwer atmend mit einem ihrer Schwerter auf einen riesenhaften Schädel im Busch. »Er gleicht dem Zyklopenschädel, den wir in der Dämonenzitadelle fanden.« Immer öfter stießen wir nun auf Gebeine, Gerippe und Schädel großer Kreaturen: Nashörner und Riesenstiere, aber auch solche, die offensichtlich Hände gehabt hatten oder gar eine Ausrüstung trugen. In den Augenhöhlen nisteten Vögel, in den Mäulern wucherten Moose und Trichterblüten und in den Knochenröhren tummelten sich Schlangen und Käfer.

»Ob diese Kreaturen auf der Suche nach dem ewigen Leben gescheitert sind?« überlegte Di'Ariarchos. »Oder suchten sie schlicht, wie in der Sage vom Drachenfriedhof, einen friedlichen Platz zum Sterben?«

»Vielleicht wurden sie einfach von der Hast des Lebens überrollt«, warf Morena überraschend ein. Ja, nun da sie es aussprach, erschien auch mir, dass das Leben um uns, wenn irgendmöglich, noch heftiger wirbelte.

»Bei Peraine, was muss er gekämpft haben, als er fiel«, meinte der ehrwürdige Zauberer. Vor uns erhob sich der Wurzelteller des Riesenbaumes. Die meisten Bäume ringsum erreichten nicht die Höhe dieses Gewirrs aus baumdicken Wurzeln, Wagenladungen von Erdreich und Gewächsen, die der Baum im Sturz mitgerissen hatte. Wundersam, wie viele Pflanzen einfach die Richtung ihres Wachstums geändert hatten.

»Und so das«, sprach ich zu Di'Ariarchos, »was dir die Welt ist, sich auf den Kopf stellt, tu dennoch weiter, was dein Tagwerk ist.«

»Das war aber nicht aus dem tulamidischen Tugendschatz?« meinte er lächelnd.

»Das«, warf ich mich in die Brust, »war von Ruban ibn Dhachmani.«

»*Bha'iya!*« Der Warnruf des Elben riss uns aus der Besinnlichkeit.

Der Schlinger war zwischen uns wie aus dem Boden gewachsen. Nur einige pendelnde Äste zwischen Rondriga und mir verrieten, wo er in unsere Karawane eingebrochen war. Ein armdicker Ast barst unter einem Fuß, der einen Wüstenwolf hätte zertreten können. Acht Schritt über uns geiferte das Maul, in dem alle Zähne der Welt steckten. Nein, kein Echsengötze konnte so grausig sein wie das wahre Leben!

Selbst der Elb war überrascht. Jenseits der Bestie sah ich ihn langsam einen roten Pfeil auf die Sehne legen. Rondriga stand erstarrt, die Hände auf den Schwertern ihres Vaters. Neben mir legte der Zauberer die Hand vorsichtig an die Schulter, zum Zauber bereit. Keine fünf Schritt vor mir tropfte Geifer auf Farne und Moos.

»Funkel«, plapperte das Amul, das inzwischen einem aranischen Dornbusch glich. »Levthanslurch. Tabacco. Ziegenmist.« Es rollte an Rondriga vorbei auf den Schlinger zu. »Funkel. Mammut. Tulpe. Methumian.« Noch immer blickte das geschlitzte Echsenauge auf mich Sohn der Fettleibigkeit, während das andere wohl Rondriga entgegenglotzte. Nichts und niemand bewegte sich außer das Gebilde vor den dolchlangen Klauen, das nun als Klumpen schwarzer, vor Käfer wimmernder Erde erschien. »Safran. Roterde. Warzenschwein. Funkel.« Das Warten wurde mir unerträglich. Langsam, ganz langsam, ließ ich meinen Blick schweifen, traf auf den des Elben und dann auf den des Zauberers neben mir.

»*Nea*«, wehte sanft die Stimme des Elben zu uns. Gehen? Di'Ariarchos machte einen Schritt zur Seite. Ohne den Schlinger aus den Augen zu lassen, begann er ihn sehr langsam zu umgehen. Hinter mir hörte ich Morena rascheln und so tat ich es ihnen gleich.

»Funkel. Vogelspinne. Ölbaum. Hippogriff.« Ein Haufen leuchtender Tangerinen lag dort drüben wie auf dem Bazar von Al'Anfa. Und wir Söhne der Tollkühnheit versuchten uns an einem Schwanz vorbeizudrücken, dessen Schlag allein einen Ochsenkarren hätte zermalmen können.

Pyriander Di'Ariarchos:

»Wir sind nachlässig und müde«, sagte ich betroffen. Rondriga ging noch immer rücklings, beide Schwerter griffbereit, obwohl wir die Raubechse längst im Dickicht hinter uns gelassen hatten. Auch Krallerwatsch hatte die Faust noch immer um einige Steine geballt. Ich hatte so meine Vorstellung, was ein Steinschamane damit gegen ein Raubtier dieser Größe auszurichten versucht hätte.

»*Ar.*« Der Elb bleckte verneinend die Zähne. »Das *nurdra* ist hier viel stärker als wir.«

»Das ist auch keine beruhigende Antwort«, meinte ich.

»Ohne Funkel wären wir da nicht herausgekommen«, sagte Rondriga mit schwerer Stimme. Ich blickte auf das Elementarwesen, das einem Kugelkaktus gleich dahergekullert kam und wieder die Führung übernahm. Es war gewiss ein Elementarwesen, aber ich hatte noch nie eines gesehen, das seine Gestalt öfter als nur einige Male wandelte. Und ich hatte noch nicht einmal davon gehört, dass je ein Elementargeist oder Dschinn solche Eigeninitiative gezeigt hätte. Nein, korrigierte ich mich, ich kannte den Wunsch nicht; vielleicht hatte die Jhrarhra darum gebeten, uns sicher zur Zzd'l der Lebenskraft zu geleiten. Aber dennoch war ich mir sicher, dass ich es hier mit einer elementaren Wesenheit zu tun hatte, die sich nicht an die dem Konzil bekannten Gesetze hielt. Was vor mir lag, war die größte Entdeckung und der Traum jedes Elementaristen: die Zitadelle des Humus.

Zitadelle – ein Echsenwort? So wie Zepter? Wer hätte das gedacht. Aber ich hatte mehrmals gehört, dass es Urworte gab, die in jeder Sprache wieder auftauchten: vielleicht ein Erbe Hesindes und Nandus', das von einer Rasse zur nächsten weitergegeben wurde.

Der Rote Pfeil hatte unser Ziel bei den Vorbesprechungen als *dha'nurdi* bezeichnet. Die Verbindung der zwei vielleicht wichtigsten und vieldeutigsten Begriffe des Isdira konnte man wohl mit *Verkörperung der Lebenskraft* übersetzen, mit *Selbstverständlichkeit des Wachstums*, mit *Sein des Werdens* oder *Leib der Fruchtbarkeitsgöttin*. Wie verwachsen der Elf mit dieser Kraft war, sah man daran, dass seine übliche Dankesformel *nurd'dhâo* war – nicht einfach *Gedeihen mit dir*, sondern *Umkehrung und Spiegelung dieser Urkraft*.

»*Dha'nurdi!*« Als ich den Ausdruck im Konzil gehört hatte und später in einem Vokabularium nachblätterte, begriff ich erstmals kurz den Zauber der elfischen Sprache, deren Worte zu übersetzen sie missverstehen hieß. Erst wenn man ein Wort in all seinen Bedeutungen zuließ, verband es sich mit einem ebensolchen anderen zu einem Begriff von unerschöpflicher Tiefgründigkeit. Wie banal klang da doch *Zitadelle des Humus*. Ich beschloss, fortan die Bilder von Festung und Erde, die selbst meinem Geist nach all den Jahren des Sprachgebrauchs noch innewohnten, zu verdrängen und mich mit dem Elfenwort auf etwas einzustimmen, das für mich unvorstellbar war.

Rondriga Conchobair:
»Bei Fuldigor«, rief Großmeister Di'Ariarchos, »das muss ein echter Drache gewesen sein.«

»Das ist ein Drache«, verbesserte ich ihn. Der beinahe hüfthohe längliche Schädel, die langen Zähne, die zersplitterten langen Flügelknochen – ich hatte noch nie das Skelett eines Drachen gesehen, doch den Körper eines Drachen kannte ich umso besser. Ich fühlte einen Kloß im Hals. So sah wohl nun auch Faldegorn aus, der meine ganze Kindheit hindurch so unverwundbar gewirkt hatte. An dem Tag, als Rohezal sich opferte, um den Kelch der Magie vor den Borbaradianern zu retten, fiel auch Faldegorn, von den untoten Klauen Razzazors tödlich getroffen.

Unwillkürlich war ich durch das wuchernde Kraut zu dem Schädel getreten und streichelte nun das bleiche Stirnbein – eine Geste, die mir Faldegorn nie gestattet hätte. Aus der Stirnfuge und den Augenhöhlen drang ein sanftes, aber kühles Licht. Der Karfunkel saß noch im Schädel! Ruban ibn Dhachmani trat näher. Er hatte es ebenfalls gesehen – und ich hasste den Ausdruck auf seinem Gesicht.

»Gepriesen seien Phex und Hesinde«, rief er. »Ein Drachenkarfunkel.« Ich war entsetzt. Auch in Di'Ariarchos' glutvollen braunen Augen lag sichtbare Begeisterung, aber doch von einem gewissen Respekt im Zaum gehalten. Der Rieslandfahrer hingegen schien nicht einmal den leisesten Zweifel daran zu haben, dass das, was wir gefunden hatte, uns gehörte.

»Er kam hierher, um zu sterben.« Ich sprach aus, was eher Traum als Vermutung war. »In Borons Namen, ihr würdet doch den Schädel eines Trolls oder Zyklopen auch nicht schänden?«

»Ein Zyklop trägt keinen Karfunkel«, meinte Ruban mit füchsisch-falscher Freundlichkeit. »Ehrwürdiger Großmeister, wollet Ihr jener Tochter allen Mitleides erklären, welch Schatz ein Karfunkel ist?«

»Das weiß sie vermutlich noch besser als Ihr, Ruban«, sagte der Magier. »Ich muss sagen, dass ich selbst der Versuchung kaum widerstehen kann. Die astrale Kraft eines Kaiserdrachens griffbereit mit sich zu tragen ist der Traum jedes Magiers: eine Verdoppelung selbst meiner Macht, die wir wohl gut brauchen könnten.«

»Funkel«, plapperte der Erdgeist in unserer Mitte. »Zirbelkiefer. Maraskantarantel. Yaquirschlamm. Funkel.« Rubans Miene sprach Bände; er sah noch immer nicht, was dagegen sprach, diesen Stein an sich zu nehmen.

Di'Ariarchos fuhr fort: »In den Katakomben von Drakonia werden vermutlich mehr Karfunkel aufbewahrt als auf dem gesamten Kontinent. Aber sie wurden alle bestattet – von Drachen, wie wir annehmen müssen.« Nein, von dem Akademieleiter war keine klare Stellungnahme zu erwarten. Ich hatte mich den anderen zugewandt und stand breitbeinig vor dem Schädel.

»Lächerlich!« schnaubte nun auch noch Morena. »Meine Mutter war noch keine paar Wochen tot, als der Höhlendrache Islaaran ihre Höhle plünderte. Islaaran hat Luzelin immer gehasst und beneidet. Wäre ihr Leib nicht verbrannt worden, hätte er den auch noch gefressen – und ihren Kater Pallikratz dazu. Drachen sind Raubtiere – und Menschen auch. Wer gewinnt, bekommt alles.«

Ich fühlte Verzweiflung aufkommen. Mein Blick schweifte auf der Suche nach Unterstützung weiter. Krallerwatschens rote Augen glommen mitleidlos im Schatten strähniger Haare. Riesen und Drachen, so hieß es, waren seit Urzeiten verfeindet. Und der Rote Pfeil? Wenigstens die Elfen schienen ihre Geschichte mit Drachen geteilt zu haben. Doch die violetten Katzenaugen waren unergründlich wie immer. Blitzartig schlug meine

Verzweiflung in Entschlossenheit um; plötzlich war mir die ganze Queste gleichgültig, mein Ruf und mein Platz in der Gruppe.

»Ihr bekommt diesen Karfunkel nicht, solange ich hier stehe«, drohte ich und stemmte die Fäuste in die Hüften. »Und weggehen werde ich nicht.« Die Blicke der anderen waren wie Feuer und Eis auf meiner Haut, aber ich fühlte auch, dass ich kräftiger war als jeder von ihnen, den Troll ausgenommen.

»Fragen nicht wenn gehig«, brummte von oben Kralerwatschens fürsorgliche Stimme, »sondern wenn wissig ob kommen zurück.«

Pyriander Di'Ariarchos:

»Bemerkenswert«, sagte ich und betrachtete die Handvoll Erde, die ich hervorgewühlt hatte. Sie schien vor Kraft zu tanzen wie auf dem Fell einer Söldnertrommel und ich konnte kleine weiße Triebe sehen, die sich darin krümmten. Schon längere Zeit fühlte ich mich, als gingen wir unter der Erde, und dabei war der Urwald um uns bewegt wie von einer Frühlingsbrise. Aber es war nicht der Wind, der die Blätter bewegte – es war schieres Wachstum!

Keiner von uns zweifelte mehr, dass wir uns der einzigen elementaren Zitadelle näherten, deren Lage wir Konzilsmagier annähernd sicher kannten: am oder im Festland. Großmeisterin Sumudai Gerberowa hatte uns als wahrscheinlichstes Bild das eines stets wachsenden und wieder verfallenden Dschungels geschildert, aber das schien der Wirklichkeit, die wir jetzt schon erahnten, nicht angemessen. Pfauenfedergleiche Blüten wuchsen empor. Blätter rieselten aus schier unendlicher Höhe herab. Immer öfter schwirrten Blütenjungfern zwischen den Zweigen umher, während Erdmännlein vor unseren Füßen Reißaus nahmen – ausgerissen im wahrsten Sinn des Wortes.

»Mindere Geister«, sagte ich befriedigt. »Sie entstehen durch den Übergang der Elemente ineinander. Das war durch die frei werdenden Energien an den Rändern der Zitadellen vorhersehbar.«

»Typisch Magier«, seufzte Morena. »Ihr seid unmöglich.« Ich sah sie kurz sinnend an, dann begannen meine Gedanken wieder zu schweifen. Ja, ich hätte mich diesem *nurdra,* wie die Elfen Lebenskraft und Wachstum nannten, gerne auch gedankenlos hingegeben. Aber meine Gedanken waren alles, was ich dieser Welt zu geben hatte. Das Konzil der Elementaren Gewalten war, so schien es, der letzte verbliebene Wächter ihrer Ordnung – und wir Menschen wussten kaum noch, welches Erbe wir in den Hallen von Drakonia angetreten hatten.

Krallerwatsch hatte natürlich recht gehabt: In der Zitadelle des Humus würde mir auch ein Drachenkarfunkel nichts helfen. »Wenn wissig ob kommen zurück«, hatte der alte Troll gesagt. War es nur meine Einbildung oder hatte er wirklich so gesprochen, als ob es auch an unserem freien Willen liegen mochte, ob wir die Zitadelle verlassen würden? Und bildete ich es mir nur ein, dass der uralte Schamane mehr über unsere gesamte Queste wusste als er jemals sagen würde?

Was erwartete uns? Wohl kaum das romantische Bild, das sich manche unserer Lehrmeister in den älteren Schriften und die Adepten in unseren Kolloquien ausgemalt hatten. Von einem Schloss inmitten des dichten Urwalds war da die Rede gewesen, ob auf Aventurien, im Güldenland, in Uthuria oder sonstwo, von Schlinggewächsen, Sumpf, Dornenhecken, giftigen Pflanzen und wilden Tieren umgeben. Die Mauern seien aus Holz und mit Efeu, Wein oder anderen Mauerflächen deckenden Pflanzen bewachsen. Im Inneren seien wahrscheinlich sämtliche Lebewesenarten Aventuriens, die natürlich entstanden sind, vorhanden, inklusive einiger Menschen, wahrscheinlich Druiden, aber uralt und den anderen Menschen entfremdet. Aber ich glaubte nicht daran, dass es uns die Zitadelle so einfach machen würde, sie zu begreifen. Denn wenn ich eines verstanden hatte, dann die Tatsache, dass das Leben verwirrend vielseitig ist.

»In der Magiekunde«, hatte Großmeisterin Gerberowa denen widersprochen, die eine einfache Antwort gaben, »wird die Verwandlung von Lebewesen ausschließlich dem Humus zugeordnet, die Verwandlung von Unbelebtem den fünf anderen Elementen – und dabei sind sich diese zwei größten Spezialgebiete in ihrem Wissen durchaus ebenbürtig. Reichtum und Reichhaltigkeit sind typische Eigenschaften des Humus.«

Und der Humus mochte zwar zu den weniger angriffslustigen Elementen gehören, weniger gefährlich, drängend und zerstörerisch war er jedoch gewiss nicht. Kein Brocken Stein oder Erz hätte hier standgehalten, sondern wäre zu Staub zerfallen. Selbst die Luft war erdig und warm, erfüllt von Sporen und Staub, die das Atmen schwer machten. Eis und Feuer, die feindlichen Elemente, hatten hier keine Macht mehr, das lebensverwandte Wasser war längst dem Humus untertan und auch die neutralen Elemente verloren hier ihren Einfluss. *Die Zzd'l der Lebenskraft müsst ihr erleben*, hatte die Jhrarhra gesagt.

Ruban ibn Dhachmani:

Oh wir Söhne aller Verirrung, die Weghütern und Pfadfindern folgten, deren Wesen uns fremder nicht sein könnte! Eine Dornenranke war aus dem Amul gewachsen und hatte einmal über den Platz geschwenkt, ehe sie wieder verdorrte. Dabei hatte es das Geräusch krabbelnder Insekten von sich gegeben, das schnell in das Knarren einer alten Palme überging. Und inmitten lag ständig jenes Flüstern vertrauter Worte.

»Funkel«, hatte das Amul gezwitschert. »Krümel. Eibe. Nachtschatten. Funkel.« Und dann war es versunken. Erst als ich einem eigentümlich aufstrebenden Blick des Roten Pfeils folgte, erkannte ich die Landschaft vor uns. Wenn irgend möglich, ragten die Riesenbäume ringsum höher auf als je zuvor. Zwischen ihnen und kleineren Säulenbäumen, jenseits von Dornicht und Schlingpflanzen, erhob sich ein Hügel. Erst langsam begriff ich, dass vor uns durch das Blattwerk kein Fleckchen Licht mehr zu sehen war. Der Hügel musste sich zur Höhe der Riesenbäume auftürmen!

»Ist es …?« flüsterte Rondriga voller Ehrfurcht.

»*Oculus Astralis, Auge der Sphären*«, sprach der ehrwürdige Di'Ariarchos mit feierlichem Ernst, »*Das Wissen, um die Kraft zu mehren.*« In seinen braunen Augen erglomm eine Glut, wie ich sie erst zweimal gesehen hatte.

»Ist!« knarrte der Rakshazach und stieß seine mannsgroße Knochenkeule in den weichen Boden. Das Haupt des ehrwürdigen Zauberers jedoch wandte sich nun verwirrt hin und her.

»Wo sind …«, begann er zunehmend erregt. »Ich verstehe nicht … Es gibt …« Er hob die Hand vor das Gesicht, betrachtete sich selbst am ganzen Leibe und schüttelte dann das Haupt. »Keinerlei Magie, keine Kraftlinien, nicht einmal verwehende Auren. Wir sind das einzige, was hier noch Magie enthält.«

»Keinig Sternkraft!« brummte der Rakshazach. »Keinig Steinkraft!«

»Kein Feuer«, fuhr der Zauberer fort und nickte, als ihm Verständnis zuteil wurde, das mir wohl immer fernbleiben würde, »keine Luft, kein Wasser, kein Eis.«

»*Twel'la*«, sagte der Rote Pfeil. Es klang wie eine Feststellung. Ich suchte seinen Blick, nach und nach betrachteten ihn alle. Das Lächeln jenes Sohnes der Wälder war wie das des Seefahrers, der jenseits von Efferds Rücken die Türme seiner Heimatstadt auftauchen sieht. Der Rakshazach gab einen langen schnarrenden Laut von sich, wie ich ihn noch nie gehört hatte. Rondriga schnellte plötzlich herum, ihre Hände glitten zu den Zwillingsschwertern. Dann sah auch ich sie.

Unsere Blicke zuckten vor und zurück und zu unseren Seiten. Sie waren überall. Überall erkannte ich jene zwei dünnen Stämme, die brüderlich nebeneinander standen. Wo bei mir die Brust lag, vereinten sie sich zu einem breiteren Stamm, einer alten Palme gleich. Weiter oben zweigten wieder zwei gespreizte Arme hinaus, emporgereckt bis zur Höhe unseres Rakshazach. Darunter aber hingen grüne Flechten wie Bärte und Haar um knotige Schädel, aus denen uns grüne Augen anstarrten.

»Krötendreck«, fluchte Morena und hob ihren Besen mit beiden Händen zur Abwehr. »Waldschrate!« Sie trat neben den ehrwürdigen Zauberer. Ich hatte sie selten so kämpferisch gesehen, als sie zischte: »Ihr wisst, was die mit unseren Bauern und Holzfällern machen. Einer von denen. Und das sind drei Dutzend.« Rondriga blickte kurz zu Morena, schien zu einer Frage anzusetzen und verharrte dann kampfbereit. Ich tastete nach meinem Unsichtbaren Schwert und fragte mich, wie viele Tage ich dazu brauchen würde, einen kleinen Wald zu fällen …

Rondriga Conchobair:

»Ich habe keine Ahnung, wie nahe verwandt all diese Rassen sind, die wir als Grottenschrate, Wühlschrate, Waldschrate, Trolle und Yetis bezeichnen«, sagte Großmeister Di'Ariarchos achselzuckend. Wir standen in der Mitte des Kreises und warteten, seit Krallerwatsch das Wort ergriffen hatte. Das seltsame Knarren und Keuchen war wohl die Sprache der Trolle – und anscheinend auch der anderen Schrate. Jedenfalls schienen sie Zwiesprache zu halten. Einmal knarzte unser Trollschamane so lange, dass es kaum zu ertragen war, dann irgendeiner der rings um uns stehenden Waldschrate. Die Monologe hatten eine zermürbende Länge. Wir warteten wohl bereits seit einer halben Stunde und bislang hatte keine Seite öfter als dreimal das Wort ergriffen.

»Ich weiß nur, dass er der Fürst des Stammes der Tolpatatsch ist«, meinte der Konzilsmagier und ließ sich in der Lotosstellung nieder. »Übersetzt heißt das etwa *Die Vatertreuen, deren Hände sehend sind*. Die Sieben Gezeichneten, zu denen der Schwertkönig und vermutlich auch Krallerwatsch gehörten, berichteten, dass sie die letzte Waffe gegen Borbarad beim Thing der Trollstämme erhalten hatten.«

»Die Waldschrate sind also einer der Trollstämme?« fragte Ruban und nahm ebenfalls den Tulamidensitz ein. Ich stand noch eine Viertelstunde kampfbereit, aber als sich selbst der Rote Pfeil setzte, sah ich keinen Grund für übertriebene Wachsamkeit mehr. Ich spürte, dass ich seit Wochen keine echte Rast mehr genossen hatte. Was immer die Schrate um uns verhandelten, sagte ich mir, wir waren jedenfalls in ihrer Mitte sicher, bis sie einen Beschluss gefasst hatten.

»Nein, das glaube ich nicht«, widersprach Di'Ariarchos. »Ich verstand es eher so, dass es etwa ein Dutzend Trollstämme in Aventurien gibt, die dieses Thing bilden. Einer dieser Trollstämme soll sogar ins Güldenland ausgewandert sein. Die anderen schratigen Rassen hingegen sind ferne Verwandte, durch eine uralte gemeinsame Vergangenheit verbunden.«

»Heißt es nicht, dass Peraine die Waldschrate verflucht hat?« warf Morena ein. Sie schien ihnen tatsächlich feindselig gegenüberzustehen – feindseliger jedenfalls als sich die Schrate bislang uns gegenüber gezeigt hatten. Aber auch ich kannte die Geschichten von Holzfällern, die vom selbst ernannten Hüter eines Waldes erschlagen wurden. Im Farindelwald, an dessen Grenze mein Vater großgeworden war, sollte die Waldfee Farindel einmal sogar die damalige Fürstin Albernias qualvoll getötet haben, indem sie ihr die Hände in einem gespaltenen Baumstamm einklemmte.

»Ja, in den Sagen vom Sturz des Namenlosen Gottes heißt es: »Peraine ließ die Felder und Wälder vertrocknen und verfaulen und der Einzige, der Ernte hielt, war der Hunger, und der Trotz des Humus vernichtete ein Sechstel der Macht des Namenlosen und die überlebten, wurden zu Waldschraten.« Als der Namenlose das Zeitalter und die ganze Dritte Sphäre beherrschte, sollen die Schrate sein Gefolge gewesen sein. Solche Berichte gibt es auch über die Yetis, die von Firun mit dem Hass des Eises belegt wurden.«

»Elementare Flüche also?« fragte ich. »Ein Sechstel der Macht? Sechs Rassen, die dem Namenlosen dienten?«

»Ja, so scheint es: In dieser Sage handeln all jene Götter, die über Elemente gebieten. Und die überlebenden Sterblichen – ob nun im Guten oder im Bösen – scheinen so etwas wie grimmige Hüter jener Elemente geworden zu sein.«

»Die *twel'la*«, sagte der Rote Pfeil sanft, aber bestimmt, »sind *var*. Ihre Wacht war, ehe *Pyr Daokra* zum *vardha* wurde, aber sie währt über die *eona*.«

Pyriander Di'Ariarchos:
Die knarrende Stimme, die baumhoch über mir erklang, konnte mich kaum aus meinen Gedanken reißen. *Dha* war einer der Grundbegriffe des Elfischen: alles, was für Elfen selbstverständlich oder natürlich war. *Vardha* hieß also vielleicht *Wächter der Natur* oder *selbstverständlicher Wächter*. Ehe die Götter Pyrdacor eingesetzt hatten, hatten sie anscheinend versucht, die Wacht einfach den sterblichen Rassen zu überlassen. War diese Ordnung gescheitert? Auch Pyrdacor hatte die Wacht wieder auf die Elfenvölker verteilt, aber wohl die Oberhoheit ge-

habt. Waren dies die Rassen, die damals die Schlüssel der Elemente besaßen? Was bedeutete das für jene Rasse, die die Schlüssel nun suchte? Erst in diesem Augenblick begriff ich, was Krallerwatsch sagte:

»Baumtrampel wollig wiss, wie lebich Wimmelkrieger.« Wie wir lebten? Wie wir zum Leben standen? Oder wie viel Lebenskraft unsere Rasse hatte?

»Ich verstehe«, sagte Ruban ibn Dhachmani und verneigte sich zunächst vor Krallerwatsch, dann im Rund vor den Waldschraten. »Die Baumtrampel, gepriesen sei ihre Gastfreundschaft, sind weitere Torhüter auf unserem Weg zur Zitadelle.« Der alte Fuchs musste sich nicht einmal räuspern, als er die trollische Bezeichnung für die Waldschrate übernahm. Baumtrampel – bei ihm klang es voll von selbstverständlichem Respekt. Bei Hesinde, er hatte Recht. Die Echsen, die Jhrarhra, die Waldschrate – wir schritten hier von einer Rasse zur nächstälteren, von den Kreaturen eines Zeitalters zu denen des vorhergehenden. Das Symbol des Humus war der doppelte Kreis! Das Rund, aus dem geboren wird, die Ausdehnung des Wachstums, Baumringe, Schlangen, die sich häuten, Abfolge von Generationen – und Rassen!

»Sumus Lebenskraft wird«, sprach ich eine spontane Theorie aus, »so fürchte ich, tatsächlich mit jeder erschaffenen Rasse schwächer: die Giganten, die Drachen, die Schrate, dann später die Echsen, die Elfen – und nun wir.«

»Die Wimmelkrieger«, sagte Rondriga. Es klang sarkastisch und liebevoll zugleich. Ruban ibn Dhachmani nickte und trat erneut hinaus, wobei er sich wieder verbeugte.

»Verzeiht unseren Übermut«, dienerte er. »Gewiss sind wir Söhne der Söhne Raschtuls klein und schwächlich und von erschreckender Kurzlebigkeit.« Wie kam er auf Raschtul? Ja, die Tulamiden leiteten ihre Herkunft von dem Giganten ab, auf dessen Leib meine Akademie ihre Forschungen betrieb. »Doch was uns an Leben fehlt, machen wir an Geist wett. Wir sind voller Mut und Begeisterung für unsere Aufgabe.« Bei Phex, der alte Krämer spielte hoch. Er trat noch einige Schritte weiter hinaus und deutete auf uns. Ich konnte mich des Eindrucks nicht erwehren, dass er die Situation, so unvorstellbar riskant sie auch war, genoss ... Dieser Mann spielte mit dem Schicksal einer ganzen Rasse!

»Ja, unsere Leben sind unbedeutend«, deklamierte er, als wolle er einem Wüstenscheich ein Schiff verkaufen. »Aber wie viel mehr Mut braucht solch eine schwächliche Kreatur, um einen Weg zu gehen, den so alte und mächtige Wesen wie ihr schon lange vor ihm beschritten habt.«

Krallerwatsch begann zu brummen. Die Übersetzung, wenn es eine war, dauerte zehnmal länger als Rubans Rede. Die Spannung wurde quälend. Als jenes Knarren kam, in dem ich das Wort *Raschtul* zu hören glaubte, ging eine leichte Bewegung durch viele der Waldschrate. Der Name des gefallenen Sumusohns schien gut aufgenommen zu werden. Ich fragte mich, ob wir vielleicht wirklich die Enkel Raschtuls waren. Oder nur die Tulamiden?

Der alte Troll sprach weiter. Zu gerne hätte ich den Dschinn zur Übersetzung gerufen, aber ich wusste, dass ich wieder gescheitert wäre. Nach einer schier unerträglichen Zeitspanne endete Krallerwatsch. Aber die Folter endete noch nicht, denn nun hielt wieder einer der Waldschrate schräg hinter uns eine Ansprache. Wir wandten uns ihm zu und verharrten, obwohl uns der Atem stockte. Und dann wandte sich der Troll uns zu. Ich glaubte, unter seiner zottigen Gesichtsbehaarung so etwas wie ein Grinsen zu sehen:

»Wimmelkrieger denken so schnell weil nicht viel Leben zum Denken! Gut!«

Ruban ibn Dhachmani:
Oh du Urmutter, die du deine Kinder lieber verschlingst als ihnen Freiheit zu geben! Ich habe Wüsten durchwandert, Meerengen durchschwommen und Urwälder durchdrungen. Doch der Aufstieg auf diese Mutter aller Erdhügel ging fast über meine Kräfte. Bei jedem Schritt versank ich bis zur Hüfte in klebrigem Erdreich. Stieß ich mich empor, verfing ich mich in Dornicht und Blattwerk. Schlingpflanzen und Ranken waren von solch jugendlichem Grün und strotzender Saftigkeit, dass mein Unsichtbares Schwert sie kaum durchtrennen konnte. Meine Brust, meine Kehle und mein Atem waren wie von Honig verklebt. Selbst zum Husten blieb mir keine Zeit, so dicht tanzten Sporen und Blütenstaub um meinen keuchenden Mund. Meine Pluderhose hatte jedes Weiß verloren und starrte vor Lehm, in den Stiefelschäften stak fingerdick die Erde. Rote Ringe tanzten mir vor den Augen.

Dem ehrwürdigen Zauberer hinter mir erging es keineswegs besser und auch Rondriga vor mir schien ihre Stärke wenig zu helfen. Wenn wir einbrachen und erschöpft verharrten, halfen uns die anderen weiter. Ein ums andere Mal zog mich der Rakshazach aus einem Erdloch, das mich nicht mehr freigeben wollte. Auch er hinterließ tiefe Fußstapfen, aber das Erdreich trug ihn, als wöge ich und nicht er so viel wie ein Ochse. Der Elb wand sich durchs Dickicht wie eine Schlange, doch sah ich, dass sogar er zerkratzt und verschmutzt war. Und die kleine Hexe, die dem Zauberer beistand, schien durch ihren Zauber ebenfalls vor dem Gröbsten bewahrt zu werden. Die Waldgeister rings um uns dagegen waren augenscheinlich, wie die Güldenländer sagen, in ihrem Element. Ihre befremdlichen Füße endeten in verspreizten Zehen, die eher Wurzeln glichen. Sie glitten über das Erdreich und brachen zugleich durch das Gehölz wie Urtiere.

»Verzeiht einem alten Mann«, stieß ich zum wiederholten Male hervor und ließ mich niedersinken. Jede Viertelstunde mussten wir uns zur Rast niederlassen. In der kurzen Zeit, die wir unbewegt verharrten, legten sich zarte Wurzeln und Triebe um unsere Glieder. Einige Male brauchte es ein Messer oder die Kraft des Rakshazach, um uns wieder zu befreien.

»Wenn ich jemals Zweifel daran hatte, dass selbst der Humus die anderen Elemente braucht, um ihn im Zaum zu halten ...«, keuchte der ehrwürdige Di'Ariarchos. Selbst seine niemals ruhende Zunge versagte. Ich blickte bergab, doch das Dickicht war so undurchdringlich, dass es auch meinem Blick widerstand. Wie viele Stunden, wie viele hundert Schritt lagen hinter uns? Und vor allem: wie viele lagen noch vor uns?

Pyriander Di'Ariarchos:
»Nun wissen wir«, sagte Rondriga schwer atmend, »warum die Waldschrate uns nach unserer Lebenskraft fragten.«

»Dabei haben wir die Zitadelle des Humus zwar erreicht, aber ohne Zweifel noch nicht betreten«, erklärte ich. Ich rang nach Atem, ehe ich weitersprach: »Nach allem, was wir im Konzil erfahren haben, kann ich mir nicht vorstellen, dass wir ohne Wunsch oder Wohlwollen eines Dschinns ins Innere eindringen können.«

»In das Innere ... dieses Berges?« echote Morena mit einem mir befremdlichen Klang.

Ich schüttelte den Kopf. »Manche unserer Konzilsmagier haben solche Vorstellungen. Ich jedoch glaube nicht, dass unsere Wahrnehmung von Ort und Raum anwendbar ist. Die Zitadellen bestehen aus dem reinen Element, aus nichts anderem – vermutlich mit einer solch geballten Macht, dass sie für Lebewesen unerträglich ist.« Ich fragte mich selbst, woher ich schon wieder den Atem nahm. »Leben ist nur dort möglich, wo alle Elemente sich mischen. Die meisten meiner Collegae behaupten daher, dass es für Lebewesen absolut unmöglich sei, sich in einer der Zitadellen aufzuhalten. Manche vermuteten gar, dass Menschen den Anblick einer Zitadelle nicht einmal von Weitem ertragen würden.«

»Ihr Vater aller Geheimniskrämerei!« Rubans gequälter Brust entrang sich ein Stöhnen. »Warum sagtet Ihr uns das nicht zu Beginn der Reise?« Weil wir sie dann vielleicht nicht gewagt hätten, dachte ich mir und in Rubans Augen sah ich, dass er mich verstanden hatte.

»Nun, die Nähe ist jedenfalls kaum zu ertragen«, räumte Rondriga ein und riss einige Ranken ab, die sich bereits wieder um ihre Beine gelegt hatten.

»Das beruht vielleicht auf Gegenseitigkeit«, setzte ich an und wurde durch einen Hustenanfall unterbrochen. Rings um uns bewegten sich zuhauf Mindergeister, doch dazwischen schienen mir auch Wesen zu sein, die ausschließlich dem Humus angehörten: Blütenjungfern, Wurzelgnome, Pilzwesen. Noch nie hatte ich eine solche Vielfalt gesehen.

»Ihr meint«, sagte Ruban nach einer höflich angemessenen Pause, »jene Zitadelle erträgt uns auch nicht?«

»In unseren Diskussionen vertrat eine bedeutende Gruppierung den Standpunkt, dass wir die Zitadellen nicht betreten könnten, da dadurch das reine Element verunreinigt würde«, sagte ich und enthüllte damit einige der Gedanken, die ich seit Monaten verborgen hatte – vor den Gefährten und selbst vor mir. »Oder, sollte es uns gelingen, würde es ungeahnte Folgen für das betreffende Element auf ganz Dere haben. Ich muss zugeben, dass ich diese Ansicht nachvollziehen kann, aber eine abweichende, erfreuliche Vorstellung habe, was diese ungeahnten Folgen sein könnten. Die andere Partei meinte, Menschen seien viel zu unbedeutend, um auf ein Sechstel der Schöpfung Einfluss zu haben. Sehr viele

Argumente beider Seiten hängen mit der Frage zusammen, ob wir nur jenen Teil der Zitadelle betreten, der in die Dritte Sphäre ragt, oder ob wir in jene vordringen, der die Zweite Sphäre ausmacht.«

Ruban machte eine tulamidische Geste, die, soweit ich wusste, Bedauern und Unverständnis ausdrückte. »Verzeiht, wenn dieser Schädel, der nur einem Kaufmann und Seefahrer gehört, jede Hilfe verweigert.«

»So, als ob man in eine Quelle tritt?« fragte Rondriga, die auf dem Rücken lag und zum Himmel blickte, mit einem Ausdruck im Antlitz, der angestrengtes Denken verriet.

»Das eben ist das Rätsel«, räumte ich ein. »Wir können uns die Zitadelle wohl als Quelle vorstellen, durch die die elementaren Kräfte in der Dritten Sphäre gespeist werden. Aber sie ist eben auch vom Namen her eine Schutzbastion, die den Ursprung in seiner Reinheit birgt und vielleicht vor den Einflüssen unserer weniger reinen Welt bewahrt.«

DIE ZITADELLE DES HUMUS

Die Prüfung

Ruban ibn Dhachmani:
»Verflucht sei mein Gehör! Was heißen uns jene Väter aller Dorngestrüppe zu tun?« Die Waldschrate hatten den Kreis, den sie während des stundenlangen Weges um uns aufrechterhalten hatten, angehalten. Wir brauchten eine Weile, bis wir begriffen, dass das leise Knarren und die sanften Bewegungen ihrer Äste ein Gespräch waren. Hier gab es keinen Wind …

»Wir bereitig!« wiederholte Krallerwatsch. Ich konnte noch immer nicht sagen, ob seine Antworten die der Waldschrate wiedergaben oder ob er selbst bereits Bescheid wusste. »Hierig und jetzig verbergen und verwurzeln.« Doch es waren nicht seine Worte, die mich erschütterten. Es waren die Beine der Waldschrate, die mit eigentümlichen, kranichartigen Bewegungen Gruben anlegten: sechs Gruben, eine davon doppelt so groß wie die anderen.

»Boron sei mein Zeuge!« rief ich aus. »Ich habe stets mit einem kühlen Grab im Wasser gerechnet. Ich habe für gute Dukaten ein Felsengrab in Khunchom gekauft. Aber ich steige in kein Grab, solange noch ein Funken Atem in mir ist.«

»Genau darum geht es wohl«, sagte Großmeister Di'Ariarchos und blickte sinnierend in einen der senkrechten Schächte. »Funken und Atem. Die Reste anderer elementarer Mächte in uns. Krallerwatsch, Tenobaal? Haltet ihr es für möglich, dass das ein Mensch ohne Magie überleben kann?« Tenobaal? Der Magier hatte den Roten Pfeil bislang noch nie mit diesem Namen angesprochen.

»Verzeiht einem Unwissenden seine Furcht«, versuchte ich mich zu erklären. »Als wir durch die Dunkle Pforte traten, waren es Eure Worte, die mir vermittelten, dass ich Sohn des Übermutes der Einzige in unserer Runde bin, der nicht zu zaubern versteht. Was immer ihr vermögt: ich kann ohne Luft nicht leben.«

»Nicht sorgig«, brummte Krallerwatsch. Er wirkte beinahe fürsorglich, wie er sich zu uns herabbeugte. »Leben kann Wimmelkrieger wie jeder Tier oder Wachs.«

»Euer Wort in Peraines Ohr«, sagte ich grimmig. Noch immer war ich nicht überzeugt. »Aber Teil des Lebens ist man auch im Bauch eines Raubtiers.«

Rondriga Conchobair:
Ich unterdrückte einen Anfall von Panik und Kampfrausch, als mich zwei der Waldschrate ergriffen. Ich reichte ihnen kaum bis zum Unterleib und hing mit den Achseln wie zwischen zwei Ästen. Die Baumwesen waren so groß gewachsen, dass sie, auf einem Bein stehend, mit dem anderen die Löcher vertieft hatten, in dem ich Platz fand – ebenfalls stehend! Nun begannen sie das Loch um mich wieder zu füllen. Mit scharrenden Bewegungen schleuderten sie Erdreich herein. Warm, weich und doch fest legte sich der Humus um meine nackten Hüften, meine Brust und meine Schulter. Erdbrocken und Laub flogen mir ins Gesicht. Ich begann zu spucken.

Ich fühlte mich beobachtet. Außerhalb des Kreises der Waldschrate sprangen Grasbüschel auf, die in Wirklichkeit die Haarschöpfe dicklicher, erdfarbener Gnome waren, und trotteten näher. Biestinger, die aus einem halben Dutzend Tieren zusammengesetzt schienen, balgten sich. Verwachsene Wurzelgnome starrten uns aus dem Schatten ihrer unbeweglichen Verwandten an.

Ich hörte, wie Ruban zu beten begann. Ganz ruhig, sagte ich mir. Großvater hatte mir erzählt, dass Druiden sich regelmäßig bis zum Hals eingraben ließen, um ihre Kraft zu erneuern. Bis zum Hals! Mir flogen nun bereits Rindenstücke und abgerissene Ranken um die Ohren. Und diese Grasbolde rückten offensichtlich näher, um sich auf unser Grab zu pflanzen. Schnell noch Luft holen, rief mein Instinkt. Nein, sagte mein Geist. Oder war das Großvater?

Hab Vertrauen. All diese alten Wesen hätten dich viel einfacher töten können. Es ist nicht der Tod, wozu sie dir den Weg öffnen. Vielleicht doch? Was wussten sie denn von uns und unserer Sterblichkeit? Für Krallerwatsch mochte das tagelang erträglich sein, der Rote Pfeil war ebenfalls beinahe unsterblich. Aber ich …

Du bist ein Wesen wie jedes andere und deine Seele ist unsterblich wie die jedes Wesens. Ja, das war Rohezal. Großvater! Ich habe dich so vermisst. Warum bist du damals gegangen? Warum habt ihr mich alleine gelassen? Gerade nun bräuchte ich dich wie nie zuvor.

Bei Boron und Hesinde, ich erinnere mich: du hast dich versteinert. Das war das Letzte, was du tun konntest, um den Kelch der Magie zu retten. Du kennst diesen Weg? Was meinst du? Ich kenne ihn auch?

Wie schwer das Erdreich wird. Diese Grasbolde haben sich tatsächlich auf mich gesetzt. Schwere, fette Erde drückt auf mein Haar, in meinen Nacken, auf meine Schultern. Ich weiß nicht, ob ich diese Finsternis ertragen kann – und ganz gewiss nicht die Unbeweglichkeit. Rondra, hilf! Schreit da jemand? Morena? Ich?

Die weichen Krumen kitzeln in der Nase. Wie gut die Erde riecht. Mir ist nie aufgefallen, wie zart und filigran Blätter sind. Aber der Duft wird von etwas Schwerem überdeckt. Das ist Fäulnis und Verrotten. Ich will so gerne atmen. Vor meinen Augen tanzen braune Schatten, in meinen Ohren knistert es. Käfer! Das Erdreich ist voll Leben – und das beginnt meines zu verschlingen!

Ruban ibn Dhachmani:
Gepriesen seid ihr Götter, die ihr uns solch verschlungene Wege aufzeigt! Ach was, verflucht seid ihr, die ihr uns in Unwissenheit und Angst sterben und leben lasst! Das also soll Ruban ibn Dhachmanis Ende sein? Lebendig begraben! Aber es ist nicht, wie meine Ängste es mir beschrieben. Ich war schon einmal lebendig begraben – als Borbarads Ifriit mich in der Zitadelle der Dämonen umarmte. Damals verschlang mich die Verwesung, Fäulnis fraß meine Haut, Gewürm gierte nach meinem Herzen. Der Nachtdämon, so erklärten mir die ehrwürdigen Zauberer des Konzils später, ist der Verderber des Humus. Wo er herrscht, werden Blätter zu Dornen und Blumen zu Mäulern. Seine Opfer zerfallen zu Schlamm und Asche, auch ihre Seele wird zu Staub. Aus der Niederhöllen Verfall wird nichts geboren.

Doch dieses Grab ist anders. Wohl stockt mir der Atem. Irgendwann habe ich aufgehört zu beten, weil mir Dreck in den Mund drang. Wohl greift klamme, fette Erde nach meinem Fleisch. Aber während ich zu verfaulen beginne, fühle ich das Leben wachsen. Pilze auf meiner Haut, Triebe in meinem Fleisch. Meine Seele blüht und gedeiht, während mein Leib verfällt. Ich fühle eine Kraft in mir, die ich seit sieben mal sieben Jahren nicht mehr ahnte. Meine Glieder sind morsch und mein Fleisch mürbe, aber gerade darum kann ich junger Saat als Boden dienen.

Ich fühle, wie ich zu sinken beginne. Ist dies, weil meine Beine vermodern? Oder ist es, weil alles, das lebt und wächst, nach oben drängt? Seltsam, da ist kein Schmerz. Nicht Trauer verdüstert meine Seele, sondern Herbstlicht. Es ist der Nebel von Schlafen und Vergessen, in dem ein Versprechen liegt. Einst nannte ich einen Leib mein eigen. Bald, bald werde ich ein anderer sein.

Einmal noch entsinne ich mich meiner aranischen Tuchrüstung, die irgendwo dort oben über dem Hügel liegt. Säuberlich legte ich sie ab, als ich in mein Grab stieg. Wie wertvoll waren mir die kleinen Emeralde und Saphire darauf erschienen, aufgesticktes Notgeld in der Fremde. Aber in dein Grab, sagen alle Völker Aventuriens, kannst du nichts mitnehmen, auch wenn es die Reichen und Mächtigen gerne versuchen.

Ja, meine Talismane habe ich behalten, aber sie werden mir nicht helfen, sondern mit mir zerfallen. Phexens Fuchsschwanz, der so viele Schiffsuntergänge überstanden hat, vermodert nun mit meiner Hand. Und das Koboldhändchen? Mag sein, dass einst jemand aus meiner Hand einen Talisman formt. »Sehr machtvoll, Effendi«, wird er ausrufen, »geformt aus den Handwurzelknochen eines Tollkühnen, der in der Zitadelle des Humus freiwillig sein Grab suchte. Keiner weiß warum, doch das Geheimnis seines Zaubertodes wird Euch beschützen, Effendi.«

Wenn ich den ehrwürdigen Zauberer Di'Ariarchos recht verstanden habe, wird der Talismanhändler kein Mensch sein, sondern einem anderen Volk angehören, das uns nachfolgte: einer Rasse, der unsere Gebeine so fremd sind wie die von Fisch und Echse. Wird das Khunchom mit seinen neun Flüssen dann noch stehen, die älteste Stadt Aventuriens? Werden seine gelben Straßen widerhallen vom Blubbern der Dablas und dem Quengeln der Kabasflöten oder wieder vom Klirren echsischer Gongs – oder von Instrumenten, die so fremd sind wie ihre Bewohner? Und wird Rubans Haus ein Erdhügel sein wie er selbst? Wird noch jemand von den sechs Zauberkundigen künden, die vom Zauberschloss im Raschtulswall auszogen, den Ursprung des Lebens zu entschlüsseln? Werden die Haimamudim mich zu einem zweiten Schwertkönig lügen oder zu einem Dieb aus dem Bazar einer versunkenen Stadt? Tief in meiner unergründlichen Seele ahne ich, dass all dies mir noch gleichgültiger sein wird als der Nachwelt. Aber wo werde ich sein? Was werde ich sein?

Rondriga Conchobair:
Das hellgrüne Frühlingslicht wird stärker. Der Winter ist vorbei. Zeit, meine Wurzeln auszustrecken. Ich entrolle meine Triebe. Das Erdreich ist weich und mütterlich. Doch es wird Zeit, meinen Platz darin zu fordern. Ich lasse mich ein wenig tiefer sinken. Meine Wurzeln drängen seitwärts voran. Ich will eine breite Standfläche erobern. Mein Unterleib schmeckt die Erde. Die grünen Säfte in meinen jungen Stängeln pulsieren und tragen Sumus Kraft nach oben.

Pyriander Di'Ariarchos:
Langsam beginne ich wahrzunehmen. Elementare Visionen lassen mich erahnen, dass jenseits der Kriechgänge der Würmer noch andere Gewächse sind. Ich kann an der Art, wie die Krumen in meine Richtung gedrängt werden, die Umrisse von Wurzeln, Strünken und Stämmen erahnen. Schatten im Humus, Wellen im Erdreich. Die Gesetze des Lebens sind unzerstörbar. Jedes Lebewesen muss wahrnehmen, um zu wissen, wohin es wachsen soll. Ich will mehr wissen! Jenseits der Triebe, die einmal die Blätter meiner linken Arme sein werden, ersinne ich einen Umriss. Ist das eine gewaltige Knolle, die da ruht?

Dieser Ort ist größer als jede Vorstellung. Mein Horizont wächst und dringt mit meinen erstarkenden Sinnen vor. Irgendwo ist eine Grenze. Von dort kommt das, was fremd ist, und was ich dennoch begehre. Von dort kommen das Helle, das Kraft gibt, und das Feuchte, das die

Kraft in mir fließen lässt. Wieso glaube ich, von dort zu stammen? Das war … Ich war immer …

Nein, ich will nicht grübeln. Ich habe lange genug gegrübelt. Nun hat mich die Helligkeit geweckt und ruft nach mir. Es ist Zeit zu wachsen und dazu muss ich vieles wissen. Neben der Knolle und dem Schwamm sind noch weitere Gewächse. Den bleichen Strunk neben mir habe ich nicht beachtet. Denn dort weiter hinten ist Wachstum. Jemand hat begonnen zu wachsen!

Rondriga Conchobair:
Weiter! Breiter! Höher! Ich bade im grünen Licht. Wieder entrolle ich einige hundert Triebe. Wie sanft und empfindlich ich bin, wenn ich geboren werde! Jeder Krümel scharrt und kratzt meine saftige Grünheit. Aber ich habe so viele davon. In der Mitte werde ich schon stärker. Die Stängel verdicken. Knoten türmt sich auf Knoten. Warum muss ich mit meinen weichsten Teilen graben? Wie viel leichter wäre es, mit den Rohren ins Erdreich zu bohren. Doch dort, wo ich grün bin, ist die meiste Kraft. Und von unten, wo ich alt bin, kommt der Drang, der meinen Trieben keine Ruhe gönnt. Alt? Ich bin nicht alt?

Keine Zeit, keine Zeit. Da ist etwas, was ich nicht beiseite drängen kann. Mehr noch: es wächst mir entgegen. Und es ist so viel grüner als ich, so viel stärker und so viel älter …

Ruban ibn Dhachmani:
Oh du wundersames Sein! Welche Wunder sind mir verborgen! Wovon künden die Säfte, die durch mich fließen? Woher seid ihr gekommen, wohin werdet ihr gehen? Was ist euch in mir beschieden, was mir, der ich um euch bin? Ihr nährt mich, daran zweifelt auch dieses Gewächs nicht. Wann habe ich begonnen mich auszudehnen? Fragen über Fragen. Doch so wahr da draußen mehr ist als in mir, so bin ich nun einmal. Ja, ich mag

rundlich sein und wenig ansehnlich, doch ich würde nicht tauschen wollen. Drück mich und ich gebe frei, was ich aufgenommen habe – aber lass ab und ich hole es mir wieder und noch mehr. Gepriesen sei das Wunder, das mich werden ließ!

Rondriga Conchobair:
»Bist du bereit?« Es flüstert! Es spricht zu mir! Wie schön es ist! Was für eine edle Gestalt! Sein Holz ist hell, vielleicht sogar weicher als ich, doch so edel gewachsen, dass es mir unzerstörbar scheint. Seine Rinde glänzt in feinem Grau. Aber was mich gefangen nimmt, sind die farbenfrohen Gebilde an seinen Zweigen: zarteste Blätter, weicher als jeder meiner Triebe, im Kreis gefügt, anschmiegsam übereinander lappend, und darin ein Leuchten aus winzigsten Gefäßen. Und dieser Duft von Lotos und Sehnsucht …

»Ja«, wispere ich. »Nein. Bin ich bereit?« Der Ast bewahrt den Abstand. Nahe genug, damit wir sprechen können, aber jenseits meiner zarten Spitzen, die ihn berühren wollen.

»Rondriga.« Meine Stängel erschauern, als ob der Wind durch mich rauschen würde. Ja, das ist mein Name, aber so hat ihn noch niemand ausgesprochen. Nicht in diesem Leben, nicht in einem früheren. Seine Stimme ist wie das Lied, das meine Stängel singen, wenn der Wind über sie bläst – nur viel fester und lebendiger. »Es wird Zeit zu erwachen.«

»Erwachen?« Ich bin nur wie ein Echo seiner Stimme. »Aber ich bin …« Nicht mehr als ein Keim dessen, was ich sein könnte. Ich bin noch so jung, nur ein Versprechen dessen, was ich einmal sein kann. »Was muss ich tun, Amselbaum?« Amselbaum? Wieso weiß ich, dass das sein Name ist? Ja, auf diesen Ästen nistet die Amsel – die Totenamsel, wenn sie neues Leben ausbrütet.

»Werde«, singt die Stimme. »Wachse. Wehe.« Wie soll ich wehen? Ich bin Schilf. Der Wind singt in mir, streicht durch mich, doch er weht durch mich hindurch. Aber ich wachse. Wieder sammle ich alle Kräfte der Mutter, die der Teppich meiner Wurzeln erreichen kann, und leite sie in meinen Stängeln empor. Ich fühle die Kraft, mit der ich mich recke – dem Amselbaum entgegen. Mein Leib verhärtet sich zu geradem Rohr: hundert Stäbe, jeder einzeln so empfindlich, dass eine Hand ihn brechen kann; so sanft, dass ich mich selbst dem Wind beugen muss, den andere Pflanzen nicht einmal fühlen. Aber wenn ich mich bündle, bin ich unzerstörbar. Meine rötlichen Spitzen kitzeln dem Himmel entgegen.

Und dann berühre ich ihn wieder! Sein Zweig ist kühl und fest – und dann zieht er sich zurück. Wie hat er das gemacht? Mutter Erde, er ist wieder so fern. Wie kann dieser Baum sich mir entziehen? Zurück-wachsen? Ist das möglich?

»Du kannst es auch.« Er kennt meine Gedanken. Er weiß, wie ich leide. Und dennoch … Also gut, ich kann es auch. Dort oben ist er, nach dem ich mich sehne wie nach dem Licht. Dort muss ich sein, dort muss mehr von mir sein. Also möge an den Rändern weniger von mir sein. Götter, wie hart dieser Gedanke ist. Es war so anstrengend und so befriedigend, sich auszudehnen, dort hinzuwachsen, den Boden zu bedecken. Nun soll ich weichen? Weichen – nun gut. Weich werden, nicht mehr hart sein. Rohr, werde zum Stängel. Rispe, werde zum Trieb. Geflecht, werde zum Wurzelchen. Es ist undenkbar. Es ist unvorstellbar. Aber es ist machbar. Ich fühle, wie ich weiche, wie ich wachse.

»Hier bin ich, Rondriga.« Er ist noch weiter zurückgegangen. Sein ganzer Stamm zieht sich zurück. Dieses Lied, oh Mutter Erde, dieses Lied! Ich folge dir. Ich kann es. Weich werden und wieder verhärten. Wachsen, um wieder zu schrumpfen. Schrumpfen, um wieder zu wachsen. Weiter. Werden. Vielleicht irgendwann auch einmal wehen.

»Gehen wir«, singt er. »Zu den anderen.« Andere? Da sind andere, die mein Schicksal teilen? Ich bin nicht allein?

Pyriander Di'Ariarchos:

Ich stelle weitere Regelmäßigkeiten fest. Es wäre übertrieben, sie als Naturgesetze zu bezeichnen, dazu weiß ich einfach zu wenig von der Welt. Doch meine Forschungen haben fühlbare Fortschritte gemacht. In der ersten Zeit, ehe ich meine Blätter entfaltet hatte, reichte mein Horizont kaum weiter als zu meinen Wurzeln, die nach Nahrung gierten. Dann, als mein Hauptstamm sich bereits verzweigt hatte und die einzelnen Teile wieder begannen, sich als ein einziger Strauch zu beblättern, erkannte ich die anderen Lebensformen und einige Grundsätze, die ihre Form, ihr Wachstum und den Ort, an dem sie existierten, bestimmten. Inzwischen ist mir klar, dass die Welt vor Lebensformen wimmelt. Ich habe wohl hundert von diesen Pilzen, Flügeligen und Buschgeistern vorbeiziehen sehen.

Mein Hauptinteresse gilt aber jenen fünf Gewächsen, die mit mir diesen auffälligen Kreis bilden – eigentlich ein Sechseck, wiewohl ich einige Theorien habe, warum diese beiden Formen gleichbedeutend sind. Wir sind Gewächse, denn im Gegensatz zu den anderen Kreaturen scheint unsere Beweglichkeit vernachlässigbar.

Der hellrindige Baum ist bei weitem der beweglichste. Er stellt auch einen der größten Widersprüche in meinen Beobachtungen dar. Einerseits vermute ich, dass er älter ist als wir: Diesen Umstand schließe ich daraus, dass er bereits voll erblüht ist und seine Beweglichkeit voll ausgebildet ist. Warum aber stellt er, wenn er tatsächlich älter ist, einen Teil unseres Sechsecks dar?

Andererseits kann ich, seit die ersten unter uns zu sprechen begonnen haben, gewisse charakterliche Unterschiede zuordnen: Manche von uns haben ihr Wachstum mehr nach außen gerichtet, andere mehr nach innen; manche sind in ihrem Verhalten wechselhafter, manche sehr stetig. Die mächtige Knolle etwa hat bislang so gut wie keine Veränderung gezeigt, aber ihr Leib scheint voll ausgebildet. Der Erdschwamm ist für mich schwer einzuordnen: Bisweilen wächst er schneller als wir alle, bisweilen zaudert er. Bei alledem hätte ich vermutet, dass das Schilf und ich den meisten Drang nach Veränderung, Beweglichkeit oder Fortschritt zeigen würden. Keiner von uns beiden – dabei ist das Schilf ungleich lernfähiger als ich – kann mit der fast freien Bewegung des Baumes mithalten. Wie gesagt, er ist einer der größten Widersprüche für mich.

Das zweite Rätsel ist mir der bleiche Strunk. Als einziges Gewächs zeigt es keinerlei Reaktion. Der Leib hat zwar eine gewisse Größe, aber das Holz ist mürb und hat noch niemals zu treiben begonnen. Der Anblick erfüllt mich mit einer Trauer, die mir unerklärlich ist – so wie der Anblick des Baumes uns alle beglückt.

Ich erwäge derzeit eine Theorie, die die beiden Widersprüche verbindet und dadurch erklärt. Aus einem Grund, der für mich nicht nachvollziehbar ist, sind zwei von uns einer Grundeigenschaft der Welt näher oder ferner als wir anderen. Der Baum, so nenne ich es, strotzt vor Lebenskraft; der Strunk, so schmerzlich mir das scheint, ist leblos – nein, auch wenn ich den Ausdruck scheue: der Strunk ist tot!

Ruban ibn Dhachmani:

Gepriesen sei der Geist, der alle Gewächse erfüllt, ein jedes nach seiner Art! Da hatten sich jene Handvoll Wesen zusammengefunden und jeder von uns spricht von einer anderen Welt.

»So wahr ich Ruban der Rieslandschwamm bin«, stoße ich aus meinen Poren hervor, »kann ich mich an nichts erinnern, von dem ihr da sprecht!« Auch das Schilf schüttelt verneinend seine Rispen, dabei hat eben erst sie, die wir Rondriga nennen, ein ebenso fremdartiges Märchen vorgetragen.

»Ein Garten? Überdacht mit Brettern aus Holz? Und alles steht in Flammen?« Erneut sinniert der Strauch mit den rotschwarzen Zweigen und den pfeilförmigen Blättern, die so kühn in alle Richtungen streben. »Viele andere … Gewächse haben sich versammelt und wollen mich vernichten. Ich bin schuldig, obwohl ich noch so jung bin. Ich habe das Feuer gelegt. Und in dem Garten stehen die zwei Sträucher, deren Blüten mich zeugten …« Wieder schüttelt Rondriga die Rispen. Auch ich wüsste nicht, was all dies bedeuten soll. Ich blicke auf die Blätter, die erregt zittern, während sie sprechen. Solches Blattwerk, mit roten Adern und rotem Rand, habe ich in den südlichen Dschungeln gesehen. In welchen Dschungeln? Ich war nie an einem anderen Ort.

»Erinnert ihr euch an die Kreatur des Lichts, die alles war, was ist?« Wenn jener Rauschebaum spricht, ist es stets, als wisse er mehr als wir alle. Wenn seine grünen Blätter rauschen, dann lassen sie etwas in mir widerhallen, was mir fremd ist und zugleich älter als ich.

»Gewachsen aus dem Himmel«, bestätigt der ehrwürdige Feuerstrauch. »Und als sein Samen zu wehen begann, ließ er sich in uns allen nieder.« Wie eine dunkle Welle schlägt Erinnerung über mir zusammen.

»Wir haben gekämpft«, sage ich und quetsche das Grauen aus meinen tiefsten Zellen, die davon ertränkt zu werden drohen, »an einem Ort der Schrecken. Verzeiht einem minderen Schwamm, der wenig weiß und zu viel spricht. Fäulnis umfing uns und verschlang uns. Doch das Licht der Sonne befreite uns und wies uns den Weg.«

»Und das goldene Band der Gemeinsamkeit, das die Dunkelheit zerreißt«, erklingt es aus den Zweigen des Rauschebaums, »gab uns die Macht dazu.«

»Dann erst konnte unser Kreis zu wandern beginnen.« Bei den Lichtspendern des Himmels, jener Vater aller Knollen hat gesprochen! Massig und warzig ist sein Leib, der jeden von uns überragt, selbst den herrlich sprießenden Rauschebaum. Seine Stimme ist weniger Wispern, das mit dem Wind fliegt, als ein Erzittern, das durch die Erde drängt.

»Wir gingen durch ein Land, wo nichts mehr wächst«, flüsterte das Schilf heftig. Nichts mehr, ja, solches hatte auch mein Leib gefühlt, auch wenn mein Geist es damals nicht erkannte. Jenes Land hatte einmal geblüht, mehr vielleicht als andere.

»Land, dem widerfahren, was wir zu verhindern zu wandern begannen.« Der Knolle Worte sind wie Erdbeben, wie Wellen im Boden, die uns überrollen, stetig wiederkehrend und dabei an Kraft gewinnend.

»Der Wald des Waldes«, spricht erneut der Rauschebaum und wieder sind seine Worte näher und wahrer als selbst die der Knolle. Warum sind jene beiden so viel wissender? »Das Dasein des Werdens von allem.« Ja, nun ist es, als ob in meiner Erinnerung Bäume wüchsen, größer als alles, was ich mir bislang vorstellen konnte. Während sie wachsen, heben sie den Himmel an und mit ihm den Horizont. Es ist, als ob nach einem langen Unwetter durch die verwehenden Wolken das Licht eines Mittags bricht.

»Oh wir von unbekannten Göttern Gesegneten«, rufe ich aus. »Und dann haben jene Väter aller Palmenstämme den armen, alten Ruban ibn Dhachmani einfach eingegraben wie eine Baburiner Steckrübe!«

Das Reich der Erden

Rondriga Conchobair:
Ich empfinde ein eigentümliches Gefühl des Schwebens, des Getragenwerdens, des Wachsens. So muss sich eine Wurzel fühlen, die im Erdreich wächst. Ja, ich glaube, wir sind gewachsen, seit uns Ta'înobhal gezeigt hat, wir wir in unserer elementarisierten Gestalt sprechen und uns bewegen können. Ta'înobhal! Um wie viel wahrer und reiner hier im Humus alles ist. Wie befremdend, schmerzhaft, gefühllos wäre es gewesen, den Elf nach seinen roten Pfeilen zu benennen, wie es die Aventurier taten – wie ich es so lange getan hatte. Es ist so offensichtlich, welcher Name zu ihm gehört.

Ich kann meinen Blick nicht von ihm lassen, während ich ihm folge. Etwa fünf Körperlängen vor mir, schräg unter mir, wächst er dahin, einem Fluss folgend, den wohl nur er wahrnehmen kann, dem Herzen dieses seltsamen Ortes entgegen, wie wir hoffen. Ich kann mich ihm nur anschließen – und es gäbe ohnehin nichts, was ich sonst täte.

»*Feydha ta'î no bhal*«, hatte er sich damals vorgestellt. Die Vorstellung war mir als Albernierin vertraut genug zu ahnen, welcher Teil dieser Worte sein Name sein musste. Aber sie auszusprechen war eine ganz andere Aufgabe.

»Tenobaal« – ich hatte versucht, ein Echo seiner Worte zu bilden. Aber ich fühlte, wie grob, fast grausam meine Stimme war.

»*Bha'ra*«, hatte der Elf die Zähne gebleckt. Die Verneinung der Elfen, aber zugleich unmissverständlich wie das Fauchen eines wilden Tieres, das man belästigt. »Wenn du *Tenobaal* sagst, bedeutet es *Der Steine dunkler Weg Konzentration*. So magst du den *nurka* nennen.« Er hatte damals auf den großen Troll gewiesen. Jetzt muss ich lachen bei dem Gedanken: Jetzt, wo ich die elementare Zugehörigkeit von Krallerwatsch annähernd ahne und die des Elfen so unübersehbar ist, wird mir die Grobheit meiner Verwechslung klar.

»Doch ich bin ta'î no bhal«, hatte er wieder sanft erklärt. »Das bedeutet *Der Amsel Weg Konzentration.*« Damals hatte ich mich nur ertappt gefühlt wie ein kleines Mädchen, das vor seinem Lehrer versagt. Aber nun beginne ich langsam mehr als eine der Gestalten dieses einzigartigen Wesens zu sehen.

Der Baum ist seine Humusgestalt hier in der Zitadelle, vielleicht auch seine Pflanzengestalt – ich bin sicher, dass ein so alter Elf sich in eine Pflanze verwandeln kann. Es ist eine Blutulme – natürlich. Der zaubermächtigste aller aventurischen Bäume, der Hesinde ebenso heilig ist wie allen Wächtern der Natur, so stark magisch, dass man in ihrem Schatten vor Geistern sicher ist. Wenn man sie ritzt, weint sie rotes Harz, das nach Lotos duftet – und Magier lechzen danach, ihre Zauberstäbe aus diesem Holz zu schneiden. Mein Herz krampft sich zusammen bei dem Gedanken an einen städtischen Adepten, der auf solch einen Baum klettert, um sich einen Ast zu schneiden. Freilich, auch Ta'înobhal formt seine roten Pfeile aus dem Holz seines Seelenbaums; aber es besteht kein Zweifel, dass er dazu lebendes Holz und Elfenmagie benutzt, die den Pfeil förmlich aus dem Holz herauslöst.

Ich kann auch seinen Elfenkörper in diesem Baum sehen, wie einen Schatten – ein Schatten aus Elfenbein und Licht. Er ist wunderschön in seiner Nacktheit, unglaublich schlank und dennoch männlich, geschmeidig wie ein Raubtier. Ich möchte in seine Augen blicken – aber ich weiß, dass meine Seele verloren ist, wenn er sich jetzt nach mir umwendet. Er weiß wohl ohnehin, dass ich ihn betrachte und was ich dabei fühle. Er kann meine Gedanken lesen – und sie sind ihm völlig gleichgültig. Es liegt nichts Bösartiges in dieser Gleichgültigkeit: Er mag mich, so wie er Sonnenuntergänge mag, Regen, Spinnen, verfaulende Baumstümpfe und Tausendfüßler. Ich bin ein Teil des Lebens für ihn – nicht weniger, aber auch nicht mehr.

Während mein Herz sich immer mehr an ihn hängt, beginne ich auch seine Tiergestalt zu erahnen. Die Totenamsel ist in ihm, wie er in ihr ist. Er trägt ihre Federn an den Schläfen, eingeflochten in seine rotblonde Mähne, und befiedert seine Zauberpfeile damit.

Und dann ist da noch etwas in ihm: Seine Seele ist alt, sogar für einen Elfen, wie ich glaube. Die Auelfen, hat mir Großmeister Di'Ariarchos gesagt, erzählten schon bei der Gründung des Neuen Reiches vor tausend Jahren von Tenobaal Totenamsel und seinen niemals fehlenden Pfeilen. Das war nicht er, das kann nicht er gewesen sein; doch seine Seele hat diese Tage gesehen … Nein, nun beginne ich irrsinnig zu werden. Ist das schon meine Seele, die ich verliere?

Pyriander Di'Ariarchos:

Ich gewinne zusehends den Eindruck, dass wir nicht das Gleiche wahrnehmen. Rondriga und Ta'înobhal scheinen bestimmte Eindrücke zu teilen: Sie bewegen sich durch eine Welt voller Lebewesen und blühender Gefühle. Ich empfinde einen seltsamen Schmerz dabei: Ist es rahjanische Eifersucht? Oder beneide ich sie um ihre Zweisamkeit? Ich frage mich, ob er sie bezaubert hat; ihr Verhalten jedenfalls ist ziemlich eindeutig. Aber seine Ausstrahlung ist hier, im Reich des Humus, noch stärker als draußen. Ich wäre auch gerne sein Freund …

Ruban wiederum spricht wiederholt von Wahrnehmungen, die einem Seefahrer angemessen sind.

»Wir Kinder allen Strandgutes wollen jener Strömung folgen«, meinte er, als wir unsere Gräber verließen, in denen wir geboren wurden. Ich kann nachvollziehen, dass gewisse Flüsse elementarer Energie wahrnehmbar sein könnten, aber ich habe Schwierigkeiten, sie im Zusammenhang zu erkennen. Hier wiederum scheinen sich der Tulamide und der Elf zu ähneln.

Sehen die anderen nicht wie ich, dass wir uns in einem Kontinuum befinden, das sich nicht nur in alle Himmelsrichtungen, sondern auch nach oben und unten erstreckt? Sechs Pole – wie könnte es anders sein? Sehen die anderen nicht die unendlich vielen Manifestationen des Humus, die ständig ineinander übergehen?

Krallerwatschens Aussagen hingegen sind zwar bisweilen viel besser verständlich als in der Außenwelt, aber er spricht von Gängen. Er scheint überhaupt eine unterirdisch lebende Kreatur zu sein. Freilich, er ist derjenige, der dem Erz verwandt ist. Für ihn ist der Humus vermutlich nur die Staubschicht, die die eigentliche Form Sumus, eine urgewaltige Masse Stein, bedeckt.

Morena schließlich … Ich kann noch immer nicht fassen, dass wir sie zurückgelassen haben, oder vielmehr ihren unbelebten Humusleib – ich habe diesen Ausdruck als Analogon zu dem Astralleib im Limbus gebildet. Zweifellos hat sie die Transitio nicht vollendet. Keiner von uns hat es ausgesprochen, aber ich denke, dass zumindest die anderen, die in Elementarmagie bewandert sind, zum gleichen Schluss gekommen sind: Hätte Morena einfach neben uns gefehlt, hätten wir hoffen können, dass sie »draußen« in ihrem Grab wartet. Wir alle haben sie schreien hören: »Nein, nein, ich ertrage es nicht.« Aber da sie im Reich des Humus einen Leib gebildet hat, der keine Seele enthält …

Ruban ibn Dhachmani:

Oh du Mutter aller Fruchtbarkeit! Ein Wunderland ist dein Herz! Wie oft haben wir Sterbliche deinen Reichtum gepriesen, doch du bist geizig wie alle Reichen. Hundert mal hundert ist die Zahl deiner Schöpfungen, die du der Welt gegeben hast, doch tausend mal tausend ist die Zahl jener, die du in deinem Leib bewahrst. Wir segeln unter einem grünen Himmel dahin. Erdreich umspielt wellengleich unsere Wurzeln, die einmal Füße waren. Und da erfolgt kein Schritt, ohne dass wir nicht einer neuen, noch nie gesehenen Kreatur begegnen.

»Seid gegrüßt, ihr Dschinnim«, dienere ich, soweit dies einem Schwamm möglich ist. Wortlos ziehen die Riesenpilze an uns vorbei, Boronsmönchen gleich, die zum Morgengesang schreiten. »Sidi, erlaubt …«, beginne ich, als ein fürstlicher Kaktus vorüberschreitet.

»Ich denke nicht, dass dies alles Dschinnen sind«, erklärt der ehrwürdige Feuerstrauch, »wohl eher nur Elementargeister.«

»Ich verstehe«, sage ich und neige meine obere Rundung dankend, »jene Geister sind das Volk, die Dschinnim aber die Ritter.«

Di'Ariarchos der Feuerstrauch wedelt undeutlich mit seinen rotgeäderten Blättern. »Ich wage nicht, die einfachen Hierarchien, die ich selbst gelernt und gelehrt habe, hier ungeprüft anzuwenden. Aber die meisten dieser Wesenheiten haben jene Eigenschaften, die nicht nur Elementarmagier, sondern auch alle Naturvölker mit einfachen Geistern verbinden. Die Waldmenschen nennen sie Nipakau, die Nivesen Gabetaj.« Ersteres Wort habe auch ich bereits von abergläubischen Sklaven zwischen Khunchom und Brabak vernommen, doch schienen mir jene Wilden stets vergeblich nach ihnen zu rufen. »Typisch ist vor allem dieses Fehlen einer einheitlichen Erscheinung und der Gestaltwandel. Das personifizierte Auftreten gilt als Specifikum der Dschinne.« Gestaltwandel? Wovon spricht der ehrwürdige Zauberer? Keiner jener Pilze, Libellengeflügelten und wandelnden Trauben hat seine Gestalt verändert, jeder erscheint mir eine Person zu sein.

»Erdgeister zerfallen alle schnell«, brummt nun der knollengestaltige Rakshazach.

»Verglichen mit deinen Erzgeistern, meinst du?« Es nützt, so scheint mir, der Zauberer die Gunst dieses Ortes, an dem unsere Sprache so viel weniger Schranken kennt.

»Alle Wesen vom Erz mögen Wandel nicht. Alle Wesen von Erde werden schnell und vergehen schnell. Darum sind Waldschratlinge auch so verändert.«

»Die Baumtrampel?« lacht Di'Ariarchos. »Ich sah auch einen Unterschied zwischen aventurischen Waldschraten und diesen Hütern der Zitadelle. Wie kam es dazu?«

»Trolle tun, was sie immer getan haben. Die Trallerop, die Traumspötter, die das Versprechen gaben, sind über alte Trollpfade durch Sumu zur Zitadelle gewandert. Wollen Schlüssel tragen. Werden erst zurückkehren, wenn Erdkraft wieder in Raschtul fließt.« Ich vernahm, wie der Feuerstrauch einen Laut des Erstaunens von sich gab. Ich schalt die Trägheit in meinem Krämerschädel. Hatte er Raschtul gesagt? »Aber Waldschrate haben immer wieder anders gehandelt. Zuerst folgten viele dem All-Einen. Dann gingen sie zu diesem Kontinent und jenem Kontinent. Unterlagen gemeinsam mit Pflanzen der hungrigen, sich fortbewegenden und denkenden Art. Bauten Wälder und vergaßen. Zitadellenhüter sind vielleicht letzte, die noch Erbe von Urmutter kennen.«

Jenes Märchen über die Waldschrate bedeutete mir wenig. Was hatte er über die Rakshazachim und Raschtul gesagt? Wollten sie den Stammvater der Tulamiden wiederbeleben oder den Giganten, den wir den Raschtulswall nannten? War es das, was einer der sechs Schlüssel vermochte? Ich fühlte, wie mein Tulamidenblut zu sieden begann. Raschtul – gepriesen sei sein Name! Mit unserem größten Helden wäre Aventurien wieder unser, mit einem Giganten, uns zum Dank verpflichtet, vielleicht die ganze Welt!

Das Tor zur Zweiten Sphäre

Pyriander Di'Ariarchos:
Dort, wo selbst die Zeit nur mehr im Kreislauf wächst, blüht und verwelkt, liegt der Kokon des Elementarherren des Humus; so sagt eine der bedeutendsten Stellen des Groszen Elementhariums, die ich schon als rotznasiger Novize auswendig lernte. Ja, das trifft es: Zeit verliert zusehends ihre Bedeutung.

Ich stehe auf dem Gipfel des Humus im Wald der Wälder, bereit, mich begraben zu lassen. Wir stehen am Tor zur Zweiten Sphäre. Ich erwache als Feuerstrauch. Wir treten dem Elementarherren des Humus gegenüber. Ich erfahre den Preis. Ich kehre ohne Schlüssel nach Drakonia zurück. Wir erhalten den Schlüssel. Einer von uns war nicht bereit, den Preis zu bezahlen. Für einen von uns ist der Schlüssel des Lebens das Ende seines Lebens. Wir nähern uns dem Tor zur Zweiten Sphäre. Wir treten dem Elementarherren des Humus gegenüber.

Sprach ich nicht eben noch mit Krallerwatsch über eine Rasse, die ihre Gelegenheit bereits gehabt hat? Wir Menschen werden wohl nie erfahren, ob die Schrate diese Gelegenheit vertan haben oder – was vielleicht noch schlimmer ist – sie nützen konnten, aber dennoch von ihren Errungenschaften nur ein kaum mehr sichtbarer Rest blieb. Und wir Menschen? Werden wir die Gelegenheit nützen? Haben wir die Gelegenheit genützt?

Es ist schwer, einen Gedanken zu fassen, wenn man ihn zugleich bereits gedacht hat und einmal denken wird. Wir müssen unserem Ziel sehr nahe sein. Die Elementaren Zitadellen, so sagen unsere ältesten Dokumente, liegen in der Zweiten Sphäre, Dere und Feste genannt, wo die Elemente noch nicht voneinander getrennt sind. Die Zitadellen sind die Elemente in ihrer reinsten Form und nur durch ihr Aufragen in die Dritte Sphäre sind die Elemente auf Dere überhaupt vorhanden. Das, wo wir sind, wo ich bin, auch wenn ich es kaum denken kann, muss die Zitadelle sein: die Wurzeln der Erde – Quelle, Hort, Herz, Ursprung. *Dha'nurdi* hat sie Ta'înobhal genannt: *Verkörperung der Lebenskraft, Selbstverständlichkeit des Wachstums, Sein des Werdens, Leib der Fruchtbarkeitsgöttin* – ja, all das ist dieser Ort, der kein Ort ist, dieser Zustand, der kein Zustand ist, dieses Geheimnis, das immer eines bleiben wird.

»Sei gegrüßt, Effendi al'Effendim, du Herr des Al' Terech und Al' Tul. Dein ist Abrizah, die Perlmuschel, die Ursprung des Reichtums ist.« Das ist Ruban der Rieslandfahrer, der da spricht. Woher, beim Phex, nimmt er diese Sicherheit? Ich kann den Elementarherren noch nicht einmal sehen und er macht ihm bereits seine Aufwartung. Was für ein Glück, dass er die Verhandlungen für uns Menschen führt!

Rondriga Conchobair:
Großvaters Geist spricht nicht mehr zu mir, aber ich fühle, dass er mir nahe ist. Wohin auch immer ein Erzmagier geht, wenn er seinen Leib versteinert, es muss ein Ort sein, der diesem hier nahe oder ähnlich ist. Ob Rohezal wusste, welche Reise er antrat, als er zur Statue wurde, die den Kelch der Magie vor Borbarads Schergen verbarg? Wie viele Weise und Helden sind diesen Weg in die Elemente gegangen – vor uns?

Meine ganze Aufmerksamkeit lag während des Weges auf Ta'înobhal – so sehr, dass ich fast nichts von diesem Weg weiß. Alles, was ich sehen kann, ist dieses Wesen aus Licht, Wald, Kraft und Elfenbein, das mit jedem Schritt mehr zur Verkörperung des Lebens wird.

Ich bin ihm nicht völlig fremd, das weiß ich. Zwischen uns bestand schon in der Khomwüste und dann noch viel mehr im Wald der Riesenbäume das unausgesprochene Einverständnis jener, die den Kampf gewählt hatten.

»Ich bin *yara*«, hatte er eines Abends in einer Laube gesagt. »Ihr habt verschiedene Wörter dafür. Ihr sagt Bogen, ihr sagt Schütze. Aber für uns sind das keine verschiedenen Wörter.« Es war ihm, so redete ich mir ein, schwer gefallen, so zu sprechen, seine eigene Sprache zu zerteilen, damit ich sie verstand – aber er hatte es getan, damit ich ihn verstand.

Ich bin keine halbwüchsige Jungfrau, die sich das erste Mal verliebt, weil sie in die Augen eines schönen Mannes blickt. Großvater hatte vor allem in den letzten Jahren, als Borbarad zurückgekehrt war, wiederholt Besuch von Elfen bekommen. Einmal waren sogar drei auf einmal beim Turm erschienen. Rohezal wusste so viel über den Feind, dass sogar die Elfen seinen Rat schätzten. Dabei waren sie manchmal zweimal so alt wie er und hatten doch Gesichter voll von Jugend und Frische. Als ich gerade erst begonnen hatte, mit Schwertern zu kämpfen, hatte mein Großvater die Elfe Azaril Scharlachkraut als Agentin entsandt, um eine Abtei der Borbaradianer auszukundschaften. Selbst diese Elfe konnte Borbarads Versprechungen nicht widerstehen und wurde später seine größte Lobesdichterin. Ich bin mit dem Wissen aufgewachsen, dass Elfen vielleicht eine edlere Rasse, aber keineswegs makellos sind.

Um mein Herz haben zwei der bedeutendsten Männer Aventuriens eine Mauer gebaut: ein Erzmagier und ein Schwertkönig, die beide erwarteten, dass ich ihren Spuren folgen würde. Diese beiden Männer haben von mir mehr verlangt, als ein Mensch leisten kann – mehr jedenfalls, als ich leisten kann. Boron steh mir bei, eigentlich bin ich froh, dass ihr tot seid! Aber ob tot oder lebendig, fehlbar oder heilig – ich will jedenfalls leben. Und ich will endlich lieben. Wie viele Männer habe ich wohl abgewiesen und übersehen, weil ich wusste, dass sie Rohezal und Raidri nicht genügen würden? Rohezal hat meine Mutter in einem Turm eingesperrt, weil kein gewöhnlicher Mann gut genug für sie war. Raidri Conchobair hat hundert Frauen verlassen und hundert Männer getötet, weil niemand gut genug für ihn war außer Rondra selbst. Und wer, Rahja, ich flehe dich an, soll gut genug für mich sein?

Stellt er nicht das Bild des Lebens schlechthin dar? Die Schönheit seines Leibes, die Lust am Atmen, Singen und Tanzen, am Wachsen, Blühen und Verwelken? Ja, genau das ist sein Geheimnis. Er weiß, dass sein Volk für das Aussterben bestimmt ist. So langlebig jeder einzelne Elf auch ist, so begrenzt ist doch die Zeit, die seinem Volk gegeben ist. Wie kleinmütig wir Menschen sind, die wir uns in unsere Sterblichkeit kauern und mit dem Traum der Unsterblichkeit der Menschheit trösten. Doch Ta'înobhal lebt seinen Traum: Er weiß, dass sein Volk sterblich ist – und das macht ihn unsterblich.

Er steht breitbeinig da, die Arme erhoben, in all seiner Männlichkeit. Sein Baumleib ist nun wie ein hellgrüner Schein, der ihn umgibt. Hunderte von Wesen haben sich um ihn versammelt: Blütenjungfern und Wurzelbolde, Blumenelfen und grüne Dschinne, Schmetterlingsmenschen und Gnome. Sie bilden einen Hügel, einen Wald, ein Kornfeld, eine Blumenwiese. Knospen öffnen sich, während ich träume, andere erblühen und lassen ihre Samen im Wind verwehen, wieder andere verwelken zusehends. Der Duft von Lotos und Minze, den der Elf verströmt, raubt mir den Atem und die Sinne. Ein unsichtbarer Wind spielt mit seinem rotblonden Haar und den eingeflochtenen Amselfedern. Ich fühle, dass wir am Ziel sind – und das Ziel heißt Ta'înobhal.

Der Schlüssel

Pyriander Di'Ariarchos:
Wie naiv von mir, anzunehmen, ausgerechnet ich könnte den Elementarherren des Humus wahrnehmen. Was bin ich denn in meinem tiefsten Wesen? Ich bin Elementarbeschwörer und Analysemagier. Meine ganze Profession beruht auf der Vorstellung, mein menschlicher Geist könne Teile der elementaren Gesamtheit erfassen, rufen und untersuchen. Ich bin ein unheilbarer Gelehrter: ich unterscheide und trenne, ich gehe den Dingen auf den Grund, ich urteile oder besser: ich ur-teile. Ich nehme nichts in seiner Gesamtheit wahr, sondern suche Ursache und Grund, Folge und Wirkung, forsche nach Erscheinung und Eigenschaft, Merkwürdigkeit und Wesen. Dies ist eine Denkweise, die mir nützt und mich weit gebracht hat – aber sie muss per definitionem versagen, wenn ich versuche, die Schöpfung selbst wahrzunehmen oder doch ein Sechstel derselben.

Hesinde, welche Hybris! Ich starre auf ein Wurzelchen und versuche einen Baum zu erkennen. Ich schaue auf Krümelchen und will darin einen Hügel erblicken. Wie hatte Morena zu mir gesagt – vielleicht der letzte Satz, den sie zu mir gesprochen hat: »Typisch Magier, Ihr seid unmöglich.« Und was hatte Krallerwatsch erwidert, als ich ihn im Konzil mit all seinen Taten und Titeln vorstellen wollte: »Wimmelkrieger immer sehen allig zusammen.«

Ja, meine Gedanken standen mir nun endgültig im Weg. Der Gemütsmensch Ruban, die tatkräftige Rondriga und der naturverbundene Ta'înobhal waren längst am Ziel, während, ja *weil* ich noch rätselte. Dabei verstieß ich mit meiner einseitigen Sichtweise gegen Hesindes letztes Gebot. Jeder Magier lernt, wenn er den Himmel betrachtet, zum Sternbild der Schlange einen Satz: »So wie sich die Schlange hin und her windet, so ebnet sich die Gelehrsamkeit ihren Weg durch das Hin und Her, das Auf und Ab und die Gegensätze der Natur, zur Vereinigung von Sein und Gegensein, der Synthese.«

Es ist unvorstellbar, alle diese Elemente zu einem zusammenzufügen. Doch Vorstellungsvermögen ist es, was ich jetzt brauche. Ich habe dieses Procedere gelernt: Um die Thesis eines Zaubers zu verinnerlichen, muss der Magier Dutzende, bisweilen hunderte Partikel zusammenfügen. Gesten, Symbole und Silben müssen jenes einzigartige astrale Muster im Geist bilden, die Matrix, die den Zauber ausmacht. Ja, es ist kaum vorstellbar, die Myriaden von Elementen der Zitadelle des Humus in solch ein Muster zu fügen. Aber ich kenne dieses Muster: der Zauberspruch *Meister der Elemente* ist mir vertraut wie kaum ein anderer. Ich habe ihn hunderte Male benützt, um Elementargeister zu rufen, und einige wenige Male, um einen Elementarherren zu rufen. Nun werde ich ihn sprechen, um den Elementarherren in seiner Gesamtheit, das Urelement, die Zitadelle selbst zu rufen.

Üblicherweise benötige ich eine größere Menge des gerufenen Elementes, um den Zauber zu fokussieren; aber das erübrigt sich wohl, da ich selbst und alles um mich herum Humus ist. Es ist gleichgültig, dass Ruban ibn Dhachmani bereits mit dem Elementarherren spricht und dass anscheinend auch bereits Ta'înobhal und Rondriga mit ihm Verbindung aufgenommen haben. Ich, Pyriander Di'Ariarchos, werde den Elementarherren erst wahrnehmen können, wenn ich ihn kontaktiert habe, wie es einem Magier entspricht.

Ich öffne meine Wahrnehmung, wie es meine Großmeister mich lehrten. Mindere und höhere Elementargeister, Dschinnen und elementare Meister erstrecken sich bis an alle Horizonte. Hier existieren Elementarwesen, die nur den Stamm von Bäumen repräsentieren oder nur den Erdanteil im Fleisch höherer Vierbeiner. Manche dieser Wesen sind Elementare in jenem Sinn, dass sie für die Gesamtheit alles Yaquirlehmes stehen, für garethische Schwarzerde oder für Roterdeböden von Kontinenten, die ich nicht kenne. Manche stehen überhaupt nur für Farben – Farben in ihrer Einfachheit und in ihrer Allgegenwärtigkeit; denn heißt es nicht, dass von Hesindes sechs Künsten die Malerei dem Humus zugeordnet ist? Jedes Teil des Lebens hat hier seine Entsprechung: Dornen, Blätter, Zweige, Knollen, Maden, Käfer, Eier, Schlangen, Elefanten, Orks und Riesen. Hesinde steh mir bei, kein Lebewesen ahnt, aus wie vielen Teilen allein sein eigenes Leben besteht! Niere, Haut, Samen, Haar – so vieles in mir, das aus dem Humus kommt und wieder Humus werden wird.

Selbst die Waldmenschen, die trotz des Gelächters verbohrter Travia-Missionare und herzloser Sklavenjäger behaupten, dass jeder Baum und jede Pflanze von einem Nipakau beseelt sei, ahnen nicht, wie viele Kreaturen es gibt. Ob der unsterbliche Geist der Elfen erfassen kann, welch unermesslichen Reichtum und welch verschwenderische Pracht Leben bedeutet?

Doch mein Geist muss nicht nur das Sein begreifen, sondern auch das Werden. Leben ist niemals gleich, es ist veränderlich, pulsiert, lebt, entwickelt sich weiter. Frühling und Herbst, Fruchtbarkeit und Ernte, Blüte und Reife, Fäulnis und Zerfall. Ja, auch Sterben ist ein Teil des Lebens. Der Humus zeugt und schafft nicht nur, sondern zerstört auch. Das war die Hauptgefahr, die wir Konzilsmagier beim Betreten der Zitadelle erwarteten: Auch alle elementaren Gewalten, die für Lebewesen auf Dere tödlich sein können, finden sich in ihrer ureigensten Form konzentriert in der Zitadelle wieder. Was sich in der Zitadelle nicht befindet, kann auf Dere nicht als elementare Kraft gefunden werden.

Aber alles an mir, was nicht Humus oder reiner Geist ist, ist längst zerstört. Ich bin ein Teil des Humus, Teil der Zitadelle und damit auch Teil des Elementarherren. Nun endlich, da ich mich dem *nurdra*, wie es Ta'înobhal nennt, gedankenlos hingebe, erfühle ich die Wahrheit: der Elementarherr des Humus ist alles, was ich hier wahrnehme, und alles, was ich wahrnehme, ist der Elementarherr.

Ich kann mich erinnern, wie mein Menschengeist unter dem gedanklichen Ansturm des alten Drachen Fuldigor erbebte und fast verging. Ich erinnere mich an das allheilige Gefühl von Ergriffenheit und Harmonie, als der Lichtvogel am Raschtul-Kandscharot zu uns sprach. Und ich habe mehrmals erlebt, wie die Magier des Konzils mit vereinter Kraft einen Elementarherren herbeiriefen. Aber keine dieser Begegnungen ist vergleichbar mit dem, was mir nun widerfährt: die Begegnung mit einem Elementarherren in seinem ureigensten Element. Diese Wesenheit umfasst, so scheint es, alles, was Humus ist – also auch mich in meiner jetzigen Form. Was zu mir spricht, ist jeder Dschinn und jeder Elementargeist, jede Anhäufung des Elementes um mich, jeder Teil meiner Gefährten und jede Faser meines Leibes. Da ist nichts, was Ehrfurcht gebietet oder verlangt. Da ist nur das Gefühl natürlichen Seins, ungetrübt von allen Hüllen und Illusionen. Da ist nur elementare Gewalt, die waltet, verwaltet und vergewaltigt, die mich erfüllt, fließt, mich verlässt und dennoch allgegenwärtig bleibt.

Ruban ibn Dhachmani:
»Gepriesen seist du, Sultan aller Dschinnim! Du bist Fata Morgana und Menetekel, du, alleiniger Herr im Hort des Soma.« Meine Worte fließen mir wie Wasser aus dem Mund. Ich rede um mein Leben und um meinen Verstand. Wenn ich jemals innehalte, werde ich begreifen, was ich versuchte. Er ist gewaltiger als alles, was ich jemals sah. Über mir thront ein grüner König. Sein Haupt, von ausgewachsenen Bäumen gekrönt, ist so fern und umschattet wie die Kronen der Riesenbäume, zu deren Füßen wir wochenlang umherkrochen. Grün sind sein Kaftan und sein Chilat, die sich wie die Flanken eines Berges in alle Windrichtungen erstrecken. Gärten sind ihm Zierrat und Dornenhecken Stickerei. Oasen bilden ein Muster auf seinen Gewändern und Wälder den Pelzsaum seiner Kursinna. Wer ist Ruban ibn Dhachmani, dass er vor solch einer Macht auch nur zu sprechen wagt? Und wie könnte Ruban der Rieslandfahrer anders, als zu sprechen, wenn es alles zu gewinnen gibt?

»Amchallah.« Ich spreche die uralte Floskel derer, die Gunst erbitten. Wie widersinnig ist höfische Huld angesichts dieses Baals. Doch da jedes andere Tun ebenso widersinnig wäre, tut Ruban, was er am besten kann. »Oh Schah al'Schahim, erlaube mir zu sprechen. Ein Nabob bin ich in meiner Welt, doch hier stehe ich als Bettler, der nicht einmal einen Leib sein eigen nennt. Doch es ist nicht Almosen, das ich begehre, sondern Erbrecht, das uns der Lichtvogel bestimmt.« Ich verbeuge mich, soweit dies einem Schwamm möglich ist, ich quetsche mich selbst zu einem Kotau zu Boden.

»Denn so spricht der Lichtvogel, dass uns Menschen die Schlüssel bestimmt sind. Wer aber, frage ich dich, Al' Abu, großer Vater von allem, was ist, wer ist erwählt, deinen Schlüssel zu tragen?« Ich fühle, dass ein Blick auf mir ruht, der übermächtiger nicht sein könnte, doch kein

Zucken verrät eine Antwort des grünen Sultans aller Dschinnim. So hebe ich meine Hände zur Geste des bittenden Sohnes und sage: »Erhält nicht der älteste der Söhne stets zuerst das Erbe? Sind nicht die Söhne und Töchter Zulhamins und Zulhamids die Erstgeborenen Aventuriens?« Praios und Ingerimm, Efferd und Phex, noch immer wird mir keine Geste zuteil, nicht der Gnade und nicht des Zorns. Aber ich zweifle nicht, dass der Schah der Erde mich vernommen hat.

»Oh Effendi al'Effendim, ich will dein Lakai und Rabbuth sein und tun, was du mir zu tun befiehlst. Erwähle mich zu deinem Scharlach und Turgu, oh großer Baal! Dies ist es, was ich erflehe: Gib mir Ankh und Fetish, lehre mich Mantra, Mudra und Amul. Gib mir den Schlüssel und lehre mich, seine Macht zu führen!«

Ta'înobhal Totenamsel, genannt der Rote Pfeil:
Nurd'dhâo! Gedeihen Euch, die ihr meinen Weg begleitet habt, und Euch, denen dereinst die Lieder meiner Brüder und Schwestern künden werden, was hier wirklich wurde.

Es ist vollbracht. Dies ist mein *dha*: alles, was mir bestimmt war zu werden, alles, was in mir lag wie der Baum im Samen, alles, was Ta'înobhal je werden wird. Für dieses *dao* lebte ich, ehe ich lebte. Zu diesem *dao* ging ich, ehe ich aufbrach. Von diesem *dao* wusste ich, ehe ich davon träumte. Dreimal musste mein Licht durch *kar'mha*, den Strom des Schicksals, wandern, ehe es die Pforte fand, durch die es die *êona* verlassen wird. Zeit ward, die selbst einem *fey* lange wurde.

Ich war Ta'înobhal, als die *biunda fey'e* erstmals in der Goldenen Au Bausch woben und zu den *tala* kamen, den Rosenohren, die sich selbst Menschen nennen. Ich war *yara* und wies die roten Pfeile, die niemals fehlen, meine Brüder und Schwestern. Ich war *ta'î*, die Totenamsel, und ich war *mandla*, die Blutulme. Doch der Wunsch nach *Dha'nurdi* war nichts als *nha* in meinem Licht, *nha*, den ich ging, ohne ihn zu erkennen.

Ich war wieder Ta'înobhal, als der Öffner der Tore erschien, der sich selbst Borbarad nannte. Ich war *yara* und richtete die roten Pfeile, die niemals fehlen, gegen jene, die das *nurdra* zu besiegen versuchten. Ich war *ta'î*, die Totenamsel, und ich war *mandla*, die Blutulme. Doch der Kampf für *Dha'nurdi* war nur *mha* in meinem Licht, *mha*, das mir Bild war, das ich noch nicht wahrnehmen konnte.

Ich wurde nochmals Ta'înobhal, als offenbar wurde, dass der Kampf der *fey'e* vorbei war, von dem die *tala* noch nicht wussten. Verschwindend die *fey'e*, überwachsend die *tala*. Ich war *yara* und wies die roten Pfeile, die niemals fehlen, denen, die an unser statt kämpfen und träumen werden. Ich war *ta'î*, die Totenamsel, und ich war *mandla*, die Blutulme. Und die Suche nach *Dha'nurdi* war mir *dao*, als wäre es nie etwas anderes gewesen.

Es ist vollbracht. Ta'înobhal ist in *Dha'nurdi* und *Dha'nurdi* ist in Ta'înobhal. Hier ist kein Ort mehr, jetzt ist keine Zeit mehr. Werden ist Sein und Sein ist Werden. Ta'înobhal sieht *adêbha*, den Wachstelzvogel, der mit seinem Schnabel die Saat in die Felder legt; *adêbha*, die Mutter und Tochter zugleich ist und die einst *Dha'nurdi* als *val* bewahrte. Ta'înobhal sieht, wie die *kha* waren, ehe sie in *kar'mha* gebunden wurden.

Ta'înobhal sieht, wie die *kha* zusammenkamen, um gebunden zu sein. Es ward das *kar'mha*, die Sieben und die Zwölf, es wurden die Schlüssel und es wurden die ersten *vardha*.

Ta'înobhal sieht, wie *Madaya*, die Aus-dem-Traum-einen-Leib-macht, den Schlüssel des *mandra* gewann und *mandra* aus dem *kar'mha* befreite. Erst *Madaya* machte, dass die *fey'e* werden konnten aus Licht und *mandra*. Frei war *mandra*, doch unfrei ward *Madaya*.

Ta'înobhal sieht, wie *dhaza* der All-Eine die ersten *vardha* überwand, um die verbliebenen sechs Schlüssel zu gewinnen. Doch das *kar'mha* rief zum *thar* und *dhaza* musste weichen, wo ist, was keinen Namen hat. Die *varka*, die *dhaza* benannt, vergingen.

Ta'înobhal sieht, was geschah, damit die anderen sechs *kha* gebunden blieben im *kar'mha*. Völker wurden zum *vardha* über alle Sechs, *Pyr Daokra* ward zum *vardha* über alle Sechs. Er schuf *bangra*, das Land der schuppigen *zara* jenseits des Vogelflußes *yaquia*. Nicht *vardha* war er, doch *varkhadha* den Sechsen, nicht Wächter, doch Former. Den Schlüssel von *Dha'nurdi* nahm *Pyr Daokra* und ließ *Dha'nurdi* in das *bangra* fließen. *Dela* wuchsen wie nie und *dir* ward wie nie, sechs *shiâ* weit und so hoch, dass *sha* und *oja* nicht mehr bis zum Boden fielen. Noch mehr *Dha'nurdi* wollte *Pyr Daokra* und da es nicht mehr floss, nahm er den Schlüssel von *dha'firna*. *Dha'firna* ließ er in die Lande von *bianda* und *dene* fließen. Herbstlande wurden Winterlande. *Fi'o* und *fir'ka* wuchsen wie nie und *fi'a* ward wie nie, sechs mal sechs *shiâ* weit und so fest, dass *sha* und *oja* nicht mehr bis zum Boden drangen. Und das verdrängte *Dha'nurdi* floss aus Winterlanden in das *bangra*.

Bhraya war *valar* des strahlenden *sha* und *sha* ließ er leuchten wie nie. Doch *sha* fiel nicht mehr zum Boden des *bangra* und *Bhraya* musste von den schuppigen *zara* lassen. *E'Far* war *valar* des durstlöschenden *oja* und *oja* ließ er fallen wie nie. Doch *oja* konnte nicht mehr entweichen aus *bangra* und *E'Far* vergaß die schuppigen *zara*. *Rongra* war *valar* des himmelrollenden *rondara* und *rondara* sandte er aus wie nie. Doch *rondara* konnte nicht durchdringen in das *bangra* und *Rongra* rief zum *Thar* gegen die schuppigen *zara*.

Dann war es, dass *Madaya*, die Aus-dem-Traum-einen-Leib-macht, erwachte. Aus *shiâ* kamen die *shi* und wurden *fey'e*. So viel Zeit ward, dass all die *fey'e* nur ein Tag waren. *Shae* war uns, der Morgen, *sha* war uns, der Mittag, und *shao* war uns, der Abend.

Sha war uns, als *Pyr Daokra* uns die sechs Schlüssel werden ließ. Dreimal musste Ta'înobhals Licht durch *kar'mha* wandern, ehe es die eine Pforte fand. Wie viel mehr, Brüder und Schwestern, musstet ihr durch *kar'mha* wandern, ehe ihr die sechs Pforten fandet? Sechs *tie* erbauten die *fey'e*, als sie die Schlüssel trugen: das grüne Simyala, das strahlende Tie'Shianna, das eisige Ometheon, das dunkelwissende Isiriel, das lodernde Mandalya und das entschwebende Vayawinda. Aber *shao* war uns und die *tie* entschwanden wie die Schlüssel. Es wird *una* um die *fey'e* und das *eô* verlangt, dass uns Andere, Jüngere folgen.

Es ist vollbracht. Ta'înobhal ist in *Dha'nurdi* und *Dha'nurdi* ist in Ta'înobhal. Ta'înobhals Auge ist, wo *Dha'nurdi* ist. Ta'înobhal ist im *la*, dem Wald der Tannen, da die *la fey'e* erstmals ins Licht traten, im *hainja*, dem Wald der roten Ulmen, da sie ihr *mandra* mehrten, und im offenen *dir*, der ihnen Rand ihres *ban* ist. Ta'înobhal ist in der *bianda*, dem Land des Haargrases, da die *bianda fey'e* hinaustraten, meine Brüder und Schwestern, die die Forderung des *eona* aufnahmen. Ta'înobhal ist in der baumlosen *dana*, der feuchten *dene*, der trockenen *diundya* und der frostigen *tundra* und in jeder sieht er die *a'le*, die *Dha'nurdi* werden lässt. Ta'înobhal erzittert, wo er an die eisige *firnya* stößt, da das *fir* das *nurdra* erfriert, und erschaudert, wo er an die wüste *tenya* stößt, da das *ten* das *nurdra* erdrückt.

Ta'înobhal ist in dem *aiyeona*, der uns seit ewig Wohnbaum ist, in dem *aigya*, der uns wehrhafter Wohnbaum ist, und im *êibha*, der uns Wachnest ist. Ta'înobhal ist in allen *a'le*, die wachsen, und allen *dala*, die blühen, in allen *dha'e*, die über *Dha'nurdi* laufen, und in allen *mor'e*, die in *Dha'nurdi* wühlen. In Ta'înobhal sprießt der grüne *nurda* und verwelkt der goldfarbene *gala*. In Ta'înobhal erstrahlt der sonnendurchflutete *shalla* und schläft der stille *fir*. In Ta'înobhal kreist Jahr um Jahr, von *Dha'nurdi* erfüllt.

Ta'înobhal kann den Wald der himmelhohen *Aigyaro* im Goldenen Land sehen, die stacheligen Wälder der *Akâoro* im Land der Riesen und die schleierwehenden *Vin'leo* im Glühenden Land. Ta'înobhal kann die Bäume sehen, deren Blut weich und federnd erstarrt, die Bäume, deren Stämme mit dem Wind ziehen, und die Bäume, deren Wurzeln laufen und jagen. Ta'înobhal kann Bäume über Bäume sehen, die keinen Namen haben, wiewohl er doch ihr *dha* fühlt.

Ta'înobhal springt mit *fae* und *felja*, Hörnchen und Katze, die dem *fey* seelennah sind, und jagt mit dem Mensch fressenden *bhâorgra* und dem schneelauernden *nargrâ*, die dem *fey* seelenfremd sind. Ta'înobhal krabbelt mit *amaya* und befruchtet mit *imma*, äst mit *lairja* und quakt mit *denâo*. Ta'înobhal winterschläft mit *nojwê*, balzt mit *olodir*, paart sich mit *rhiana* und tötet mit *klaôgra*. Ta'înobhal laust sich mit dem roträudigen *gobian*, foltert mit dem wildpelzigen *fialgra* und hofft mit dem rosenohrigen *tala*.

Ta'înobhal erahnt in allem, unter allem, vor allem und hinter allem die Urmutter selbst. Sumu, aus deinem Leib, dem Sterben ist, röchelt Atemzug um Atemzug und mit jedem Hauch, der dir entweicht, zeugst du neue *dha'a* … Da ist kein Plan und kein Sinn in deinem Zeugen. Da ist nichts als die Sehnsucht des Lebens nach sich selbst …

»*Bha, tala*, hört mich, Rosenohren«, spreche ich nun zu ihnen, die mit mir zogen, »und du, *nurka*, sei mein Zeuge, denn dein Volk hat schon gegeben, was meines nun gibt.« Ihre kleinen Augen blicken auf Ta'înobhal, aber ich weiß, dass sie nicht mich sehen. Ihre kleinen Herzen atmen, was *Dha'nurdi* selbst ihnen sagt. Ihre großen Münder sprechen, was ihre kleinen Ohren hören:

»Dies ist der Mindere Schlüssel. Ring der Erde. Er, der den Weg zum Urelement öffnet. Sehet, er wird den Elfen gegeben. Wollt ihr Menschen, denen das Zeitalter bestimmt ist, über ihn verfügen, müsst ihr jene Rasse, die euch den Weg bereitete, in ihrer Lebenskraft bestärken. Vergehen die Völker der Elfen, kehrt auch der Schlüssel der Erde in die Zitadelle zurück. Das Leben, das die Elfen verlieren, wird der Schaden eures Zeitalters sein.«

»*Eôrla!*« spricht Ta'înobhal. »Es soll Recht sein!«

Die schwarze Pyramide

Pyriander Di'Ariarchos:
Es war alles, wie es gewesen war – in einem früheren Leben. Der Waldschrat, der mich aus der Grube gehoben hatte, schrubbte säuberlich, wenn auch nicht gerade zärtlich, Erdbrocken und Schmutz von meiner Haut. Dann stellte er mich auf die Beine. Ich knickte sofort ein. Ich fühlte mich schwach und ausgelaugt. Mein Körper schien beinahe zu bedauern, dass ich zurückgekehrt war, doch ich empfand ein Gefühl von Ganzheit. Meine Haut war weiß und aufgequollen. Meinem Bartwuchs nach zu schließen hatte ich mehrere Tage in der Grube gelegen. Erst langsam kamen Durst und Hunger über mich, bis sie fast meine gesamten Sinne beherrschten.

Ich sah meine Gefährten, die kraftlos und in sich zusammengesunken auf der Erde saßen. Sogar Ta'înobhal lag zusammengerollt wie eine schlafende Katze. Nur Krallerwatsch schien ungerührt. Er war, nachdem vier Schrate das Erdreich gelockert hatten, eigenhändig aus seinem über vier Schritt tiefen Loch geklettert und stand bereits wieder mit seiner Knochenkeule in der Faust da. Erst langsam begriff ich, warum er zu mir herüberblickte. Neben mir hoben die Waldschrate den bleichen Leib Morenas aus ihrem Grab. Ihr Kopf pendelte haltlos hin und her, die roten Haare hingen ihr wirr ins Gesicht.

»Oh Boron«, hörte ich Rubans heisere Stimme. »Ist sie … tot?«

»Ich hätte es besser wissen sollen«, stöhnte ich und versuchte vergeblich, mich an meinem Zauberstab aufzurichten. »Eine Eishexe dem Humus auszusetzen!«

»Ihr meint die Feindlichkeit der Urkräfte?« fragte Ruban rau.

»Ta'înobhal steht dem Humus am nächsten und war in der Zitadelle buchstäblich in seinem Element. Morena ist dem Eis so affin …« Ich hatte keine Kraft, den Satz zu vollenden.

»Nicht sorgig«, brummte Krallerwatsch. »Leben kann jeder Wimmelkrieger.« Den Satz hatte er doch schon einmal gesagt. Zwei Waldschrate hatten sich über Morena gebeugt. Ein weiterer, der bislang abseits gestanden hatte, trat mit seltsamen Stelzenschritten näher. Mit zweigartigen Fingern pflückte er eine gelbliche Frucht von seiner Brust, spaltete sie und quetschte die beiden Hälften über Morena aus. Es hatte etwas zugleich Fürsorgliches und Unanständiges, als er sich über die kleine nackte Hexe beugte und ihr den Saft über Gesicht, Brüste, Bauch und Scham verrieb. Morenas Leib bäumte sich auf und warf sich dann mit einem kräftigen Niesen zurück.

»Krötendreck und Schlangenpest«, fluchte Morena und versuchte rücklings zappelnd zwischen den Beinen der Waldschrate zu entkommen. »Seid ihr überall? Bleibt mir bloß vom …« Der Rest des Fluches erstickte in einem neuen Niesanfall. Ruban der Rieslandfahrer begann zu lachen, zunächst väterlich, dann schallend. Rondriga stimmte ein und auch ich konnte mich kaum beherrschen.

»Hohoho«, dröhnte auch Krallerwatsch los, »Prötzelnase holt sogar Wimmelkrieger aus Grab.«

»Wir gingen wohl alle davon aus«, versuchte ich den Irrtum zu erklären, der wohl vor allem meiner war, »dass wir durch das Begraben und Verwurzeln im Reich des Humus einen Leib bilden würden. Vielleicht aber besitzen wir alle immer einen Humusleib. Vielleicht ist, was wir dort drinnen von uns und einander wahrnahmen, der humus-elementare Anteil unserer Existenz.«

»Spektabilität?« Rondrigas Stimme war rau und noch nicht sehr fest, aber ihr Blick machte mir klar, dass sie es ernst meinte. Ich hob fragend die Augenbrauen. »Verschont uns dieses eine Mal mit der Analyse«, fuhr sie fort. »Nehmen wir es einfach als ein Wunder des Lebens.« Sie schien glücklich zu sein – umso überraschender, als sich die beiden so oft in die roten Haare gekriegt hatten. Aber wenn ich in mich hineinfühlte, spürte ich ebenfalls Glück.

Ich ließ mich hintenüberfallen. War das da weit über den undurchdringlichen Kronen der Riesenbäume ein neuer Tag, der dämmerte? Unmöglich, dass ich das plötzlich sehen konnte. Oder sollte mein Blick für Manifestationen des Humus endlich etwas ganzheitlicher geworden sein?

Ich fragte mich, wie wir jemals heimkehren sollten. Die Waldschrate kümmerten sich ungleich fürsorglicher um uns und hielten uns das ständige Wuchern der elementarisierten Pflanzen vom Leib. Dennoch hatten wir einen kaum vorstellbaren Weg vor uns. Zunächst mussten wir den Wald der Riesenbäume verlassen. Dabei war ich mir sicher, dass uns Ta'înobhal, der nun den Schlüssel trug, noch besser führen würde als auf dem Weg hierher. Dann mussten wir das Gegentor finden und erreichen. Mit etwas Glück waren die Güldenländer nach all diesen Wochen abgezogen. Schließlich, wenn das Tor intakt war, mussten wir uns Rubans Karawane anschließen.

Aber selbst wenn wir nun im Güldenland festsaßen, abertausende Meilen von unserer Heimat entfernt, empfand ich keine Sorge – nur das, was Rondriga gesagt hatte. Was wir erlebt hatten, war ein Wunder des Lebens – und was vor uns lag, war ebenfalls nur unser Leben.

Nachwort

An dieser Stelle möchte ich mich bei all jenen Lesern und Spielern bedanken, die sich im Internet, per E-Mail und per Post an den Diskussionen zur Natur der Elementaren Zitadellen beteiligt haben. Dieser Ansammlung von Experten aventurischer Magietheorie, Arkanophysik und Elementaristik zu lauschen war, als ob Aventurien vor mir körperlich Gestalt annähme. Einige der besten Gedanken sind als Zitate aventurischer Magier in diesem Buch wiederzufinden.

Wenn Sie Ihrerseits Interesse haben, sachliche Kritik anzubringen, würde ich mich über Post (allerdings nur zu meinen Publikationen) an folgende Adresse freuen:

Hadmar Freiherr von Wieser
Emanuel-Schikaneder-Straße 7
A-5020 Salzburg
Österreich

Bitte haben Sie Verständnis dafür, dass ich nur in Ausnahmefällen antworten kann. (Wenn Sie eine Telefonnummer angeben, gibt mir das eher Gelegenheit für eine kurze Rückmeldung.) Ich versichere aber, dass ich alle Briefe ernst nehme und ihren Inhalt auswerte.

Anhang

Elfisches Vokabularium

Das Isdira, die elfische Sprache, beruht auf wenigen Dutzend Wortwurzeln. Diese werden abgewandelt, indem die Vokale in Helligkeit oder Schärfe variiert werden, um Harmonie, Interesse oder Ablehnung zu »betonen«. Tierhafte Kehl- und Verschlusslaute (-ra, ka-, -za) werden angehängt, um Feindseligkeit oder Gefährlichkeit bis hin zur Verkehrung ins Gegenteil auszudrücken. Die Vieldeutigkeit der einzelnen Wortwurzeln macht in Kombination mit anderen den besonderen Reichtum des Elfischen aus.

adêbha »Wachstelzvogel«, Storch, → Adebar

aiyeona »Wohnbaum seit ewig«, → Ahorn
aigya »wehrhafter Wohnbaum«, → Eiche
êibha »Wachnest«, → Eibe

amaya → Ameise

arc (dämonisch) schwarz, böse

awa Bach, Fluss (Au)

bha Verstand, Geist, rationales Denken, Acht geben
bha'i Wahrnehmung
bha'iya (Warnruf)
badoc »ansteckende Gier«
ban eigenes Gebiet, Interesse
bangra Das mythische Bannland der Echsen südlich des Yaquir

bian (Elfen)Haar, Gras
biunda fruchtbares Grasland, Au, Auelfenland

dha, dao Leib, Verkörperung, Sein, Selbstverständlichkeit; Nordstern; Beständigkeit; eins
dhaza Das Namenlose
del (Wald)Pflanze (z.B. Lavendel; Farindel)

dala	Blume
dana	(baumlose) Au
dene	feuchte Niederung, Moor
diundya	trockenes Grasland, Steppe
tundra	(gefährlich) gefrorenes Land, → Tundra
dendra	»Fremdlandbewohner«
dir	offener Wald, Hain
êo	Tradition, Gerechtigkeit
êona	ewige Zeit, Äon *(allsprachliches Urwort)*
eôrla	»Es soll Recht sein!«
fey, fae	Elf, ich, Seelenlicht; Hörnchen, → Feh
feydha	Ich bin … (Vorstellung)
felja	Katze, Wildkatze
fenvar	(bedeutendster Stamm der) Hochelfen
fialgra	»Wildpelz«, Ork
fir	Eis, Schnee, Winter *(vgl. Firun)*
fir'ka	klares, scharfkantiges Eis
ga	hell, weiß, gelb, rot
gala	»Farbwald«, Herbst, goldfarben
gobian, goblin	Räude, Quälgeist, → Grobian, Goblin
(i)ama	Freund, Namenstier, Geburtsinstrument, Seelenverbundenheit; zwei; Geliebter, Bruder, Lehrer; Gabe; Beziehung; Natur; Fauna; Schicksal; Sinn; Schutz; gut
imma, imme	Honigbiene, Hummel, → Imme
kha	Die Weltkräfte *(allsprachliches Urwort)*
kar'mha	mitreißender Schicksalsstrom *(allsprachl. Urwort)*
kai	Tat, Angriff, Überfall
la	(heimatlicher, tiefer) Wald
lamia	(Zugehörigkeit vor-)täuschend
lao'bha	»Waldversteck«, → Laube
lyn	Lager, Schlaf
mha	Traum, Eingebung, Plan
a'mâo	wollen, planen; zweite Zukunftsform
mandla	Blutulme
mandra	Seelenkraft, Magie

na, nha	(Lebens)Weg
nea	gehen
e'na	Spur
nurda	Frühling
nurdra	Lebenskraft, Wachstum
nurka	Troll
nuya	Nebel
oja, oha	Regen, regnen
rondara	Donner, Gewitter
sa	gut
sala	Heim, Sicherheit, Versammlungsplatz, Gemeinschaft, Zuhause; Wolfsrudel, Rotte
a'sel(a)	schnell, gewandt, sicher
sanya	Gruß, Einladung, Gast; öffnen, aufnehmen
sha	(strahlende) Sonne (männlich), Morgen
shao	Abendsonne
shalla	»Sonnenwald«, Sommer
shi	Lichtelf, Sternfee, Fee
shiâ	Elfenstern; Lichtwelt; einige Tage
ta(î)	Singvogel, Amsel, Fink
tala, telor	Rosenohr, Mensch
thar(a)	Waffe, Kämpfer, Kampf
ten	Stein
tie	Stadt
twel	(überlegener) Eindringling (der sich niederlässt)
twel'la	Waldschrat
una	Nacht
ungra	(fürchterliche) Finsternis
unya	Fledermaus
val	Hüter, Bewahrer
var	Wächter
vilay	Walnussbaumfee
win, wyn	»Richtung«; Wind
yaquia	»Vogelfluss«, → Yaquir
yara	Bogen, Schütze
zerza	Zerstörung, Vernichtung, Ende
zara	Echsenmensch u. a.

Namen, Begriffe, Orte

Alveraniar Bote oder Diener der Götter
Amboss (Gebirge) mittelländisches Zwergengebirge

Bosparano alte Sprache der Güldenländer bis 1000 v. H.; Sprache der Magie

Chilat tulamidisches Mantelkleid mit Schließgürtel, Ehrenmantel

Darador Hoher Drache des Lichts
Dritte Sphäre die Welt der Sterblichen; hier erscheinen die Elemente unterschieden und vermischt
Dschadra Reiterlanze der Novadis

Erste Sphäre Urgrund des Seins, unerreichbar und ohne Ausdehnung, wo das Mysterium von Kha das Weltengesetz festlegt, Satinavs Schiff den Fluss der Zeit regelt und die Wurzeln der sechs verbliebenen Zitadellen die Ordnung der Elemente bestimmt

Famerlor Hoher Drache des Ruhmes, Gefährte Rondras
Fasar älteste Stadt der Tulamiden, in Mhanadistan, bekannt für seinen Bazar und seine chaotische Bauweise

Gezeichneten, Die Sieben Helden, die Borbarads Rückkehr entdeckten, die Nachricht verbreiteten, die entscheidenden Waffen gegen ihn gewannen und in der Dritten Dämonenschlacht führten

Haimamud tulamidischer Märchenerzähler
Hylailos eine der Zyklopeninseln, bekannt für ihre Söldner und das Hylailer Feuer, eine Seekampfwaffe

Jandora erste Magierin, die einen Zauberstab führte

Kalif Herrscher der Novadis
Kelch der Magie einer der sieben Kelche, aus dem das Schwert Siebenstreich geschmiedet wurde, mit dem Borbarads Dämonenkrone zerschlagen werden konnte
Kha, Das Mysterium von Basis der Weltenachse, in dem die Götter nach dem Gigantenkrieg die Ordnung der sechs Elemente festschrieben

Khunchomer Krummsäbel, benannt nach der größten Stadt der Tulamiden
Kor Halbgott der Söldner, Sohn Rondras und → Famerlors
Kotau alttulamidische Ganzkörperverbeugung

Mada Mondgöttin; Halbgöttin, die in der Zitadelle der Magie das Urelement zerschlug und so das Siebte Element freisetzte; im Madamal (Mond) gefangen
Maha Raschida (tulamidisch) »Große Weise«

Naclador Hoher Drache der Weisheit, Gefährte Hesindes
Novadis Tulamiden der Khomwüste, kriegerisch, fanatische Anhänger des Eingottes Rastullah

Orks barbarische Tiermenschen, vermutlich stärkste Konkurrenten der Menschen um die Vorherrschaft in Aventurien

Pyrdakor, Der Goldene Drache alter Drache; Hüter des Gleichgewichts der Elemente, der nach mehr Macht gierte; im Drachenkrieg besiegt

Rakshaza (tulamidisch) Riese
Rastullah Eingott der Novadis; auffällige Namensähnlichkeit zum tulamidischen Urhelden Rashtul, zum gleichnamigen enthaupteten Giganten, dem Gebirge Raschtulswall und der Stadt Rashdul
Rastullahellah Einer der fünf Feiertage der Novadis

Schivone großes modernes Segelschiff mit mehreren Decks
Selem Stadt im Süden, durch Katastrophe (1000 v. H.) zerstört; Inbegriff des Wahnsinns
Silem-Horas Einer der letzten Kaiser des Alten Reiches, erließ das Zwölfgötteredikt, das die aventurische Religion begründete

Turgu (tulamidisch) Würdenträger

Zweite Sphäre genannt Dere und Feste; Sumus Leib, in dem die Elemente noch untrennbar verbunden sind; hier stehen die sechs verbliebenen Zitadellen der Elemente, die in die → Dritte Sphäre aufragen; hier entspringt die Schwerkraft, hier wurzelt der alles bedrohende Dämonenbaum, dessen Spitze die Zitadelle der Dämonen ist

Das Schwarze Auge

1. Band: Ulrich Kiesow, *Der Scharlatan* · 06/6001
2. Band: Uschi Zietsch, *Túan der Wanderer* · 06/6002
3. Band: Björn Jagnow, *Die Zeit der Gräber* · 06/6003
4. Band: Ina Kramer, *Die Löwin von Neetha* · 06/6004
5. Band: Ina Kramer, *Thalionmels Opfer* · 06/6005
6. Band: Pamela Rumpel, *Feuerodem* · 06/6006
7. Band: Christel Scheja, *Katzenspuren* · 06/6007
8. Band: Uschi Zietsch, *Der Drachenkönig* · 06/6008
9. Band: Ulrich Kiesow (Hrsg.), *Der Göttergleiche* · 06/6009
10. Band: Jörg Raddatz, *Die Legende von Assarbad* · 06/6010
11. Band: Karl-Heinz Witzko, *Treibgut* · 06/6011
12. Band: Bernhard Hennen, *Der Tanz der Rose* · 06/6012
13. Band: Bernhard Hennen, *Die Ränke des Raben* · 06/6013
14. Band: Bernhard Hennen, *Das Reich der Rache* · 06/6014
15. Band: Hans Joachim Alpers, *Hinter der eisernen Maske* · 06/6015
16. Band: Ina Kramer, *Im Farindelwald* · 06/6016
17. Band: Ina Kramer, *Die Suche* · 06/6017
18. Band: Ulrich Kiesow, *Die Gabe der Amazone* · 06/6018
19. Band: Hans Joachim Alpers, *Flucht aus Ghurenia* · 06/6019
20. Band: Karl-Heinz Witzko, *Spuren im Schnee* · 06/6020
21. Band: Lena Falkenhagen, *Schlange und Schwert* · 06/6021
22. Band: Christian Jentzsch, *Der Spieler* · 06/6022
23. Band: Hans Joachim Alpers, *Das letzte Duell* · 06/6023
24. Band: Bernhard Hennen, *Das Gesicht am Fenster* · 06/6024
25. Band: Niels Gaul, *Steppenwind* · 06/6025
26. Band: Hadmar von Wieser, *Der Lichtvogel* · 06/6026
27. Band: Lena Falkenhagen, *Die Boroninsel* · 06/6027
28. Band: Barbara Büchner, *Aus dunkler Tiefe* · 06/6028
29. Band: Lena Falkenhagen, *Kinder der Nacht* · 06/6029
30. Band: Ina Kramer (Hrsg.), *Von Menschen und Monstern* · 06/6030
31. Band: Johan Kerk, *Heldenschwur* · 06/6031
32. Band: Gun-Britt Tödter, *Das letzte Lied* · 06/6032

Das Schwarze Auge

33. Band: Barbara Büchner, *Das Galgenschloß* · 06/6033
34. Band: Karl-Heinz Witzko, *Tod eines Königs* · 06/6034
35. Band: Hadmar von Wieser, *Der Schwertkönig* · 06/6035
36. Band: Barbara Büchner, *Schatten aus dem Abgrund* · 06/6036
37. Band: Barbara Büchner, *Seelenwanderer* · 06/6037
38. Band: Hadmar von Wieser, *Der Dämonenmeister* · 06/6038
39. Band: Christel Scheja, *Das magische Erbe* · 06/6039
40. Band: Linda Budinger, *Der Geisterwolf* · 06/6040
41. Band: Momo Evers, *Und Altaia brannte* · 06/6041
42. Band: Barbara Büchner, *Blutopfer* · 06/6042
43. Band: Lena Falkenhagen, *Die Nebelgeister* · 06/6043
44. Band: Karl-Heinz Witzko, *Die beiden Herrscher* · 06/6044
45. Band: Bernhard Hennen, *Die Nacht der Schlange* · 06/6045 Hardcover
46. Band: Barbara Büchner, *Das Wirtshaus* Zum lachenden Henker · 06/6046
47. Band: Karl-Heinz Witzko, *Die Königslarve* · 06/6047
48. Band: Tobias Frischhut, *Geteiltes Herz* · 06/6048
49. Band: Hadmar von Wieser, *Erde und Eis* · 06/6049
50. Band: Britta Herz (Hrsg.), *Gassengeschichten* · 06/6050 (in Vorb.)
51. Band: Jörg Raddatz & Heike Kamaris, *Sphärenschlüssel* · 06/6051 (in Vorb.)
52. Band: Alexander Huiskes, *Die Hand der Finsternis* · 06/6052 (in Vorb.)
53. Band: Martina Nöth, *Zwergenmaske* · 06/6053 (in Vorb.)
54. Band: Gun-Britt Tödter, *Koboldgeschenk* · 06/6054 (in Vorb.)
55. Band: Heike Kamaris & Jörg Raddatz, *Blutrosen* · 06/6055 (in Vorb.)

Weitere Bände in Vorbereitung